Anke Michel

Die Ärztin

ANKE MICHEL ist das gemeinsame Pseudonym des Drehbuchautorenpaares Anke Apelt und Michel Bergmann, das in Hamburg und Südfrankreich lebt. Anke Apelt kam nach dem Studium an der HfbK Hamburg zum Film und Michel Bergmann nach einer Ausbildung bei der »Frankfurter Rundschau«. Gemeinsame TV- und Filmdrehbücher u. a.: *Frikadelle-Tagliatelle, Hagedorns Tochter, Sexy Lissy, Bis dass Dein Tod uns scheidet, Das Geheimnis, Ab heute heißt du Sara, Figaro.*

Quedlinburg, 1725. Bereits im Alter von zehn Jahren begleitet die kleine Dora ihren Vater, den Arzt Doktor Leporin, bei seinen Krankenbesuchen. Mit fünfzehn Jahren beherrscht sie die anatomische Wissenschaft, spricht Latein und Französisch und kennt sich bestens mit Heilpflanzen aus. Sie will unbedingt Ärztin werden! Doch wie allen Frauen bleibt Dora die Universität verwehrt. Sie beschließt, ein Buch über diese Ungerechtigkeit zu schreiben und den Kampf gegen die Obrigkeit aufzunehmen. Doch ihre Feinde sind übermächtig …

Die faszinierende Geschichte der Dorothea Erxleben, die zu den überragenden Frauenfiguren der Geschichte gehört.

Anke Michel

Die Ärztin

Historischer Roman

aufbau taschenbuch

ISBN 978-3-7466-2556-0

Aufbau Taschenbuch ist eine Marke der
Aufbau Verlag GmbH & Co. KG

1. Auflage 2010

Umschlaggestaltung Dagmar & Torsten Lemme, Berlin
unter Verwendung einer Collage der Gemälde:
»Portrait einer jungen Dame« von Gioacchino G. Serangeli,
© Ashmolean Museum, Oxford/bridgemanart.de, sowie
»Schlosshof von Osten«, 1871, von Wilhelm Steuerwaldt,
© Städtische Museen Quedlinburg/Schlossmuseum
Satz LVD GmbH, Berlin
Druck und Binden CPI – Clausen & Bosse, Leck
Printed in Germany

www.aufbau-verlag.de

Für Dany

Die Verachtung der Gelehrsamkeit ist wie die Verachtung der Frauen, die von ihr ausgeschlossen sind.

Dorothea Erxleben 1742

Prolog

»Frau Doktor! Öffnet die Tür! In Gottes Namen, ich flehe Euch an!«

Die Magd Berta stand auf dem Flur und klopfte mit der flachen Hand an die Eichentür des Kabinetts, das der Stube direkt gegenüberlag. Sie hielt das Ohr an das Holz, in der Hoffnung, etwas aus dem dahinterliegenden Zimmer zu vernehmen, und warf einen verzweifelten Blick zu den anderen.

»Jesus, sie muss doch etwas essen. Seit heute früh hat sie nichts mehr angerührt.«

Sophie, die zweitälteste Stieftochter, eine herbe Schönheit von vierundzwanzig Jahren, erhob sich langsam und begann in der Stube hin und her zu gehen, wobei sie ihre Hände auf ihren schwangeren Leib legte. Ihre jüngeren Schwestern Anne und Hannchen sowie die Stiefbrüder Christian und Hannes saßen vor den leeren Suppentellern und schauten bedrückt auf die verschlossene Tür. Als die Großmutter in Begleitung ihres jüngsten Enkelkindes, des achtjährigen Heini, auf den Flur trat, erhofften sich alle, dass nun etwas geschehen möge. Anna Leporin ging resolut zur Tür, während die Magd zur Seite wich.

Die Alte klopfte.

»Dorchen! Was ist dir? Warum öffnest du nicht?«

»Lasst uns die Tür aufbrechen«, meinte der siebzehnjährige Friedrich trocken, der die Treppe herunterkam und dabei die Großmutter beobachtete.

»Vortreffliche Idee«, warf Sophie ironisch ein.

Mit einer unwirschen Geste erbat die Alte sich Ruhe. »Dorchen«, rief sie dann laut, »komm zur Vernunft, um unseres Herrn Jesu willen. Öffne! Ich bin doch deine Mutter.«

Aber aus dem Zimmer drang kein Laut.

Die alte Frau schlug mit der Faust gegen die Tür. Nach einigen Schlägen ließ sie die Faust sinken und blickte auf die anderen. Was war zu tun?

Doch dann hörten sie plötzlich aus dem verschlossenen Zimmer eine kaum vernehmbare Stimme: »Lasst es gut sein.«

Endlich ein Lebenszeichen!

Dann folgte leise hinterher: »Ich bin bald bei euch.«

Und nach einer weiteren Pause: »Ich muss meine Arbeit beenden.«

Die Großmutter und die Kinder schienen erleichtert und gingen ins Zimmer zurück.

Die Magd stellte eine Terrine auf den Tisch und füllte mit einer großen Kelle die Suppe in die Teller. Die Familie nahm Platz, und Heini sprach das Gebet: »Komm, Herr Jesu, sei unser Gast und segne, was du uns bescheret hast.«

Alle sagten »Amen« und begannen zu essen.

»Ihro hochwohllöbliche Majestät, mein allergnädigster König. Voll aufrichtigster Ehrerbietung, mit tiefster Demut und unendlicher Dankbarkeit denke ich zu dieser Stunde an Euch, da Ihr größte Glückseligkeit in mein Leben gebracht habt. Mein Leben, welches vor sechsundvierzig Jahren begann und von dem ich zu berichten mir erlaube, auf dass es den Frauen Preußens künftig ein Exempel sei ...«

Mit diesen Worten begann der Brief, den Doktor Dorothea Erxleben am 11. Juni 1762 zu schreiben angefangen hatte und an dem sie nun bereits seit Stunden saß. Sie war über den großen Sekretär in ihrem ärztlichen Kabinett gebeugt. Wie besessen schrieb sie und die eng beschriebenen Seiten schwebten zu Boden. Nein, sie wollte nicht essen, nicht trinken. Sie hatte eine Aufgabe, und die musste sie zu Ende führen. Sie war schwach, krank und müde. Die Haare hingen strähnig über das bleiche, schmale Gesicht mit der markanten Nase. Ihre Augen waren stark gerötet, umrandet von tiefen Ringen. Kalter Schweiß rann ihr über den Körper. Immer wieder wurde sie von Schüttelfrost gepackt und musste sich zurücklehnen. Das waren Augenblicke, in denen sie innehielt, sie schien in eine andere Welt zu entgleiten und starrte mit leeren Augen vor sich hin. Dann aber fing sie sich, straffte ihren Oberkörper und sah sich im Zimmer um.

Sie blickte auf eine große Vitrine aus dunklem Holz und dachte daran, wie oft in seinem Leben ihr Vater wohl dieses Ungetüm geöffnet hatte, um ein Ärzteinstrument oder eine Arznei daraus zu entnehmen. Oder auch den Wacholderschnaps für einen heimlichen Nachtschluck, den wachsamen Blicken der Mutter verborgen.

Dann das schwarze Horchrohr mit Silberbeschlägen. Sie musste lächeln bei dem Gedanken an seine Geschichte. Wie lange lag das schon zurück? Alles hatte seine Bewandtnis. All die Dinge hier …

Die Lupe, das Nürnberger Holzmikroskop, ein Totenschädel, steinerne Mörser, Tiegel, Waagen, Gefäße mit Kräutern. Das Arrangement wirkte nicht romantisch, eher unaufgeräumt.

Unmittelbar neben dem hölzernen Monstrum, an der Wand, über einem Kruzifix, hing ein blaues Amulett mit Gemme, Friederickes Amulett. Daneben, in einem massiven Regal, stapelten sich Bücher, Akten und Dokumente und staubten vor sich hin.

Auf dem groben, alten Dielenboden stand die große,

braune, abgewetzte Arzttasche des Vaters, die schon lange ihre war und die sie bereits als kleines Mädchen bei jedem Wetter durch die Gassen geschleppt hatte, verfolgt von bellenden Straßenkötern. Der Doktor, immer schnaufend vor ihr her, stets geschäftig auf dem Weg zu einem Kranken oder Sterbenden. Ja, der Vater – was für ein Mann! So sehr sie sich ihres Gedächtnisses rühmen konnte, würde sie sich nicht an ein einziges garstiges Wort dieses famosen Menschen erinnern können.

Die Ärztin wischte sich mit einem Handtuch über den schweißnassen Hals und den Nacken. Ein Ruck ging durch ihren Körper. Morgen musste der Brief beendet sein, denn viel Zeit blieb ihr nicht mehr, das war ihr wohl bewusst. Sie griff fest zum Gänsekiel, tauchte ihn ins Tintenfass und beugte sich über das Papier …

1.

»Es war im Lenz anno siebzehnhundertfünfundzwanzig, also in meinem zehnten Jahr, als mich mein verehrter seliger Herr Vater, der wohlbeleumundete Medicus practicus Christian Polycarp Leporin, mitnahm auf den Marktplatz unserer Heimatgemeinde Quedlinburg …«

Maiwölkchen zogen über den Himmel. Es herrschte aufgeregtes Treiben. Aus den Fachwerkhäusern, die um den Platz herum standen, hingen Fahnen und Frühlingskränze mit bunten Girlanden. Die Glocken läuteten, und eine stattliche Anzahl von Neugierigen tummelte sich auf dem rechteckigen Marktplatz, an dessen Stirnseite das mächtige, gotische Rathaus stand.

Mehr und mehr Menschen kamen durch die engen Gassen ins Licht geströmt. Musik war zu hören, Flöten, Zimbeln, Schellen, Gesänge von jungen Zunftburschen, wiehernde Pferde, gackernde Hühner, das Rufen der Marktschreier, der Schausteller und der Akrobaten, eine Jahrmarktssymphonie.

Die unterschiedlichsten Düfte vermischten sich: Ochsen am Spieß, geröstete Mandeln, in Schweinefett herausgebackene Früchte. Einmal im Jahr fand der Lenzmarkt statt, eine willkommene Abwechslung im mühsamen Leben der Untertanen Ihrer preußischen Majestät Friedrich Wilhelm, des Soldatenkönigs. Der große, korpulente Doktor schob sich mit raumgreifenden Schritten zielstrebig durch die Menschenmenge. Ehrfürchtig machten die Bürger Platz.

Christian Polycarp Leporin war eine imposante Erscheinung, ein saftvoller Mann in den besten Jahren. Sein glattes, festes Gesicht, seine wachen Augen und sein freundlicher Mund verrieten Zielstrebigkeit, gepaart mit dem Sinn für das Menschliche. Sein Blick war klar und unbestechlich. Er war ein Vertrauen erweckender Mann. Über der Strickweste trug er seinen Festtagsrock mit Jabot, der sich über seinem ansehnlichen Bauch spannte. Unter den Stulpen der Ärmel schauten die Spitzenmanschetten heraus, und zu den dunklen Beinkleidern trug er elegante Spangenschuhe. Der schwarze Dreispitz bedeckte sein langes, volles Haar. Bald würde er vierzig werden.

Er hielt seine kleine Tochter Dora an der Hand und zog sie hinter sich her. Kaum vermochte sie ihrem Vater zu folgen. Das Mädchen mit den rotblonden Haaren schien zart und zerbrechlich zu sein, aber der Schein trog. Dora war willensstark, ganz wie ihr Vater. Ihre grünen Augen leuchteten und hielten allen Blicken stand. Obwohl sie erst zehn Jahre alt war, konnte sich kaum jemand ihrer Aura entziehen. Ein jeder spürte, dass hier ein außergewöhnlicher junger Mensch heranreifen würde.

Ganz anders Christian, ihr Bruder. Der dreizehnjährige Sohn des Doktors war ein blonder, schlaksiger Junge mit müdem, fast gelangweiltem Blick. Scheinbar phlegmatisch, mit unkoordinierten Bewegungen schlurfte er hinter dem Vater und Dora her. Doch auch Christian war recht gescheit, wenn auch etwas langsamer von Begriff als seine kleine Schwester.

Selbstbewusst bewegte sich Leporin mit seinen Kindern auf ein großes Podest zu, das man in der Mitte des Platzes aufgebaut hatte. Er schob sich vorbei an ambulanten Verkäufern mit allerlei Waren, jüdischen Viehhändlern mit Schafen und Ziegen, einem reisenden Barbier, einem Moritatensänger, einem Vogelhändler behängt mit Käfigen. Eine

Abtrittsfrau mit einer tragbaren Toilette war zu sehen und einige Gaukler auf Stelzen.

Hoch über den Köpfen der Menschen war ein Seil gespannt, auf dem ein Seiltänzer in einem Harlekin-Kostüm allerlei Verrenkungen zeigte, um nicht herunterzufallen, und damit besonders die Kinder zum Lachen brachte, die zu ihm hochgafften. Dora rief ihrem Bruder etwas zu und zeigte nach oben. Gern hätte sie noch länger dem Seiltänzer zugeschaut, aber der Vater zog sie ungeduldig weiter.

Leporin wurde von den Quedlinburgern höflich, von einigen respektvoll gegrüßt und grüßte flüchtig zurück. Endlich war der Doktor mit den Kindern dort angekommen, wo er hinwollte. An dem Podest. Hier hob er seine kleine Tochter hoch, nahm sie auf den Arm, damit sie alles gut sehen konnte. Das Mädchen schlang ihre dünnen Arme um den Hals des Vaters, legte liebevoll ihren Kopf an seine Wange. Auf seinem Arm konnte ihr kein Leid geschehen. Sie schaute neugierig nach vorn. Auf einer grob gezimmerten Bühne, deren hinterer Teil durch einen roten, abgewetzten Vorhang abgeteilt war, standen drei Musikanten mit Fanfare, Trommel und Mandoline. Daneben war ein Bärenführer zu sehen, der einen großen braunen Bären an der Kette führte, die in einem Nasenring endete.

Auf einen Wink mit einem Stock hin erhob sich der Bär immer und immer wieder wie mechanisch auf seine großen Hintertatzen und schaute teilnahmslos in die Menge. Wo mag er nur mit seinen Gedanken sein? dachte Dora. Wahrscheinlich in seinem Wald, wo er viel lieber wäre. Applaus brachte das Mädchen wieder in die Wirklichkeit zurück. Ein Feuerschlucker beendete gerade seine Vorstellung. Zwei hagere Tänzerinnen in Schleierkleidern machten recht unbeholfene Bewegungen zur Musik, während ein Jongleur begann, mit bunten Holzringen einige Kunststücke zu zeigen.

Der Vater wies mit der Hand mal hierhin, mal dorthin.

Die kleine Dora war hingerissen vom Spektakel, besonders beeindruckte sie der Bär, der so traurige Augen hatte. Doch dann, mit einem Mal, erregte etwas anderes ihre ganze Aufmerksamkeit.

»Seht doch, Herr Vater!«

Sie zeigte zu einem riesigen Afrikaner, der im Hintergrund stand und wie ein Automat schwere Steine wie leichte Weidenkörbe in die Höhe hob.

»Potzblitz!«, rief Leporin. »Der Kerl kann ja Pferde zum Schmied schleppen, was, Dorchen?«

Dora staunte. Solch einen kräftigen Mann hatte sie noch nie gesehen. Seine angespannten Muskeln glänzten im Sonnenlicht. Selbst Valentin, der gute Knecht der Leporins, war ein Schwächling dagegen, obwohl der schon Zentnersäcke wie nichts schultern konnte. Man vernahm plötzlich den scharfen Klang der Fanfare, und ein erwartungsvolles Raunen ging durch das Publikum.

Ein Zeremonienmeister trat vor. Bleich geschminkt, mit roten Lippen und einem angemalten Schönheitsfleck. Angetan mit Rokokokostüm und Allongeperücke, stieß er aggressiv dreimal mit einem Stock auf den Boden und rief dann laut mit heller Stimme: »Herbei und hergehört, Bürger von Quedlinburg! Ihr habt die Ehre, am heutigen Tag den größten Mediziner unserer Zeit in eurer Mitte zu wissen!«

Man hörte daraufhin vereinzelte Rufe, aber auch Jubelschreie, und Dora blickte den Vater fragend an. Der zwickte ihr bloß liebevoll in die Nase, während der Zeremonienmeister weiter tönte: »Sein Ruhm reicht gar weit über die Grenzen unseres geliebten preußischen Königtums hinaus. Unzählige Menschen hat er von schwerstem Siechtum geheilt ...«

Leporin flüsterte seiner Tochter ins Ohr: »Oder erlöst!«

Dora lächelte. Der Mann auf der Bühne war inzwischen an die Rampe getreten.

»Das folgende Spektakel ist nicht für schwache Naturen gemacht. Es ist daher angezeigt, Frauenzimmer und Kinder hinten zu platzieren.«

Daraufhin drängten mehrere Frauen und Kinder neugierig nach vorn. Der Ton des Zeremonienmeisters wurde feierlich, als er das Zeichen für einen Trommelwirbel gab. »Nun denn, also! Der vortreffliche Heilkünstler, Zahn- und Augenoperateur, der Stein- und Bruchschneider, promoviert an der Sorbonne zu Paris, der königlich Preußische Rat- und Hofokkultist, der ehrenwerte Doktor der Medizin ... Johann Andreas Eisenbart!«

Applaus war zu hören, und die Musikanten zitierten die bekannte Eisenbart-Melodie, während sich der Vorhang teilte und ein Mann nach vorn trat: Doktor Eisenbart! Ein hoch aufgeschossener Mensch, sinister und furchterregend. Aus seinem bleichen Gesicht schauten zwei dunkle, stechende Augen und unterstrichen den ohnehin hochmütigen Blick dieses rätselhaften Mannes. Er trug einen schwarzen Paletot und einen schwarzen Dreispitz sowie in der Hand einen silbernen Stock.

Eine dürre Weibsperson kam mit aufgesetztem Grinsen herbeigetänzelt, nahm den Paletot entgegen, dessen er sich mit einem eleganten Schwung entledigte, danach folgten Hut und Stock. Jetzt also stand er da, in weißem Hemd mit weiten Ärmeln und einer schwarzen Weste. Er trug eng anliegende Samthosen, wie sie in Paris Mode waren. Sein dunkles, leicht angegrautes Haar war zu einem Pferdeschwanz gebunden. Eine kurze Handbewegung, dann trat Ruhe ein, bevor er mit scharfer Stimme zu reden begann: »Wurde mir kundgetan, dass just Quedlinburg arg heimgesucht wird von allerlei Missbehagen und Krankheit ...«

Dora flüsterte ihrem Vater ins Ohr: »Das sagt er wohl in jeder Stadt.«

Leporin musste lächeln und nickte.

»So mag es denn sein, wie's will«, fuhr Eisenbart fort, »bin erschienen, das zu beenden!«

Christian, dessen anfängliche Müdigkeit wie verschwunden war, in dessen Augen stattdessen Ärger aufblitzte, rief frech und ziemlich laut dazwischen: »Hört! Hört! Hier gibt es auch Doktors!«

Eisenbart schaute verächtlich auf den Zwischenrufer und erhob bedrohlich die Stimme. »Doktors? Skandalös, wer sich heut alles Doktor schimpft! Das ist in eurem hübschen Städtchen nicht anders als sonst wo im Land. Auch hier werdet ihr von dreisten Scharlatanen über den Löffel balbiert!«

Ein vielstimmiges Lachen war zu hören. Christian schaute verärgert zu seinem Vater und schimpfte erneut zur Bühne hin. »Liederlicher Kerl!« Leporin hielt seinen Sohn zurück. »Gemach, Christian. Eisenbart ist kein schlechter Arzt. Er hätte fürwahr Großes leisten können, allein, er hat sich für den Zirkus entschieden. Du weißt doch: suum cuique.«

Immer wieder musste ihn der Vater mit der Nase auf seine Schwierigkeiten mit dem Lateinischen stoßen, dachte der Junge, aber diesmal reagierte Christian prompt.

»Jedem das Seine« murmelte er, so dass der Vater es hören konnte.

Eisenbart kam inzwischen in Fahrt. Er war solcherart empörter Zwischenrufe aus dem Publikum gewöhnt und schien sie förmlich zu provozieren. Grimmig schüttelte er die Faust.

»Warum kommen die Leute zu Hauf zu mir, wenn sie so vortrefflich wären, eure Herren Doktors?« Und nach einer Kunstpause fuhr er fort: »Ich will's euch verraten. Schildbürger sind's! Hanswürste allesamt!«

Da hielt es Dora kaum mehr auf dem Arm ihres Vaters. Sie rief laut: »Mein Herr Vater ist kein Hanswurst! Er ist ein besserer Arzt als Ihr! Doch hat er es nicht nötig, mit seiner Kunst zu prahlen!«

Plötzlich war alles still.

Zuerst schaute Eisenbart verärgert, dann fragte er leise und nicht ungefährlich: »Und wie heißt er wohl, dein werter Herr Vater?«

Leporin wollte diesen Disput verhindern, aber Dora konnte sich nicht zurückhalten. »Es ist der Stadtphysikus Doktor Leporin, mit Verlaub!«

Eisenbart blickte einen Moment abschätzig vom Podest zu dem kleinen Mädchen, dann lachte er kurz und laut und sprach dabei: »So! Deshalb hockt er sein Lebtag in dieser Stadt, und unsereins hat Geld und Gesinde und kutschiert in der Welt umher! Singt man im Land das Lied vom Doktor Leporin oder das vom Doktor Eisenbart?«

Aus dem Publikum kam Zustimmung.

Einige aus Eisenbarts Truppe begannen mit dem Lied: »Ich bin der Doktor Eisenbart, widiwidiwitt bumbum! Kurier die Leut nach meiner Art, widiwidiwitt bumbum …«

Doch dann stoppte Eisenbart den Gesang mit einer herrischen Handbewegung.

»Arrêtez! Hab wahrlich keine Zeit zu verlieren! Muss schwer arbeiten für mein Geld.«

Er kam an die Rampe. »Wohlan, den Star gestochen, zur Ader gelassen, das Furunkel geschnitten, den Bruch gerichtet und den faulen Zahn herausgerissen! An wem ist die Reihe?«

Auf ein Zeichen des Meisters schleppte der Afrikaner einen schweren Stuhl nach vorn.

Wie ein Zauberer brachte sich Eisenbart in Positur und zeigte seine furchterregenden Instrumente.

»Ist euch die Courage in den Allerwertesten gefahren?«, fragte er frech.

Wieder feixte die Menge, während sich ein älterer Mann anschickte, über eine wacklige Holztreppe auf die Bühne zu steigen. Schließlich stand der Mann verunsichert vor Eisenbart, der ihn ansprach: »Wie heißt er?«

Der Alte hüstelte, dann antwortete er leise: »Joseph Seidler, mit Verlaub, Herr.«

Eisenbart führte den Alten an die Rampe wie eine Berühmtheit. »Hier! Seht ihn euch an! Der Seidler, Joseph. Ein wackeres Mannsbild, fürwahr!« Er legte den Arm um den Mann. »Nun, sprich Er, was hat es mit Ihm auf sich?«

Der Mann zeigte auf einen Zahn in seinem Mund. »Der Zahn tut arg weh, Herr Doktor …«

Eisenbart wurde wieder laut: »Werd's zu richten wissen.«

Er griff nach einer Zange.

Der Mann wurde in den Sessel gestoßen. Während ein Gehilfe ihn von hinten umklammerte, hielt der Afrikaner den Kopf des Patienten wie in einem Schraubstock.

Eisenbart kam zur Sache. »So mach Er's Maul auf!« Er schaute in den geöffneten Mund und verzog das Gesicht. »Mon dieu! Er stinkt ja aus dem Hals wie eine Sau aus dem Loch!«

Die Leute brüllten vor Vergnügen. Dann stieß Eisenbart die große Zange in den Mund des armen Mannes und schrie: »Der muss raus, auf Brechen oder Biegen!«

Während der Alte heftig aufstöhnte und sich vergebens zu wehren versuchte, fuhrwerkte Eisenbart im Rachen des Mannes herum und schnaufte übertrieben laut. Dann, nach einer langen Pause, hörte man ein Krachen und Stöhnen, und Eisenbart rief: »Da haben wir dich! Du Lumpenstück!«

Mit einem Ruck riss Eisenbart dem Mann einen blutverschmierten Zahn heraus und zeigte ihn anschließend der Menge.

»Et voilà!«

Die Zuschauer johlten und klatschten.

Der alte Mann hielt sich die Hand vor den blutenden Mund und jammerte: »Ich sterbe …«

Während er drohte zu taumeln, hielt ihn Eisenbart fest wie eine Gliederpuppe.

»Hoppla! Bevor Er darüber den Tod bekommt, Alter, so gib Er mir zwei Taler!«

Wieder war lautes Gelächter zu vernehmen. Der Alte begann unbeholfen nach seinem Geld zu kramen, doch Eisenbart nahm ihm den Beutel kurzerhand ab, holte zuerst zwei, drei Münzen, dann vier heraus.

»Und einen für Eisenbarts Wundertinktur. Und noch einen für meine Equipage!«

Die Tänzerin kam und reichte ihm mit einem Knicks ein braunes Fläschchen. Als Eisenbart es dem Mann übergab, rief er: »Hier! Und nicht, dass Er's auf einmal aussäuft. Pro Tag ein paar Tropfen in die Wunde getan.«

Damit schob er den Alten von der Bühne, der mehr stolperte denn lief, während eine ältere Frau nach oben kam.

Dora schaute erbost und flüsterte ihrem Vater zu: »Die Schneiderin! Wieso kommt sie nicht zu Euch?«

Leporin blieb gelassen. »Sei's drum. Der Eisenbart hat sich morgen wieder davongemacht, die Krankheiten bleiben.«

Die Schneiderin setzte sich in den Sessel, und Eisenbart kam auf sie zu. »Wie heißt Sie, Madame?«

Die Schneiderin blitzte ihn keck an. »Die Madame könnt Ihr lassen, hab eh nur einen Taler dabei!«

Eisenbart polterte los: »Einen Taler? Für einen Taler kann sie einen Tritt in den Arsch bekommen!«

Die Zuschauer applaudierten vor Freude, doch dann wurde Eisenbart ernst. »Sag Sie an! Wo tut es Sie weh?«

Leporin flüstert Dora ins Ohr: »Das vermaledeite Bein ist's …« Dora amüsierte sich, als die Schneiderin einen Moment später sagte: »Das vermaledeite Bein ist's.«

Sie streckte das Bein vor.

Eisenbart untersuchte es kurz und stellte dann die Diagnose. »Ei, ei, voll Wasser. Ein Schnitt und ich mach's leer.« Während man der Schneiderin ein Beißholz zwischen die Zähne schob, nahm Eisenbart ein imposantes Messer, ging damit zur Rampe nach vorn und zeigte es der staunenden Menge. Dabei rief er: »Weg da! Aber plötzlich! Wenn das Wasser aus dem Bein spritzt, schwimmt ihr alle davon!«

Die Leute schauten verunsichert. Leporin schüttelte amüsiert den Kopf. Aus der Menge, zwischen den Köpfen der Zuschauer, ragte plötzlich der Knecht Valentin heraus und hielt nach seinem Herrn Ausschau. Er hatte Leporin entdeckt. »Herr Doktor!«

Der Knecht war mit der Arzttasche und einer Perücke bei Leporin angekommen. Außer Atem sagte er: »Der Magister Werremeier schickt nach Euch. Seine Frau ...«

Noch mit einem Auge auf der Bühne, wo die Schneiderin behandelt wurde und wässriges Blut in einen Eimer lief, sagte Leporin: »Wieder die Kolik.«

Valentin nickte.

Leporin ließ seine Tochter auf das Pflaster hinunter, nahm den Dreispitz ab, legte sich die Perücke auf seinen dunklen Haarschopf, setzte den Hut wieder auf und drehte sich um.

»Danke, Valentin, er kann gehen.«

Dora zog ihren Vater am Rock. »Herr Vater, lasst mich dabei sein, bitte.«

»Nein. Es könnte Komplikationen geben.«

Valentin war gegangen. Der Doktor schob sich ruppig durch die Zuschauer, Christian hechelte mit der schweren Tasche hinterher, gefolgt von Dora, die nicht lockerließ. »Eine Kolik ist doch nichts Kompliziertes. Goldrute und warme Haferwickel!«

Leporin blieb stehen, sah zu Dora und sagte streng: »Geschwind nach Haus und der Mutter zur Hand gegangen, wie es sich schickt für ein braves Mädel!«

Enttäuscht schaute sie Vater und Bruder hinterher.

Bedrückt trottete Dora durch die Menge. Als sie zum Harlekin auf dem Hochseil hinaufblickte, war dieser gerade dabei, einen Salto zu vollführen. Die Zuschauer schauten gebannt. Ein Trommelwirbel war zu hören, und der Harlekin versuchte sich an dem Überschlag. Aber er kam nicht mehr richtig auf dem Seil zu stehen, verlor die Balance und stürzte ab!

Ein vielstimmiges Kreischen war zu vernehmen, als er wie ein Stein von oben zwischen die Menschen fiel und auf dem Pflaster liegenblieb.

Dora drängte sich rasch durch die Reihen. Schaulustige hatten einen Kreis gebildet. In der Mitte lag der Harlekin in verzerrter Körperhaltung mit geschlossenen Augen wie tot.

Ein aufgeregtes Gemurmel war zu hören. Die Menschen redeten durcheinander, doch keiner wagte es, sich dem Verletzten zu nähern. Im Gegenteil, eine der Marktfrauen schlug das Kreuzzeichen und rief: »Herr im Himmel, er ist tot!«

Dora aber schob sich an den Gaffern vorbei, ging wie selbstverständlich zu dem Harlekin, kniete sich neben ihn und zog sein linkes Augenlid nach oben. Dann sagte sie: »Er lebt, er ist nur ohnmächtig.«

Danach hielt sie ihm Mund und Nase zu. Sofort wollte sich der junge Mann aufbäumen. Ein Stöhnen erklang. Als sich Dora hinunterbeugen wollte, um ihr Ohr auf seine Brust zu legen, wurde sie ruppig zur Seite gestoßen!

»Was unterstehst du dich? Verschwinde!«

Eisenbart stand bedrohlich über ihr und sah wütend auf sie hinunter.

Dora stammelte: »Verzeiht, Monsieur, ich wollte nur helfen …«

Eisenbart holte mit der Hand aus, als würde er nach Dora schlagen, und schrie: »Sieh zu, dass ich dir nicht helfe! Impertinentes Gör!«

Dora schreckte zurück. Eisenbart bückte sich und nahm den Harlekin in die Arme wie eine Puppe.

»Aus dem Weg, Gesindel, aber flugs!«, rief er.

Die Menge teilte sich ehrfürchtig, während Eisenbart den jungen Mann davontrug, als wäre er ein kostbares Gut. Dora spürte die hämischen Blicke der Leute und machte sich rasch davon.

2.

Magister Werremeier, ein hageres Männchen um die fünfzig, blickte angstvoll in das Bett, in dem sich seine beleibte Ehefrau in Schmerzen wand. Doktor Leporin stand besorgt neben ihr und drückte mit der Hand leicht auf den Unterbauch.

Sofort schrie die arme Frau auf. »Au, Herr Doktor, es tut arg weh …«

Leporin nickte und murmelte: »Frau Magister, Ihr dauert mich. Doch ich muss leider ein wenig drücken … Christian!«

Sein Sohn hatte den Puls der Frau gefühlt, ließ den Arm los und wischte ihr den Schweiß von der Stirn.

Werremeier rieb sich nervös die Hände und fragte ängstlich: »Meint Ihr, es ist wieder der Stein?«

Der Doktor richtete sich auf. »Vermag's noch nicht zu sagen. Jedenfalls heißt's im Bett geblieben und getrunken. Drei Liter über den Tag, Minimum. Und nichts gegessen, hört Ihr?«

Die Frau nickte, wobei ihr Doppelkinn schwabbelte. »Hab ohnehin kaum was zu mir genommen, heute.« Sie schaute ihren Mann an. »Sagt es selbst. Was habe ich denn schon gegessen?«

Der Mann nickte halbherzig und murmelte: »Ein Stück vom Braten …«

Die Frau reagierte beleidigt und versuchte sich aufzusetzen, um ihren Protest zu unterstreichen.

»Ein kleines Stückchen, fürwahr!«

Der Doktor schaute ungläubig zu Werremeier. »War das alles?«

Das Männchen schüttelte den Kopf, räusperte sich und sagte auffallend leise: »Und einen Kloß.«

Wieder protestierte Frau Werremeier. »Kloß? Ein winziges Klößchen war's. Bei meiner Treu! Bring ja nichts runter.«

Ohne dass die Werremeiers es sehen konnten, schauten sich Leporin und Christian vielsagend an. Die Magd Helene stand derweil in der Ecke und betete inbrünstig vor einem Kruzifix, das an der Wand hing.

»Herr Jesus, sie ist uns eine gute Herrin, wieso muss sie gar so leiden?«

Leporin sprach die Magd an: »Helene, hol sie mir geschwind handwarmes Wasser für ein Klistier und sieh sie zu, dass die Magisterin danach einen Haferwickel kriegt, und lauf sie nach dem Apotheker Hopf um Ringelrose und Goldrute für eine Tisane für die Nacht …«

Die Frau machte einen ehrfürchtigen Knicks, murmelte noch »Sehr wohl, Herr Doktor. Handwarmes Wasser, Haferwickel, Ringelrose, Goldrute …« und verließ dabei rasch die Schlafkammer.

Christian half seinem Vater aus dem Rock, während die Frau des Magisters jammerte: »Muss das Klistier sein?«

Leporin nickte. »Ja, es muss sein.«

Während Christian in der Tasche kramte, drehte sich die dicke Frau stöhnend auf den Bauch.

Rücksichtslos und mit hohem Tempo ratterte die vierspännige Kutsche mit dem Wappen der Herzogin von Holstein-Gottorp durch die engen Gassen. Wer nicht rechtzeitig zur Seite springen konnte, hätte leicht unter die Räder kommen können.

Dora lief rasch die Essiggasse hinunter. Ihre kleinen Füße eilten über das Kopfsteinpflaster. Als sie um die Ecke bog, stieß sie beinah mit der Kutsche zusammen, die jäh abbremsen musste. Die Pferde stiegen wiehernd in die Höhe. Dora stürzte lang hin. Während sie sich aufrappelte, schrie einer der beiden Kutscher von oben: »Warum passt du nicht auf, dummes Ding! Überfahren hätte ich dich sollen!«

In der Kutsche wurde von einer Damenhand mit einem imposanten Ring über dem Handschuh ein Vorhang zur Seite geschoben, und das schöne, strenge Gesicht der Äbtissin, der Herzogin Maria-Elisabeth, erschien am Fenster. Sie entdeckte Dora, die sich erhoben hatte und sich den verletzten Ellbogen hielt.

Dora schaute zur Kutsche. Sie wusste sofort, wen sie vor sich hatte: die Herzogin! Solch eine vornehme Frau hatte das Mädchen noch nie gesehen, aber viel von ihr gehört, wenn der Vater von seinen Konsultationen aus dem Stift zurückkehrte und berichtete. Dora deutete einen unbeholfenen Knicks an.

Die Äbtissin öffnete das Fenster einen Spalt breit und fragte: »Hast du dich verletzt?«

Dora schüttelte den Kopf. »Nur eine Schürfwunde. Mit etwas Arnika ist es getan.«

Einer der Kutscher schaute grimmig von oben herunter.

Die Äbtissin lächelte. Sie hatte einen Verdacht, als sie fragte: »Aha! Wie heißt du denn, mein Kind?«

»Dorothea Leporin ...«, antwortete das Mädchen.

Der Kutscher zischte von oben, um Dora zu verbessern: »Hoheit!«

»Hoheit«, sagte Dora daraufhin.

Die Äbtissin schaute das kleine Mädchen einen Moment lang an und sagte: »So, Dorothea, bist also die Tochter unseres Leibarztes.«

Dora nickte. »Ja … Hoheit.«

Leicht amüsiert fragte die Äbtissin: »Arnika willst du dir auf die Wunde tun. Kennst dich wohl schon aus mit den Heilpflanzen?«

Dora schluckte und sagte dann leise und bescheiden: »Ein wenig.«

»Warst gewiss auf dem Jahrmarkt und hast den Eisenbart gesehen?«, wollte die Äbtissin wissen.

»Ja, Hoheit.«

Die Herzogin neigte interessiert den Kopf und hob die Augenbrauen. »Und? Hat er dir zugesagt?«

Dora antwortete ganz selbstbewusst: »Mit Verlaub, er hat mir nur mäßig imponiert … Hoheit.«

Die Äbtissin lachte laut. Einer der Kutscher sah verwirrt nach unten. So aufgekratzt erlebte er seine Herrin selten. Dieses kleine Mädchen schien es ihr angetan zu haben.

»Interessant«, sagte die Äbtissin, »was hast du denn auszusetzen an ihm? Er ist doch ein berühmter Mann.«

»Gewiss, das ist er, aber doch allein, weil er auf dem Jahrmarkt praktiziert, coram publico. Mein Vater macht nichts anderes, jedoch macht er es im Stillen.«

»Und er macht es formidable, glaube mir«, sagte die Herzogin, »wir sind hochzufrieden mit ihm.«

Dora versuchte sich erneut an einem Knicks. »Ich werde es ihm bestellen.«

Die Äbtissin lächelte für einen kurzen Augenblick und sagte: »Au revoir, petite Dorothée.« Dann wurde sie ernst und rief dem Kutscher zu: »Allez!«

Sie schloss mit einem Ruck den Vorhang, die Pferde zogen an. Dora schaute der Kutsche nach, wie sie um die Ecke verschwand. Einen Moment später wurde sie durch einen brennenden Schmerz wieder an ihre Wunde erinnert und rannte nach Hause zum Steinweg.

Hier lag das Haus des Doktors bereits im Schatten, als

Dora die Hofeinfahrt erreichte. Neben der Scheune konnte sie den Knecht Valentin sehen, der mit einem Heuballen in Richtung des Stalles lief. Sie wartete, bis er verschwunden war, und huschte zum Wohnhaus. Sie schlich durch den Flur, an der erleuchteten Küche vorbei, wo sie die Mutter und die Magd Liesel im Dampf der Töpfe erkennen konnte, und öffnete behutsam die Tür, die zum Kabinett des Doktors führte.

Dora betrat das Behandlungszimmer ihres Vaters und lehnte vorsichtig die Tür an. Rasch öffnete sie den großen, hohen Medizinschrank, zog sich einen Schemel heran, kletterte darauf und nahm sich die Flasche mit der Arnikatinktur. Vorsichtig tropfte sie sich die Flüssigkeit auf ihre Wunde am Ellbogen und rieb sie ein. Sie biss die Zähne zusammen und ertrug tapfer das Brennen. Schnell stellte sie die Flasche zurück, hüpfte vom Schemel und schloss den Schrank. Da öffnete sich die Zimmertür leise, und Dora erschrak. Aber es war nur die neugierige Katze, die vermutlich auf Baldrian gelauert hatte. Das Mädchen bückte sich, nahm die Katze hoch und drückte sie liebevoll an ihre Brust.

Während Christian routiniert die Tasche des Doktors packte, stand Leporin mit dem Magister bereits im Flur. Die Haustür war offen, und das Abendlicht fiel auf die beiden Männer. Werremeier kramte umständlich in seinem Geldbeutel. Leporin hielt ihn zurück. »Lasst es gut sein. Ihr habt so viel für unseren Christian getan.«

Der Magister sah zum Doktor hoch. »Ich freue mich, dass ich dazu beitragen konnte, dass er nun aufs Gymnasium kommt. Der Junge ist wohlgeraten.«

Leporin knöpfte seinen Rock zu. »Was er kann, hat er Euch zu verdanken. Ihr wart ihm wahrlich ein vortrefflicher Lehrer.«

Werremeier lächelte hintergründig. »Das ist nicht mein

Werk, dass Ihr so gescheite Kinder habt. Es kann nur gedeihen, wo der Boden fruchtbar ist.«

Damit nahm er eine Prise Schnupftabak und fuhr leise fort: »Entre-nous, Eure Dorothea ist wahrlich von extraordinärer Intelligenz. Sie hat vielerlei Kenntnis, hat alles fix gelernt, Latein, Rechnen, nur weil sie mit dem Bruder geübt hat. Es wäre mir ein Pläsir, das Kind zu unterrichten. Selbst unentgeltlich.«

Leporin wirkte fast verärgert. »Ihr wisst doch selber, dass ein Mädchen nicht aufs Gymnasium darf, vom Studieren ganz zu schweigen …«

Werremeier kam verschwörerisch näher. »Bei Euch zu Haus, cher Docteur, da gibt's kein Gesetz, was das Lernen verbieten tät.«

Leporin nahm seinen Hut. »Zuviel der Mühe. Unsere Dora wird heiraten und Kinder kriegen. So ist es Sitte. Und so will es ihre Mutter.«

»Und Ihr, Doktor? Wollt Ihr das auch?«, fragte der Magister mit forschender Miene.

Leporin drückte sich vor der Antwort, sah auf seine Taschenuhr und rief nach seinem Sohn, der sich noch in der Schlafkammer befand. »Christian! Beeilung! Wir müssen los!«

Damit trat der Doktor auf die Straße. Das Fuhrwerk des jüdischen Geflügelhändlers rumpelte vorbei, und Meier Jakobsohn grüßte freundlich vom Kutschbock.

»Docteur …«

Auch Leporin lupfte seinen Dreispitz. »Bonsoir, Monsieur Jakobsohn«, rief er.

Dann war Christian mit der Tasche neben ihm, und Vater und Sohn gingen los.

3.

Durch die Butzenscheiben des Gasthofs fiel warmes Licht auf die Gasse. Christian und der Vater waren vorm »Bären« angelangt, als Leporin seine Kollegen Doktor Bollmann und Doktor Ellrich begrüßte, die gerade einkehren wollten. Erleichtert hatte Christian die Arzttasche abgesetzt.

»Wie wär's mit einem Becher, Collega?«, fragte Bollmann devot wie immer.

»Ja, das lob ich mir«, sagte Leporin, und mit einem Seitenblick auf seinen Sohn fuhr er fort: »Geh nach Hause, Christian, ich komme alsbald nach.«

Der Junge verzog das Gesicht, nahm die Tasche wieder hoch und verschwand im Dunkeln. Während die drei Ärzte das Wirtshaus betraten, fragte Ellrich: »Und habt Ihr ihn gesehen, den großen Wunderdoktor?«

»Er hat mir nur mäßig imponiert«, murmelte Leporin, und die Männer lachten.

Das Wirtshaus bestand aus einem großen, rechteckigen Saal, von dem aus eine steile Treppe zu einer Galerie führte. Von dort gelangte man in die wenigen Gästezimmer. Als die drei Ärzte die Gaststube betraten, mussten sich ihre Augen erst an den Tabakrauch gewöhnen. Das Gemurmel war ohrenbetäubend laut. Lachen, Schimpfen und Gegröle drangen zu ihnen herüber. Gottlob hatten sie ihren Stammtisch, der in der Ecke stand und auf sie wartete. Kaum hatten sie Platz genommen, erschien bereits die füllige Wirtin und brachte ihnen die erste Runde.

Zum Lenzmarkt in Quedlinburg hatte sich wie jedes Jahr allerlei Volk von außerhalb eingefunden. Auch grell geschminkte Weibsleute in bunten Kleidern waren zu sehen, die kreischend auflachten und kokett auf betrunkene Freier aus waren.

Leporin erkannte einige Gestalten aus Eisenbarts Gefolge, aber der große Meister war nirgends zu sehen. Nachdem die drei schweigend ihren ersten Schluck genommen hatten, meinte Bollmann: »Dieser Eisenbart ist mir ein rechter Hallodri. Der kocht doch auch nur mit Wasser.«

»Von mir aus kann er machen, wie es ihm beliebt, aber er soll uns nicht zu Hanswürsten stempeln«, ereiferte sich Ellrich und sah zu Leporin, der seinen Krug absetzte. »Was meint Ihr, Doktor?«

»Der Eisenbart ist mir so wichtig wie ein Furunkel am Arsch!«, erwiderte Leporin daraufhin lakonisch. Die Männer lachten so laut auf, dass einige der Gäste neugierig zu ihnen herüberschauten.

Über dem Feuer hing ein immens großer Topf, und der Dampf daraus zog in eine gewaltige Hotte, die etwa die Hälfte der Küche einnahm. Die Magd Liesel, bereits seit vielen Jahren im Dienste der Leporins, legte Holz nach. Es war erstaunlich, wie kraftvoll diese Person zupacken konnte, obwohl sie nur aus Haut und Knochen zu bestehen schien. Und auf den Mund war Liesel wahrlich auch nicht gefallen.

Anna Leporin kam aus der Speisekammer, eine handfeste Frau, aber nicht sonderlich groß. Sie war stämmig und trotzdem in gewissem Sinn graziös. Sie hatte ein bäurisches Gesicht mit ausgeprägter Nase und einem Kinn, welches Durchsetzungskraft verriet. Ihr leicht welliges Haar hatte sie zu einem Dutt geknotet, über den ein geklöppeltes Netz gezogen war. Ihren scharfen Augen entging nichts in diesem Haus, und vor ihrem Mundwerk fürchteten sich alle.

Sie warf eine Handvoll Zwiebeln auf den großen, derben Eichentisch, der in der Mitte der Küche stand und auf dem der kleine Hans saß. Er spielte mit Kochlöffeln, während sich Dora auf einem Schemel kniend abmühte, Kartoffeln zu schälen. Vor ihr stand ein Topf mit Wasser. Die Mutter nahm sich ein Messer und setzte sich auf die Bank, um die Zwiebeln zu schneiden. Dora hatte unterdessen damit begonnen, ihre Erlebnisse vom Nachmittag zu schildern. Zuerst hatte sie von der Äbtissin berichtet, und je mehr sie von der hohen Frau schwärmte, umso mehr verdüsterte sich der Blick der Mutter. Gewiss, Anna Leporin war froh, dass ihr Mann im Stift und am herzoglichen Hofe ärztlich tätig war, aber gleichzeitig war es ihr ein Ärgernis, dass die Herzogin und ihre hypochondrischen Hofdamen alle naselang, besonders auch des Nachts, nach dem Doktor riefen.

Daher vernahm sie den schwärmerischen Bericht ihrer Tochter mit gebotener Skepsis und unterbrach sie schließlich, um vom Eisenbart zu hören.

So begann Dora von Doktor Eisenbart und seinen dubiosen Heilungen zu sprechen, vom Harlekin und dessen Sturz und davon, dass plötzlich der Eisenbart vor ihr stand.

»Und dann hat er mich weggestoßen. So.«

Sie deutete den Stoß an. Aber von der Mutter war kein Mitgefühl zu erwarten.

»Recht hat er getan, der Eisenbart! Was hast du dich einzumischen in seine Geschäfte. Du bist ein Kind und ein einfältiges dazu!«

Dora protestierte. »Ich kann lesen und schreiben!«

Die Mutter wischte sich die tränenden Augen mit der Schürze ab. »Sogar besser als ich es vermag. Allein, zu was ist es nütze?«

Dora ließ ärgerlich eine Kartoffel in den Wassertopf fallen, so dass es spritzte, und sagte bestimmt: »Ich will studieren!«

Hänschen klopfte daraufhin wie wild mit dem Kochlöffel, schrie vergnügt dazu im Takt und rief: »Ein Doktor, ein Doktor, die Dora wird ein Doktor!«

Die Mutter sah den Kleinen erbost an. »Halt den Schnabel, Dummkopf.«

Dora blickte ernst zu ihrer Mutter.

»Das Hänschen spricht die Wahrheit.«

Liesel bekreuzigte sich. »Dorchen, versündige dich nicht vor unserem Herrn.«

Sie ging auf das Mädchen zu. »So etwas darfst du nicht einmal denken, darfst du das!«

Dora sah schnippisch zu der Magd. »Und ich werde ein Doktor sein!«

Liesel riss die Augen weit auf und wurde bleich vor Wut. »Als Hexe wirst du enden, auf dem Scheiterhaufen! Mit deinen roten Haaren.«

Die Leporinin fühlte sich unbehaglich bei diesem leidigen Thema. Sie langte in den Topf, holte eine Kartoffel heraus.

»Liesel, sieht sie das! Nicht einmal Kartoffeln kann das Mädel schälen!« Und an Dora gewandt, fuhr sie fort: »Sieh zu, dass du eine geschickte Hausfrau wirst, törichtes Ding.«

Im Nu stand Dora auf dem Schemel und verkündete: »Ich werde nie eine Hausfrau sein! Kochen, backen, sticken. Herr im Himmel, solch stupide Verrichtungen!«

Die Mutter sprang auf, langte über den Tisch und gab ihr eine schallende Ohrfeige.

»Stupid bin ich also! Sieh zu, dass du verschwindest, bevor ich noch einmal zuschlage!«

Einen Augenblick stand Dora der Zorn näher als das Weinen. Sie rannte nach draußen, dann drehte sie sich um und rief mit tränenerstickter Stimme: »Das sag ich dem Vater!«

Damit schlug sie die Tür hinter sich zu.

Beide Frauen sahen verdutzt zur geschlossenen Küchentür.

»Mit der werdet Ihr noch manchen Kummer haben«, meinte Liesel tief durchatmend und hob den Topf vom Tisch.

Die Mutter nahm sich, offensichtlich ziemlich verärgert, die nächste Zwiebel vor.

»Papperlapapp! In sechs Jahren trägt sie die Frauenhaube.«

Das schale Licht aus der Küche fiel in den Hof. Eine Veranda mit Holzgeländer führte außen am Haus entlang, mündete in eine Treppe, die mit wenigen steilen Stiegen nach unten führte. Unterhalb der Treppe, direkt an der Wand, stand eine kleine, verwitterte Bank, und darauf saß der Knecht Valentin. In seinen Armen wiegte er Dora wie einen Säugling und strich ihr mit seiner groben, schwieligen Hand über das Haar.

Dora hatte ihm wie so oft ihr Herz ausgeschüttet. Valentin wusste wie kaum ein anderer von der Ungerechtigkeit der Welt. Er glaubte fest an das Talent und an die Zukunft dieses kleinen, besonderen Mädchens. Obwohl er nicht der Hellste war, hatte er doch eine Klugheit des Herzens und ein Gefühl für das Wahrhaftige. Oft empfand Dora sogar eine Art von Seelenverwandtschaft, denn es war der Blick auf die kleinen Dinge des Lebens, den sie beide gemeinsam hatten.

Valentin, der doch äußerlich eher schwerfällig wirkte, war es, der Dora schon recht früh und gefühlvoll auf eine kaum sichtbare Welt jenseits der offensichtlichen aufmerksam gemacht hatte und der sie anhielt, neugierig zu sein. Sei es im Garten oder im Stall, immer wieder half er ihr, Neues zu entdecken.

Und je intensiver sich das Mädchen mit den Tieren, Insekten und Pflanzen befasste, um so mehr begriff sie von der Gesamtheit der Natur. Alles war mit allem verbunden, alles bedingte sich, so wurde es ihr klar.

Als Dora geendet hatte, brummelte Valentin die letzten Zeilen seines Trostliedes, wie er es nannte: »Vergiss die Trauer und die Wut, bald wird alles wieder gut. Was dich heut auch schmerzen mag …«

Er schaute sie erwartungsvoll an. Sie sagte nach einer langen Pause leise und traurig: »… morgen ist ein neuer Tag.«

In diesem Moment schlug der Hund an, das Tor öffnete sich quietschend, und Christian schlurfte in den Hof. Schwer schleppte er an der Arzttasche. Dora richtete sich rasch auf und fragte nach dem Vater.

»Im Bären ist er, mit Bollmann und Ellrich«, sagte Christian müde.

Plötzlich sprang Dora auf und rannte zum Hoftor hinaus auf die nächtliche Gasse.

4.

Dora lief rasch durch die Judengasse und stieß beinahe mit Meier Jakobsohn zusammen, der gackernde Hühner und schnatternde Enten von seinem Leiterwagen ablud. Der junge Jude mit dem schwarzen Hut und dem Zottelbart sprang fröhlich zur Seite und rief: »Hoppla, Dorchen! Was läufst du so?«

»Ich muss zum Vater, dringend!«

Jakobsohn schaute ihr hinterher. »Es steht geschrieben: Wer flink läuft, lässt seine Gedanken zurück! Der wahrhaft Gebildete hat Zeit!«

Dora rief spöttisch, ohne sich umzusehen: »Mon Dieu! Wie seid Ihr doch gebildet, Herr Jakobsohn!«

Der Jude sah dem kleinen Mädchen mit einem Blick hinterher, der großmütige Duldung verriet, und setzte dann seine Arbeit fort.

Aus dem Gasthaus drangen gedämpfte Geräusche, und gelbliches Licht fiel auf den Hof, als Dora durch die Toreinfahrt lief. Hier standen die Wagen der Gaukler. Pferde wurden von missmutigen Kutschern abgeschirrt, die sich schon seit Stunden ins Wirtshaus wünschten. Muffig gaben sie einigen Helfern, die schwere Kisten schleppten, kurze Befehle. Keiner achtete auf das kleine Mädchen, das am Weinspalier hochkletterte und durch den Spalt eines geöffneten Fensters in die Gaststube schaute.

Tabakrauch lag schwer in der Luft. Auf den Tischen standen Kandelaber mit dicken, brennenden Kerzen, und von den rustikalen, wachsbehangenen Holzlüstern unter der Decke verbreitete sich warmes Licht im Raum.

Die Tische waren alle besetzt, viele der überwiegend männlichen Gäste tranken ihren Krug Wein oder ihren Seidel Bier. Dazwischen bemerkte Dora herausgeputzte Damen, die nicht von hier waren. Die Wirtin und eine hinkende Magd trugen unentwegt Krüge durch den Gastraum.

Ein kräftiges Gemurmel und Lachen drangen an Doras Ohren. Am Ecktisch saß ihr Vater, zusammen mit seinen zwei Ärztekollegen und dem Apotheker Hopf, der sich inzwischen dazugesellt hatte und einen Krug entgegennahm.

»Zum Wohl, die Herren ...«, rief die Wirtin und war einen Augenblick später zwischen den Tischen verschwunden. »Messieurs ...«

Leporin zeigte mit seinem Bierkrug zu seinen Kollegen.

»Santé ...«, rief Ellrich, während Bollmann rasch anmerkte: »Aber nicht zuviel santé ... sonst bleibt uns nichts zu tun!«

Die vier Männer prosteten sich lachend zu.

Während sie tranken, erschien Eisenbart auf der Galerie. Plötzlich wurde es still.

Dora hielt den Atem an, da war sie wieder, diese unheimliche Gestalt.

Eisenbart inszenierte seinen Auftritt, indem er sich schwer auf das Geländer stützte und schweigend auf die Gäste herabblickte.

Man hätte eine Stecknadel fallen hören können, als er in die Stille hinein fragte: »Ist unter euch wohl der famose Doktor Leporin?«

Leporin setzte seinen Krug ab, dass es krachte, und wischte sich den Mund wie ein Postkutscher.

»Das bin ich, mit Verlaub«, rief er. »Was liegt an?«

Eisenbart schaute einen Moment schweigend zu ihm herunter, als sei er auf der Suche nach den rechten Worten. Da rief Leporin spöttisch: »Braucht Ihr gar einen Arzt?«

Einige der Gäste lachten.

Eisenbart sprach leise, fast kläglich. »Cher Docteur, dürfte ich Euch höflichst zu mir heraufbitten. Il me faut une consultation. Benötige Euren werten Rat.«

»Meinen Rat? Ihr?« Leporin verzog verwundert das Gesicht. Wie es sich doch fügen kann, dachte er und ließ den Mann auf der Galerie zappeln.

Dora hielt es vor dem Fenster kaum noch aus, so aufgeregt war sie.

»Bitt Euch aufrichtig, wenn's beliebt«, ließ sich Eisenbart vernehmen.

Alle schauten gebannt auf Leporin, der noch einen Schluck nahm, sich anschließend langsam erhob, sich zwischen den Stühlen hindurchquetschte und zur Treppe begab.

Ellrich und Bollmann sowie der Apotheker sahen ihm verwundert hinterher. Sie fühlten sich von etwas Feindseligem berührt. Ob sich Leporin zum Narren machen würde?

Das Gemurmel setzte wieder ein, als der Doktor die knarrenden, steilen Stufen zur Galerie hochging und dabei hörbar schnaufte.

Endlich standen sie sich gegenüber, die beiden großen Männer. Der korpulente Leporin und der dünne Eisenbart, der dem Doktor beinahe verlegen die Hand reichte.

Nachdem sie sich wortlos die Hände geschüttelt hatten, sagte Eisenbart leise: »Wollt mich vorweg für mein rüpelhaftes Benehmen auf dem Markt entschuldigen, désolé, der Frühschoppen war's schuld.«

Leporin antwortete lächelnd: »Habt Ihr mich gerufen, dass ich Euch eine Arznei gegen den Kopfschmerz oder das Leberreißen verschreiben soll?«

Eisenbart zeigte ein verletzliches Lächeln, das man vorher von ihm noch nicht zu sehen bekommen hatte, und legte Leporin dankbar die Hand auf die Schulter.

»Ihr habt Humor, gefällt mir. Darf ich Euch auf meine bescheidene Mietstube bitten ... auf ein Wort, Collega.«

Leporin nickte nachgiebig, und die Männer gingen los. Sie gelangten nach wenigen Schritten in einen langen dunklen Flur. Dabei redete Eisenbart unentwegt weiter.

»Übrigens, habe selbstverständlich Euer berühmtes Buch gelesen. Eine Erkenntnislehre, der ich Beglückung verdanke. Ihr habt meine Ansicht in Worte gefasst, Docteur.«

Während Leporin seinem Erstaunen Ausdruck gab, in dem er anmerkte: »So, habe ich das?«, fuhr Eisenbart rasch fort: »Sehe mich durchaus ebenfalls als einen Freidenker. Finde Eure Idee über die Volksakademien superb. Sollte es in jeder großen Stadt geben.«

Der Doktor war sichtlich geschmeichelt. Ja, auf dieses Buch war er stolz, obwohl es viel Staub aufgewirbelt hatte. Vor einem Jahr war es erschienen.

Doktor Christian Polycarp Leporin hatte darin vorgeschlagen, dass in jeder Stadt Akademien eingerichtet und einfacher Leute Kinder und Schüler, die den Unterricht nicht selbst bezahlen könnten, kostenlos unterrichtet werden. Außerdem sollten nicht nur Männer einen Zugang zu diesen Akademien erhalten, sondern auch die Frauen. Er sah Eisenbart fast dankbar an und spürte eine Gemeinsamkeit des unmittelbaren Verstehens, als er sagte: »Das höre ich gern, habt Dank. Dennoch, es macht mich zweifeln, ob es je dazu kommen wird. Wer gibt schon gern seine Privilegien preis? Das gefällt den hohen Herren gar nicht, dass der gemeine Mann sich bildet.«

»Wie wahr, wie wahr!«

Dora versuchte noch einen Blick auf die Männer zu erhaschen und beugte sich weiter vor ins offene Fenster. Im Zwischenstock konnte sie die Umrisse ihres Vaters noch erahnen, der Eisenbart in den dunklen Flur gefolgt war.

Leporin wusste, dass dieser seltsame Mann ein typischer Wundarzt war, nach dem schrecklichen Dreißigjährigen Krieg geboren. So wie dieser verheerende Krieg ein verwüstetes, seelenloses Land zurückgelassen hatte, waren auch viele der Nachgeborenen geworden. Aus diesem Grund sollte man ihnen einiges nachsehen.

Eisenbart war trotz der Marktschreierei und der schrillen Publizität ohne Zweifel einer der besten Ärzte seiner Zeit, schnell und geschickt, gut diagnostizierend und exzellent behandelnd.

Inzwischen hatten sie seine Zimmertür erreicht. Eisenbart zögerte einen Moment, dann öffnete er sie und ließ Leporin den Vortritt.

Der Hof hatte sich geleert, die Kutscher und Knechte waren lärmend ins Wirtshaus gegangen, um sich endlich den wohlverdienten Becher zu gönnen. In einer Ecke hatte sich der Bär zusammengerollt und schlief.

Dora hatte das Gespräch der Ärzte als interessante Pantomime verfolgen können. Jetzt aber, wo ihr die beiden aus den Augen geraten waren, kletterte sie behände an den kräftigen Weinranken entlang in Richtung des erleuchteten Fensters im Hochparterre. Dort befand sich Eisenbarts Zimmer.

Gebückt durchschritt Leporin die kleine Türöffnung und stand dann etwas unbeholfen in dem Raum, dessen Balkendecke erschreckend niedrig war. Leporin sah sich um. Er stand inmitten von Ärzterequisiten, Musikinstrumenten und Reisetruhen.

Eisenbart schob Leporin höflich, aber bestimmt zu einem Bett, in dem jemand lag und wimmerte.

»Möchte, dass Ihr Euch das anseht.«

Eisenbart schlug die Decke zurück. Im Bett lag der Harlekin. Leporin näherte sich und reagierte überrascht. In dem zerrissenen Harlekinkostüm steckte ein dunkelhaariges, junges Mädchen!

Es war bleich, starrte an die Decke und jammerte: »Oh, Herr Jesus, hilf ...«

Eisenbart kam zur Sache. »Die Katrin ist siebzehn. Ein Findelkind. Ist mir wie eine Tochter. Hab' ihr Opium mit Safran verabreicht, auf dass sie ruhig wird. Seht ...«

Die Hose war aufgerissen, darunter das Bein zu sehen. Das Knie geschwollen und blutunterlaufen.

Leporin beugte sich über das Mädchen.

»Eine Patellafraktur, was meint Ihr?«, fragte Eisenbart.

Leporin legte vorsichtig seine Hand auf Katrins heißes, angeschwollenes Knie. Sie stöhnte.

Leporin sah das Mädchen kurz nachdenklich an, dann sagte er: »Mehr als das, wenn Ihr mich fragt. Die Kniescheibe ist zertrümmert.«

Katrin stöhnte wieder wie in Trance. »Mein Meister! Bitte helft mir ...«

Eisenbart wirkte abwesend, als er sagte: »Gleich, mein Kind ...«

Er nahm Leporin zur Seite, und die Männer sprachen leise miteinander.

»Alors?«

Leporin rieb sich das Kinn. Eine für ihn typische Geste, wenn er intensiv nachdachte. »Das Bein ist hin ... das beste wäre es ...«

Eisenbart kannte die Antwort und rief schnell: »Non! Impossible! Eine Amputation kommt nicht in Frage. Nicht bei meiner Katrin.«

Leporin zuckte mit den Schultern. »Wie Ihr meint«, sagte er. »Wenn sie Glück hat, wird das Bein steif bleiben. Mit Pech wird es sich entzünden und faulen.«

Eisenbart sah Leporin mit düsterer Miene an. »Nicht, wenn wir operieren, Monsieur!«

Leporin zog verblüfft die Augenbrauen in die Höhe. »Operieren? Ihr meint ... das Bein aufschneiden und das Knie richten? Das habe ich noch nie gemacht.«

Eisenbart nahm den Doktor an den Schultern, wie einen alten Freund. »Ich auch nicht. Bekenn's ehrlich. Aber mit Eurer Hilfe, Collega, würd' ich's wohl wagen.«

Leporin machte sich los und ging zurück in die Mitte des Raums. Der Moment war gekommen. Da stand er nun vor dem Gefürchteten: einem unbekannten Eingriff!

»Riskantes Unterfangen ...«, sagte er bedächtig.

Durch die geriffelte Fensterscheibe konnte Dora schemenhaft ihren Vater erkennen, wie er im Zimmer hin und her ging, während Eisenbart auf ihn einredete. Über was sie wohl reden mochten, dachte das Mädchen. Dora schaute fasziniert in das Zimmer und bemerkte nicht, dass sich hinter ihr der große Bär aufgerichtet hatte. Erst als die Ketten klirrten, drehte sich Dora panisch um, sah den Bär, der den Kopf hin und her warf, und schrie ganz erbärmlich los, während sie mit den flachen Händen an die Scheibe schlug.

»Großer Gott! Zu Hilf! Der Bär!«

Eisenbart war sofort zum Fenster gelaufen, öffnete es und zog das Mädchen ins Zimmer.

»Der Bär ist harmlos ...«, sagte er und setzte Dora ab. Dann sah er sie an.

»Incroyable!«, rief er überrascht. »Schon wieder das vorlaute Ding! Wie heißt du?«

Dora schaute zu ihrem Vater, dann zu Eisenbart und flüsterte mit trockenem Hals: »Dorothea, wenn's beliebt. Bitte vergebt mir, Monsieur.«

In diesem Moment war der Vater näher gekommen und sah sie streng an.

Dora reagierte rasch. »Herr Vater, ich wollte bloß ...«

Aber Leporin ließ sie nicht ausreden und polterte los: »Wie kannst du es wagen!« Und dann zu Eisenbart gewandt: »Désolé, das Mädel ist nicht zu bändigen.«

Eisenbart nickte. »Hat einen eignen Kopf, weiß ich wohl.«

Als Dora ein leises Wimmern vernahm, ging sie ein paar Schritte auf das Bett zu und entdeckte darin den Harlekin. »Der Harlekin! Ist er ...?«

Eisenbart trat hinter Dora, die plötzlich die Hände des Doktors auf ihren Schultern spürte. Nicht bedrohlich, sondern eher behutsam.

»Nein. Aber wir müssen sie operieren.«

Dora war überrascht. »Sie?«

Leporin hatte eine Entscheidung gefällt. »Dorchen! Lauf nach Hause und sag dem Christian, er soll flugs kommen. Mit meiner Tasche und dem Operationsbesteck.«

Eisenbart hörte es mit Erleichterung.

Und Dora war freudig erregt. Sie hatte eine Aufgabe, und somit geriet ihre Verfehlung in Vergessenheit.

»Sehr wohl, Herr Vater. Ich eile!«, rief sie beflissen und rannte aus dem Zimmer.

5.

Die Turmuhr schlug zehn, als die beiden Kinder aus der Hofeinfahrt auf die nächtliche Gasse kamen. Dora schleppte die Tasche des Vaters, Christian schlurfte verschlafen hinter seiner Schwester her und trug eine hölzerne Kiste vor der Brust mit einem breiten Lederband, in der sich die Operationsinstrumente befanden.

Einige Hunde begannen zu bellen und hinter den Kindern herzulaufen, was die aber nicht störte. Ein Mann war aus dem Haus ins Dunkel getreten und verrichtete seine Notdurft. Seit nunmehr einem Jahr begleitete Dora ihren Vater gelegentlich bei Krankenbesuchen, so wie es ihr Bruder schon seit Jahren tat. Es war der Mutter längst ein Dorn im Auge, ihre Tochter als Arzthelferin zu wissen, denn sie empfand es zunehmend als unschicklich, je älter Dora wurde.

Auch heute Abend war es wieder zum Streit gekommen, und Dora musste der Mutter zusagen, lediglich die Tasche abzuliefern und sofort wieder nach Hause zurückzukommen. Schließlich hätte sie bereits im Bett liegen müssen und nicht bei einer blutreichen Operation Maulaffen feilhalten. Außerdem war der nachmittägliche Streit nicht gerade dazu angetan gewesen, die Sorgen von Anna Leporin zu minimieren. Sie kannte ihre Tochter zu gut und deren Dickschädel. Den hatte sie von ihr.

Im Gasthaus angekommen, stand die Zimmertür im Hochparterre offen, als die Kinder in dem engen Flur erschienen. Während Christian wie selbstverständlich in die

Kammer trat, warf Dora erst einmal vorsichtig einen Blick in den Raum. Er war voller Menschen. Die Tänzerin und der Zeremonienmeister versuchten Platz zu schaffen, während der Gehilfe und der Afrikaner einen schweren Eichentisch aus der Gaststube in der Mitte des Zimmers unter dem Holzlüster abstellten. Eisenbart stand am Bett und sprach leise mit dem verletzten Mädchen. Leporin kam auf den Flur und nahm Dora die Arzttasche aus der Hand.

»Danke, Dorchen, nun geh brav nach Hause.«

Dora druckste herum und sagte schließlich leise: »Bitte vergebt mir, Herr Vater, aber ich würde Euch allzu gern zur Hand gehen ...«

Leporin wurde ungehalten. »Du gehst heim! Wir sprechen später darüber!«

Eisenbart kam durch die Tür, er hatte die letzten Worte vernommen. »So, zur Hand gehen willst du uns?«, fragte er leise.

»Ja, mit Verlaub« antwortete Dora und sah den Vater nicht an.

Leporin war gerade im Begriff laut zu werden, aber Eisenbart ging nah an den Doktor heran und flüsterte ihm ins Ohr: »Lasst sie, Collega. Wird ihr eine Lehre sein.«

Er blinzelte, wissend, was die Operation erwarten ließ. Leporin sah unsicher drein, aber Eisenbart sagte rasch: »Bon, Mamsellchen, du wirst uns assistieren. Comme il faut. Aber zeigst du eine Faiblesse, dann ...« Er drohte spielerisch mit dem Finger.

Dora wusste, dass sie nicht schwach werden würde, und strahlte zuerst ihn und dann den Vater an, der sich wortlos geschlagen gab und mit seiner Tasche ins Zimmer ging.

Katrin lag bereits auf dem Tisch, das verletzte Bein etwas angewinkelt. Der Gehilfe und der Afrikaner waren dabei, die Fliegen im Raum mit Stofflumpen zu erschlagen. Es würde die Ärzte bei der Arbeit stören, wenn sie sich ins Blut setzten. Dora ging zum Tisch, auf dessen Stirnseite Christian dabei war, furchterregende Messer auszubreiten. Sie bewunderte ihren Bruder, der ihr schon wie ein junger Doktor vorkam.

»Es wird viel Blut fließen ...«, meinte er leise. Er schien sich davor zu fürchten.

»Oh, Herr Jesus, mein Gott!«, stöhnte Katrin auf und drehte ihren Kopf langsam zur Seite. Sie blickte Dora direkt ins Gesicht. Aber bevor die etwas sagen konnte, war Eisenbart neben ihr aufgetaucht, legte seine Hand auf Katrins Haar, indem er leise sprach: »Katrin! Bist doch mein tapferes Mädchen.«

Unter einem Jesusbild kniete die Tänzerin und betete hingebungsvoll. In der Tür stand die Wirtin und unterhielt sich leise mit den Musikern. Der Gehilfe des Doktor Eisenbart begann damit, Katrins Bein mit Lederriemen festzubinden.

»Alles raus, was hier nichts verloren hat!«, rief Leporin.

Alle bis auf Christian, Dora und die Helfer verließen das Zimmer. Eisenbart und Leporin bauten sich neben Katrin auf, deren Kopf von dem Afrikaner gehalten wurde.

Der Gehilfe hatte einen Kandelaber angezündet, den er über das verletzte Bein hielt.

Eisenbart warf noch einen kurzen Blick auf Dora und Christian, die angespannt am Tisch standen, bevor er sagte: »Werde jetzt den ersten Schnitt führen. Wird der schmerzhafteste sein.«

Der Afrikaner schob Katrin einen Lederknoten in den Mund, auf den sie beißen konnte. Leporin und Eisenbart schauten sich an. Leporin nickte einverständlich zu seinem Kollegen.

Da setzte Eisenbart schnell das Messer über dem Knie an und zog es durch die Haut! Als die Knochen sichtbar wurden und sich Katrin vor Schmerz aufbäumte, wurde Christian plötzlich bleich, er sah kurz zu seinem überraschten Vater auf, lief zur Tür und dann hinaus auf den Flur. Leporin schaute auf seine Tochter, die reglos am Tisch stand und den ersten Befehl förmlich herbeisehnte. Der Doktor schluckte und sagt dann leise: »Heißes Wasser und Leintücher, fix.«

Dora hielt bereits ein Tuch in den Händen und schob sich zwischen die Männer. Sie begann routiniert damit das Blut abzutupfen, während die Ärzte sich weiter an der Wunde zu schaffen machten. Sie verstanden sich wortlos.

Katrin versuchte sich zu wehren und stöhnte vor Schmerzen.

»Bleib sie ruhig, Katrin, wir können nicht recht schneiden«, bat sie Leporin.

Eisenbart gab dem Afrikaner ein Zeichen, der daraufhin Katrin den Lederknoten aus dem Mund nahm, ihr eine opiumhaltige Essenz einflößte und rasch den Knoten in den Mund zurückschob. Dora lief derweil zwischen einem Kessel mit heißem Wasser und dem Tisch hin und her.

Sie hatte sofort verstanden, worauf es ankam. Als sie zur Tür lief und kurz rief: »Frisches Wasser her, geschwind!«, betrat Christian wieder aschfahl das Zimmer. Der Afrikaner schaute indes auf die Kranke und zog Eisenbart am Ärmel.

»Sie ist ohnmächtig.«

Die Ärzte wussten, dass es jetzt noch komplizierter werden würde, denn Katrin versuchte in der Ohnmacht reflexartig um sich zu schlagen. Sie hatten inzwischen das Kniegelenk freigelegt und begannen die Splitter zu entfernen.

Eisenbart sah zu Dora. »Pinzette!«

Schon hatte ihm das Mädchen das hölzerne Instrument gereicht, einer großen Wäscheklammer nicht unähnlich.

»Eine Kumme, für die Splitter!«, ließ sich Leporin vernehmen.

Flugs war Dora mit einer Schale zwischen die Ärzte getreten, die nun die Knochensplitter zogen und ins Gefäß fallen ließen. Die Ärzte schauten sich das Bein an, und Leporin meinte: »Diese beiden Reste könnten ein Knie ausbilden, wenn wir sie denn gut platzieren und klammern.«

»So sei es denn.«

Eisenbart machte sich ans Werk.

Die Kirchturmuhr schlug Mitternacht. Die Operation war beendet. Eisenbart saß in der Ecke des Zimmers, in der Hand einen Bierseidel. Katrin lag auf dem Tisch, stöhnte leise und schlief immer wieder ein. Sie war verschwitzt und wurde von Dora behutsam abgetupft.

Leporin stand über die Kranke gebeugt und nähte mit grobem Faden die lange Wunde am Bein zu. Christian hielt ihm die Lupe, ein Gehilfe den Kerzenleuchter. Eisenbart zündete sich eine Pfeife an und erhob sich. Er ging zum Tisch.

»Compliment, cher Docteur, Ihr näht vorzüglich.«

Dora war indessen unter den Tisch gekrochen, um das Blut aufzuwischen.

Eine Katze näherte sich und begann Blut zu schlecken. Dora scheuchte sie fort.

»Hab' früher ebenfalls famos zu nähen verstanden. Heute flattern die Finger. Kommt vom Lebenswandel«, hörte sie Eisenbart sagen.

Dora schaute von unten den hageren, merkwürdigen Doktor an, als der weitersprach.

»Sagt mir, könnt Ihr das Kind eine Weile bei Euch beherbergen, es versorgen und pflegen?«

Leporin knurrte daraufhin unwillig. »Halten zu Gnaden, Docteur, aber unser Haus ist recht klein.«

Eisenbart duldete diesen Widerspruch nicht. »Kann die Katrin unmöglich mitnehmen. Die elenden Straßen rauben ihr die Lebenskraft.«

»Wie lange, denkt Ihr …«, lenkte Leporin nach einer Pause ein.

»Zwei Monate längstens. Komme dann wieder auf Quedlinburg, sie holen.«

Leporin nickte. »Abgemacht. Aber nicht länger.«

»Ihr habt mein Wort.«

Christian reichte dem Vater Schale und Pinsel.

Leporin pinselte eine braune Flüssigkeit auf die blutige Naht.

»So, jetzt kommt Leporins Spezialtinktur.«

»Und aus was besteht diese, wenn ich fragen darf?«, wollte Eisenbart interessiert wissen

Dora antwortete, bevor der Vater auch nur eingeatmet hatte. »Frauenmantel, Ringelblume und Wacholder!«

Die Ärzte sahen sich an. Leporin zuckte mit den Schultern.

6.

Eisenbarts schwarzer Zweispänner stand auf dem Hof des Leporin'schen Hauses. Valentin war mit zwei Hafersäcken gekommen, von denen er einen dem Kutscher aushändigte. Die Männer unterhielten sich über den Charakter der Pferde, während sie den Tieren die Hafersäcke umbanden. Am offenen Fenster des Kabinetts stand Dora und beobachtete das Geschehen. Sie bewunderte das Geschick, mit dem Valentin diese Arbeit verrichtete, dem Pferd beruhigend zuredete und ihm den Hals tätschelte, während Eisenbarts Kutscher ungestüm und ohne jegliche Anteilnahme das Pferd behandelte. Zu jeder Verrichtung in der Natur gehört Demut, so hatte sie es in einem Buch von Aristoteles gelesen. Das hatte sie verinnerlicht. Doch dann rief Christian nach ihr und riss sie aus ihren Gedanken. Sie schloss das Fenster. Aus dem Flur hörte sie ein lautes Schluchzen.

»Bitte, mein Herr, lasst mich nicht allein!«

Katrin lag weinend auf dem Bett in der kleinen Kammer. Sie hielt Eisenbarts Hand fest, küsste sie inbrünstig mit geschlossenen Augen und presste sie anschließend an ihre Brust. Eisenbart strich ihr unbeholfen übers Haar und zog dann seine Hand weg, in dem er sagte: »Bist doch das Licht meiner Augen. Bin bald zurück, dich zu holen.«

Er machte sich ruppig los, ging zur Tür, die Dielen knarrten, und Katrin sah ihm mit tränennassen Augen hinterher.

Als er die Tür zum Flur öffnete, sah er sich noch einmal

nach dem Mädchen um, das bleich und reglos zu ihm blickte.

»Schick dich, es sind brave Leute. Alsdann ...«

Damit verließ er die Kammer.

Er schloss leise die Tür und blickte auf Anna Leporin, die auf dem Flur stand und sich die Hände in einer Schürze trocken rieb.

»Merci, Madame, für Eure Hospitalité!«

»Ich bitte Euch«, sagte Anna, »das ist doch selbstverständlich. Das arme Ding ...«

Leporin hatte die Tür zu seinem Kabinett geöffnet und winkte Eisenbart zu sich.

»Venez.«

Im Kabinett am Tisch stand Christian und zerstampfte Kräuter in einem großen Mörser. Auf einem Schemel kniete Dora und schüttete eine ölige Flüssigkeit nach, als Eisenbart den Raum betrat und Leporin die Tür hinter ihm schloss. Eisenbart schaute sich um. Er meinte nachdenklich: »Ehrlich gestanden, hab mich oft gesehnt nach solch einem properen Kabinett in einem hübschen Städtchen.«

Leporin war zu seinem sogenannten »Giftschrank« gegangen und entnahm eine Flasche Likör und zwei Gläser.

»Noch ein Likörchen für die Reise ...«

Während er einschenkte, sagte er: »Was habt Ihr zu klagen? Krankheiten kommen doch nicht aus der Mode.«

Sie hoben die Likörgläser und tranken.

»Die Leute sehen bloß den Pomp«, sagte Eisenbart und zog ein Spitzentuch aus dem Ärmel, mit dem er sich die Mundwinkel abtupfte. »Was eine Equipe kostet an Verpflegung, Unterkunft, Lohn, etcetera, das drückt einen nieder.«

»Dann sucht Euch ein Kabinett.«

»Zu spät. Ihr seht in mir einen alten Mann. Werde bald fünfundsechzig.«

Es entstand eine kurze, verlegene Pause, dann fuhr er

fort: »Genug davon! Muss mich sputen, muss zu einer guten Zeit in Halberstadt sein.« Er ergriff seine Geldbörse. »Lasst mich Euch ein à compte entrichten für das Kind …« Leporin hielt ihn zurück. »Abgerechnet wird am Ende, cher Docteur.«

Rasch steckte Eisenbart den Beutel wieder ein. »Wie Ihr wollt. Also dann … adieu.«

»Lebt wohl«, sagte Leporin.

Die Männer gaben sich die Hand. Kurz, professionell, unpathetisch. Eisenbart setzte seinen Dreispitz auf und sah plötzlich auf Dora.

»Dorothée! Accompanierst du mich hinaus?«

Dora schaute unsicher zum Vater, der daraufhin zustimmend nickte.

Die Pferde stampften bereits unruhig vor dem schwarzen Zweispänner und zerrten am Geschirr. Die Gehilfen bestiegen den Bock. Dora stand etwas schüchtern neben der Kutsche und beobachtete Eisenbart, wie er fahrig am hinteren Ende im Chaise-Kasten kramte und fluchend nach etwas suchte. Dann rief er: »Voilà!« und holte einen schwarzen Holztrichter mit Silberbeschlägen hervor. Er hielt dem Mädchen das Instrument unter die Nase.

»Du weißt, wozu das dient?«

»Nein, Monsieur.«

Eisenbart legte ihr die Hand auf die Schulter. »Es ist ein Horchrohr. Man kann das Herz schlagen hören. Oder den Darm, wie er arbeitet. Aber wenn man ein guter Medicus ist, dann hört man mehr als nur das Herz und den Darm.« Er kam dicht an Doras Ohr heran. »Man hört die Seele …«

Dora erschrak. »Die Seele? Jesus!«

»Schenke es dir. So will es das Geschick. Es wird dir sicher einmal dienen.«

Mit diesen Worten drückte er Dora das Instrument in die Hand. Dora war entzückt.

»Wie soll ich Euch je danken, Monsieur?«

Eisenbart sagte ohne ein Lächeln: »Dank nicht mir, dank dem Herrgott, der dir solch famosen Vater gegeben hat.« Er strich ihr mit seinen langen Fingern durchs Haar.

»So leb denn wohl, mein Kind. Bist ein gescheites Ding.«

Dann drehte er sich abrupt um, als sei es genug der Sentimentalität, und bestieg rasch die Kutsche.

»Allez!«

Die Pferde zogen an. Dora sah der Kutsche hinterher, wie sie durch das Hoftor rumpelte, um die Ecke fuhr und verschwand.

Sie schaute sich jetzt ihr Geschenk genauer an. Strich mit der Hand über die feinen Silberbeschläge und zog es beglückt an ihre Brust. Etwa neunzig Jahre später würde ein gewisser René Laennec diese Erfindung für sich in Anspruch nehmen und sie Stethoskop nennen.

7.

Durch die geöffneten Fenster des Kabinetts strich milde Luft ins Zimmer, vom Hof her hörte man vertraute Geräusche: das Zwitschern der Vögel, das Bellen des Hundes und Valentin, der Holz hackte.

Angespannt stand Dora hinter ihrem Vater, der vor Katrin kniete und ihr behutsam die Verbände vom Bein nahm. Das Mädchen stand und hielt sich an der Stuhllehne fest. Langsam kam die pergamentfarbene Haut zum Vorschein, und vom Oberschenkel bis hin zum Schienbein zog sich eine lange, bräunlich-rote Narbe, an deren Rändern sich eine grobe Naht abzeichnete.

Leporin klemmte sich seinen Zwicker auf die Nase. »Das sieht gut aus.«

Bevor er noch ausgesprochen hatte, sah Katrin an sich hinunter und schrie:

»Gut sieht das aus? Gut nennt Ihr das? Eklig und hässlich ist es! Entstellt und verdorben habt Ihr mich!«

Dora war entsetzt. »Was erlaubst du dir! Wie kannst du so mit meinem Vater reden? Gerettet hat er dich!«

»Dorchen! Halte ein …«, meinte ihr Vater besänftigend.

Katrin griff sich wütend einen groben Stock, der am Tisch lehnte. »Das nennst du gerettet? Zum Krüppel habt ihr mich gemacht! Du und dein Vater!«

Damit humpelte sie aus dem Zimmer und schlug die Tür hinter sich zu.

Dora kniete sich auf den Boden und begann wütend die linnenen Verbände zusammenzuklauben.

Leporin hatte das Gefühl, etwas sagen zu müssen, als er seine Tinktur wieder in die Vitrine zurückstellte.

»Für ein Mädchen ist es halt besonders schwer, mit solch einem Makel. Wer will schon eine Hinkende zum Weib?«

»Die würde doch keinen Mann kriegen, selbst wenn sie gesund wäre, so biestig wie die ist!«

Leporin musste schmunzeln. Er wusste, dass seine kluge Tochter recht hatte. Katrin war in der Tat eine unleidliche Person, die Unfrieden säte. Er war froh, dass sie bald aus dem Haus sein würde.

Aber es sollte anders kommen …

Ein letztes Lebenszeichen in Form einer Depesche war vor Wochen eingetroffen, in der Eisenbart seine Rückkehr angekündigt hatte. Aber der Wunderdoktor ließ sich immer noch nicht blicken.

Leporin klappte nachdenklich seine Kladde zu, nachdem er sich, wie jeden Abend, noch ein paar Notizen gemacht hatte. In seinem Büchlein hielt er fest, wer wann welche Arzneien benötigte und wer ihm noch Geld schuldete. Der Doktor war müde. Er erhob sich, entzündete das Nachtlicht, machte mit dem Kerzenlöscher die Lichter am Kandelaber aus und verließ gegen Mitternacht sein Kabinett, um sich zu Bett zu begeben. Im Haus wurde es still.

Fahl schien der Schein des Mondes durch die Fenster und tauchte den Raum in ein gespenstisches Licht. Knarrend öffnete sich die Tür. Katrin humpelte in das Behandlungszimmer des Doktors. Sie hielt einen Augenblick inne, dann ging sie zum Sekretär und öffnete vorsichtig eine der zahlreichen Schubladen. Nachdem sie nicht gefunden hatte, was sie suchte, zog sie das nächste Fach auf. Sie entnahm einige

Münzen und drückte vorsichtig die Schublade wieder zu. Als sie sich umdrehte, erschrak sie, denn in der Tür stand im Nachthemd Dora!

»Diebin!«, zischte Dora, woraufhin Katrin sich rasch fing und frech antwortete:

»Das ist mein gutes Recht, dass ich mich hier schadlos halte! Schließlich seid ihr es alle schuld, dass ich nicht mehr aufs Seil kann.«

Dora hatte keine Angst, als sie leise und bestimmt sagte: »Leg die Münzen zurück, und keiner wird etwas erfahren.«

Katrin drehte sich zum Sekretär, zog wütend die Schublade wieder auf und warf die Münzen hinein. »Verflucht sollst du sein. Du und deine ganze Familie!«

Dora sah sie nur kalt an.

Da kam Katrin näher und rief drohend: »Ich bin nämlich eine Hexe!«

Daraufhin meinte Dora lakonisch: »Das ist das erste wahre Wort aus deinem verlogenen Maul!«

Sie wartete, bis Katrin wütend an ihr vorbei und hinaus gehumpelt war, dann ging sie ebenfalls langsam aus dem Zimmer und schloss hinter sich die Tür.

Valentin spürte es sofort, als der Doktor wortlos und in Gedanken durch das Tor geschritten kam und auf das Haus zuging. Es musste etwas Unangenehmes vorgefallen sein. Ansonsten hatte er stets ein gutes Wort für den Knecht übrig, eine Aufmunterung oder gar einen Spaß. Aber heute schien ihn Sorge umzutreiben. Ob es was mit den Briefen zu tun hatte, die er in der Hand hielt?

»Noch nicht einmal Kartoffeln schält es, das faule Aas«, beschwerte sich die Frau des Doktors.

Leporin betrat die Küche. Seine Frau saß am Tisch und schälte Karotten. Liesel schrubbte die schweren Töpfe, die sie zum Abtropfen unter die Hotte hängte. Dabei sagte sie: »Mit der habt Ihr Euch den Teufel ins Haus geholt. Ihr solltet sie vor die Tür setzen!«

Anna sah ihren Mann an, der bis dato geschwiegen hatte. »Ihr wart an der Postkutsche? Hat er geantwortet?«

Leporin warf die Briefe auf den Tisch. »Er wird nicht mehr antworten.«

Seine Frau schaute ihn misstrauisch an. »Warum? Was redet Ihr da?«

Leporin schlug mit der flachen Hand auf den Tisch, dass es nur so krachte.

»Tot ist er, der feine Herr Eisenbart! Hab's soeben in der Gazette gelesen. Der Schlag hat ihn getroffen!«

Anna bekreuzigte sich. »Jesus im Himmel. Was machen wir jetzt mit dem verfluchten Weibsstück?«

Leporin nahm seinen Dreispitz ab und sagte: »Sie muss in Stellung gehen. Jemand muss sie mieten.«

Liesel lachte bitter. »Mieten? Die? Die ist doch fauler als ein Sack Mehl.«

Leporin schwieg. Er überlegte und kratzte sich dabei am Kinn. »Ein Sack Mehl …«, murmelte er. »Da bringt sie mich auf was, Liesel!«

Leporin stand im Flur mit einem groben Reisigbesen in der Hand und klopfte an die Tür zu Katrins Kammer.

»Katrin!«

Von drinnen kam keine Antwort. Als der Doktor die Tür öffnen wollte, bemerkte er, dass sie verschlossen war.

»Katrin! Öffne sie die Tür!«

Dann ein Schließgeräusch, und das bleiche Mädchen öffnete mit verweinten Augen einen Spalt breit die Tür.

»Lasst mich, ich bin in Trauer!«, sagte Katrin pathetisch.

Als sie die Tür schließen wollte, stellte der Doktor seinen Fuß dazwischen und drückte ihr den Besen in die Hand.

»Sie kann später trauern. Mach sie sich nützlich. Feg sie den Dreck weg. Gleich kommen die Patienten!«

Damit stapfte er in sein Kabinett. Katrin begann fahrig und missmutig den Flur zu fegen.

Als sie die Haustür öffnete, um den Staub hinauszukehren, stand dort der dicke Müller und zog seinen Hut. Sie sah ihn überheblich an, und er grinste verlegen.

»Einen gesegneten Tag auch, Mamsell.«

Katrin drehte sich um und ließ ihn stehen. Der Müller trat ein.

Während der Doktor den Müller untersuchte, der mit nacktem Oberkörper auf einem Stuhl saß, fragte der: »Sagt an, Herr Doktor, ist sie denn fleißig?«

Der Doktor legte sein Ohr auf die Brust des Müllers. »Tief durchatmen … Fleißig wie ein Bienchen …« Leporin schaute dem Müller ins Ohr.

»Und ist sie denn auch sauber?«

»Wie Eure Ohren, Meister Müller!«

Leporin zog dem Müller die Augenlider hoch. Der meinte: »Hübsch ist sie, bei Gott!«

Leporin sah ihn an und legte den Kopf schief. »Aber, aber … Ihr wollt eine Magd, wenn ich nicht irre. Sagt mal aaahhh …«

Der Müller grinste verlegen, dann öffnete er den Mund. »Aaaaahhhh …«

Leporin schaute ihm in den Mund. »Müller, Ihr habt immer noch den Mehlhusten. Ergo, weiterhin das Dampfbad mit Kamille. Ja, hübsch ist sie, die Katrin. Das will ich wohl meinen.«

Der Müller nickte anerkennend. Er erhob sich und zog sich sein Hemd an. Dabei sagte er: »Redet mit ihr. Ich bitte Euch herzlich drum.«

Leporin ging zum Schrank. »Hier habt Ihr ein wenig Salbei. Damit gurgelt Ihr morgens und abends.«

Er kam zurück und legte ein kleines Leinensäckchen auf den Tisch. »Herr Doktor. Tut's für mich.«

Leporin tat so, als müsse er sich überwinden, dann atmete er tief durch.

»Sei's drum. Ich werde mit der Katrin reden. Aber Eure Mutter wird nicht erfreut sein.«

Der Müller nahm das Säckchen. »Was kümmert mich die Alte? Die Jungfer gefällt mir.«

Er legte zwei Taler auf den Tisch, nahm seinen Hut, verbeugte sich und verließ das Kabinett.

Leporin sah ihm nach, ergriff dann den Totenschädel, der auf dem Arbeitstisch stand, und sah ihn an. Der Kiefer klappte nach unten.

Fröhlich sagte der Doktor: »Da staunst du!«

Es vergingen noch ein paar Wochen, aber dann war es tatsächlich so weit. Im Hof stand das Fuhrwerk, und Katrin kam aus dem Haus gehumpelt. Ihr folgte schwitzend der dicke Lorenz Müller und trug ihre Tasche. Oben auf dem Fensterbrett des ersten Stocks saß Dora, hatte die Katze auf dem Schoß und ließ die Beine baumeln.

Sie sah hinunter in den Hof. Der Müller hob die Katrin auf den Kutschbock, die verbittert vor sich hin starrte. Dora war glücklich. Der Müller stieg ebenfalls auf, nahm die Zügel, und der Kaltblüter zog an.

Das Fuhrwerk verließ den Hof. Katrin sah sich nicht mehr um.

Dora fühlte sich wie befreit. Wie sehr hatte sie diesen Augenblick herbeigesehnt. Es war ihr so, als hätte das Böse sie verlassen. Wie viele Wochen hatte sie unter den Stimmungen dieses Weibs gelitten? Wie sehr hatte Katrin den Alltag der Leporins bestimmt und versucht, ihren Willen durchzusetzen. Nach Eisenbarts Tod waren ihre Launen noch unerträglicher geworden. Dora schaute beglückt hinauf zum Himmel.

8.

Der Doktor hatte es sich nach dem Mittagessen im Sessel bequem gemacht, während Liesel das Mittagsgeschirr nach draußen trug. Anna setzte sich mit ihrem Stickrahmen in die Ecke und schwieg. Sie schien verärgert. Während sich Leporin eine Pfeife anzündete, sagte er: »Frau, was ist Euch? Seid nicht bitter.«

Anna reagierte sofort. »Ich bin nicht bitter! Nur befremdet.«

Leporin versuchte zu erklären. »Die Herzogin hat ausdrücklich gesagt: Präsentiert mir Eure kluge Tochter. Und das tue ich, punktum.«

»Wenn's das nur wäre, Leporin! Ihr verzieht sie arg. Schon heute hat sie die Flausen im Kopf!«

»Frau, hört mir zu, mit unserem Dorchen verhält es sich doch so, dass …«

Anna unterbrach ihn ungnädig. »Ich kenne Eure Argumente.«

Sie blickte zur Tür und fuhr fort: »Seht zu, dass Ihr beizeiten wegkommt.«

Denn inzwischen war die Tür geöffnet worden, und Dora kam, gefolgt von der Magd, ins Zimmer. Das Mädchen trug einen Blumenkranz auf dem Haar und ein langes rosafarbenes Kleid. Dazu einen bunten Fächer.

Leporin ließ die Pfeife sinken.

»Mon Dieu, Dorchen, siehst aus, als wärst du selber eine kleine Herzogin.«

Dora strahlte. Die Magd strahlte. Nur die Mutter strahlte nicht.

Es war ein heißer Augusttag, als die zahlreichen Gäste den steilen, mit Kopfstein gepflasterten Anstieg zum Schloss hinaufgingen. Der dicke Bürgermeister Johrig war zu sehen, neben ihm Magister Werremeier. Advokat Klopstock und Amtsrichter Birke befanden sich im Gespräch mit Diakon Wilhelmi. Dahinter Apotheker Hopf und die Doktoren Ellrich und Bollmann. Kaufleute unterhielten sich mit honorigen Handwerksmeistern. Dann die dazugehörigen Damen, die miteinander erwartungsvoll tuschelten. Die Herren trugen den Dreispitz, Perücken, Brokatröcke mit engen Beinkleidern sowie Schnallenschuhe. Die Damen waren in Reifröcke gekleidet und hatten zum Teil hohe Stiefeletten an. Manche hielten Sonnenschirme, andere benutzten Fächer. Kinder waren keine zu sehen. Außer Dora, die leichtfüßig nach oben rannte, dann plötzlich wieder zurücklief zum Vater, einem jungen Hund gleich, ohne jede Anstrengung. Der Doktor dagegen stöhnte beim mühsamen Aufstieg, jeder Schritt fiel ihm schwer. Er schwitzte ob der Hitze, blieb immer wieder stehen und wischte sich mit einem weißen Tuch die Stirn.

Durch einen imposanten Torbogen gelangten die geladenen Gäste auf den großen, quadratischen Innenhof, der links und rechts von Stallungen und flachen Kasernengebäuden umgeben war. Zum beeindruckenden Stiftsschloss auf der Stirnseite führte eine geschwungene Doppeltreppe, auf der Infanteristen in preußischblauen Uniformen mit aufgepflanzten Bajonetten Spalier standen.

Doktor Leporin schritt mit Dora an der Hand die Treppe hoch.

Über einen langen Flur erreichte man den Thronsaal. Dora war fasziniert von so viel Pracht und Prunk. Als ihr Vater einige Hofdamen mit Kusshand begrüßte, löste sie sich von ihm und begann neugierig umherzustreifen.

Sie bewegte sich unauffällig zwischen den eleganten Damen und Herren, die sotto voce miteinander parlierten. Sie beobachtete aufreizend kichernde Damen, die sich mit schneidigen Offizieren zum Teil auf Französisch unterhielten. Livrierte Diener trugen Silbertabletts mit Champagnergläsern und Zinnbechern durch die Menge. Ein Kammerquartett spielte ein Rondo von Jean-Baptiste Lully.

Am Ende des prächtigen Saals stand unter einem Baldachin mit herzoglichem Wappen der Thronsessel der Herzogin. Dora sah zur reich verzierten Stuckdecke hinauf, wo in der Mitte über dem mächtigen Kerzenlüster ein azurblauer Himmel mit weißen Wolken und Engeln als Fresco zu sehen waren. Sie hielten goldene Banner in den Händen, auf denen lange lateinische Sätze geschrieben standen, welche die Fürsten und Herren des Hauses lobpreisten. Dora schaute sich um, auf der Suche nach ihrem Vater, den sie schließlich mit einer hübschen, aber recht hageren Dame im Gespräch fand. Dora ergriff erleichtert die Hand ihres Vaters, der liebevoll auf sie hinunterblickte.

»Meine Tochter, mit Verlaub, Baronesse«, sagte er nicht ohne Stolz.

Dora machte einen Knicks, ganz so wie sie es mit Liesel geübt hatte.

Die Baronesse lächelte. »Enchanté, kleines Fräulein.«

Die edle Dame strich mit ihrer Hand kurz durch Doras rotes Haar. Dann hatte sie jemanden entdeckt, nickte dem Doktor kurz zu und verschwand.

»Das war die Baronesse von Königstein«, erklärte Leporin.

Dora war begeistert und fragte mit hitzigen Wangen: »Ihr kennt sie wohl alle, die vornehmen Hofdamen?«

Leporin zog seine Tochter in eine Ecke und sprach leise:

»Oberwärts mögen sie dir vornehm scheinen, aber glaub mir, unterwärts ...«

Dora musste lächeln und wurde neugierig. »Was haben sie denn für Malaisen?«

Während Leporin flüsterte, sah sich Dora um und beobachtete die Damen aufmerksam.

»Furunkel, Hartleibigkeit, Inkontinenz, Menstruationsmalaisen. So vornehm sie auch tun, die Unreinlichkeit fördert Krankheiten. Und die unerfüllten Gelüste auch, da gibt es gern Inflammationen ...«

Dora verstand nicht ganz. »Was für Gelüste, Herr Vater?«

Leporin wurde verlegen. Er hatte etwas Unbedachtes gesagt, und nun war er in einem Dilemma. Er wusste, dass seine wissbegierige Tochter nicht nachgeben würde. Deshalb stammelte er: »Nun, es ist ... es verhält sich so mit den Frauen, dass sie dann und wann ... also mit den Männern auch ... es ist die Natur, die das macht ...«

Zum Glück öffnete sich in diesem Augenblick die große Flügeltür, und der Majordomus, der Kammerdiener Albert, betrat den Saal. Er trug ein Samtwams, goldbestickte Beinkleider und eine Perücke. Sein Gesicht war weiß gepudert. Mit einem Stock stieß er auf den Parkettboden und verkündete: »Ihro herzogliche Hoheit Maria-Elisabeth von Holstein-Gottorp, Äbtissin des Damenstifts, der Staatsminister, Ihro Exzellenz Hofrat Wedigo von Wedel-Malchow, die Erste Compagnie Gens d'Armes Ihro königlichen Hoheit des Kronprinzen!«

Die Menschen schwiegen andächtig und bildeten eine Gasse. Dora stand mit dem Vater etwas ungünstig im hinteren Bereich und konnte kaum etwas erkennen. Die Herzogin betrat in Begleitung ihrer gescheckten dänischen Dogge den Saal. Ein Raunen ging durch die Menge.

Die Äbtissin nickte nach links und rechts. Die Herren

verbeugten sich, Damen machten den Hofknicks. Hinter der Äbtissin folgte der hagere, hoch aufgeschossene Hofrat, dann ein junger Leutnant, anschließend ein Kadett.

Danach kam Hauptmann von Plotho, Kommandant der herzoglichen Stiftspolizei. Dahinter die Leibgarde des Kronprinzen, seine »Gens d'Armes«. Als die Äbtissin den Doktor erblickte, blieb sie stehen und winkte ihn mit einer herrischen Geste zu sich. Unterwürfig traten die Gäste einen Schritt zurück, damit der Doktor passieren konnte.

Leporin verbeugte sich. »Herzogliche Hoheit …«

Die Äbtissin sah ihn freundlich an. »Cher Docteur, welche Freude, Euch einmal nicht in Geschäften zu sehen.«

Die Leute lachten.

Leporin erwiderte daraufhin: »Das Ziel des Arztes ist es, sich überflüssig zu machen, Hoheit!«

Die Äbtissin war offensichtlich amüsiert. »Famos pariert.« Dann erblickte sie Dora und bemerkte freundlich: »Ah, voilà, das talentierte Töchterlein.«

Leporin schob Dora vor sich. Diese machte einen Hofknicks. Sie wollte sich besonders gewählt ausdrücken und sagte: »Einen guten Bonjour, herzogliche Hoheit.«

Die Äbtissin musste lachen. »Dorothée, n'est ce pas?«

Dora nickte. »Ja, Hoheit. Aber man nennt mich Dora.«

Der Doktor stieß seine Tochter unauffällig in die Seite, um sie zurückzuhalten.

Doch die Äbtissin reagierte sofort. »So wollen wir dich von nun an Dora nennen.«

Dora schwieg verlegen.

Leporin verbeugte sich. »Danke, Hoheit.«

Die Äbtissin hob mit ihrem Zeigefinger Doras Kinn an. »Dein Vater hat uns berichtet, du bist schon selbst fast ein kleiner Doktor?«

Dora wurde rot, schluckte und sagte dann mit brüchiger Stimme: »Zu viel der Ehre, Hoheit. Gewiss, die Medizin schätze ich sehr. Es ist mein innigster Wunsch, so viel wie möglich darüber zu erlernen.«

Der Doktor machte Anstalten, seine Tochter zu stoppen, aber die Äbtissin sagte fast verschwörerisch: »So ist's recht, mein Kind. Wir haben einen vortrefflichen Heilpflanzengarten hier oben. Viele unserer Damen sind beschlagen auf dem Gebiet. Falls du uns aufzusuchen gedenkst, bist du allzeit willkommen. Es gibt auch Arnika!«

Dora hatte den Hinweis verstanden. »Habt vielen Dank für Eure Güte, Hoheit«, bemerkte sie freudig.

Die Äbtissin hielt noch einen Moment inne, dann strich sie mit den Fingerspitzen über Doras rote Wange. »Gott segne dich, mein Kind.«

Sie reichte dem Doktor die Hand zum Kuss. Der Doktor beugte sich hinunter.

»Docteur. Au revoir.«

Sie machte sich los und ging weiter, der Tross folgte.

Als der junge Kadett an Dora vorbeiging, schauten sich die beiden neugierig an.

Die Äbtissin war indessen am Thron angekommen.

Sie drehte sich um und sprach zum Publikum: »Mesdames, Messieurs, unser innigster Dank gilt unserem geliebten König, unserem hochwohllöblichen Cousin Friedrich Wilhelm, zu dessen Geburtstage wir uns hier freudig eingefunden haben …

… möge der Herr ihm Gesundheit schenken und ein langes Leben!«

Stiftshauptmann von Plotho zog seinen Hut und hielt ihn hoch. »Ihro Majestät lebe …«

Die Menge rief daraufhin dreimal: »Hoch, hoch, hoch!«

Die Äbtissin fuhr fort: »Gemäß der Tradition hat Ihro Majestät seine Exzellenz, den Staatsminister Hofrat Wedigo von Wedel-Malchow, zu uns gesandt, auf dass er ihre Gesuche in Empfang nehmen wird.«

Sie nahm gravitätisch auf dem Thron Platz, zu ihren Füßen legte sich die Dogge nieder. Daneben stand nun der Hofrat.

Die Herzogin unterhielt sich einen Augenblick noch angeregt mit dem jungen Kadetten zu ihrer Rechten.

Der Majordomus Albert betätigte eine Glocke, es wurde still.

Gelangweilt schaute der Hofrat in die Runde und sagte dann näselnd, schnell und beiläufig: »Es möge vortreten, wer ein Gesuch an seine Majestät zu richten gedenkt. An wem ist die Reihe?«

Der Bürgermeister löste sich aus dem Publikum, ging vor bis zum Thron, verbeugte sich und sagte: »Ihro herzogliche Hoheit, Äbtissin …«

Die Äbtissin nickte huldvoll, der Bürgermeister wandte sich an den Hofrat, der etwas erhöht auf einer Stufe stand und blasiert auf den Bürgermeister herabschaute, der zu sprechen begann: »Exzellenz, als Bürgermeister der Stadt möchte ich Ihro Majestät danken für die Ehre, die uns mit Ihro Exzellenz Anwesenheit zuteil wird …« Er machte eine Pause. »Alsdann möchte ich auf einen Casus zu sprechen kommen, über den ich leider Klage führen muss. Es geht um die allzu hohe Steuerlast und …«

Der Hofrat unterbrach ungnädig und wurde laut. »Himmeldonnerwetter, Bürgermeister!«

Die Äbtissin räusperte sich. Als Herzogin hätte sie diese Blasphemie wohl noch durchgehen lassen, aber als Vorsteherin des christlichen Damenstifts niemals. Von Wedel-Malchow wurde daraufhin verlegen und sagte kleinlaut: »Bitte um Vergebung, Hoheit.«

Dann wandte er sich wieder an den armen Bürgermeister.

»Dégoutant! An seiner Majestät Geburtstag hat er kahlmausig über Steuern zu jammern! Soll ich das als Gruß Quedlinburgs seiner Majestät zu Gehör bringen?«

Der Bürgermeister schüttelte völlig aufgelöst den Kopf. »Halten zu Gnaden ... mit Verlaub, Exzellenz, hört mich an ...«

Der Hofrat unterbrach ihn erneut. »Genug gehört! Wer ist der Nächste?«

Mit hängenden Ohren schlich der gedemütigte Bürgermeister davon, und ein älterer Mann trat vor.

Dora sah nachdenklich dem Bürgermeister hinterher, der von niemandem angesprochen wurde. Im Gegenteil. Alle wichen ihm aus, und er verließ wie ein Aussätziger den Saal. Er tat ihr leid. Dann bemerkte sie ihren Vater, der sich mit dem Diakon und Advokat Klopstock in eine Ecke zurückgezogen hatte.

»Recht hat er, unser Bürgermeister«, sagte der Doktor leise. »Es gibt wohl keinen König, der geiziger und reicher ist als der unsere! Und dicker!«

Klopstock sah sich vorsichtig um, dann flüsterte er: »Man sagt, er horte Tonnen von Gold und Silber in seinen Kellern.«

Leporin nickte. »Das habe ich auch gehört. Und seine Untertanten fressen Ratten in der Not. Und wenn sie nicht pünktlich zahlen, bekommen sie die doppelte Last aufgebürdet und werden noch ausgepeitscht dazu! Wie findet Ihr das, Diakon?«

Wilhelmi war es sichtlich unangenehm, Stellung zu beziehen. »Nun, die Steuern sind in der Tat hoch, aber die Armee kostet Geld.«

Leporin lachte bitter. »Armee nennt Ihr das? Eine überflüssige Truppe von Riesen, die er sich für teures Geld von überall zusammenkauft.«

Und der Advokat fügte an: »Auf unsere Kosten!«

Jetzt bemerkten die Männer, dass Dora bei ihnen stand und das Gespräch aufmerksam verfolgt hatte. Der Doktor spürte, wie das die anderen hemmte, und er gab seiner Tochter einen kurzen Wink, sich zu entfernen.

Dora hatte verstanden. Bei Politik war Diskretion angesagt, denn jeder war ängstlich bemüht, nicht aufzufallen. Es kam leider nicht selten vor, dass manch einer es versuchte, sich mit Denunziation einen Vorteil zu verschaffen.

Dora verließ die Gruppe der Männer und ging zu den hohen Fenstertüren, die in den Hofgarten führten. Sie schlüpfte durch einen Spalt nach draußen und betrat nach ein paar Stufen den weißen Kies. Hier lustwandelten die feinen Damen und die adretten Offiziere.

Dora näherte sich einer Mauer, die teilweise von großen Rhododendren verdeckt war und von der aus man in den tiefer gelegenen Heilpflanzengarten und auf das im Tal liegende Quedlinburg schauen konnte.

»Was sind deine Gedanken, Dorothea?«

Dora drehte sich überrascht um und blickte in das Gesicht des jungen Kadetten.

Er mochte etwa fünfzehn Jahre alt sein und hatte ein offenes, freundliches Gesicht. Der blaue Uniformrock, an dessen Aufschlägen die Regimentsfarben zu erkennen waren, stand ihm gut, und er fühlte sich offensichtlich wohl darin.

»Woher wisst Ihr meinen Namen?«, fragte Dora unsicher.

»Von meiner Großtante, der Herzogin«, sagte der Kadett.

Dora war beeindruckt. »Die Herzogin ist Eure Großtante?«

Der junge Mann schlug die Hacken aneinander und salutierte. »Hans-Heinrich Baron von und zu Falkenberg, mit Verlaub, Mademoiselle! Offizierskadett im Regiment Seiner königlichen Hoheit des Kronprinzen.«

»Himmel auch!«, rief Dora, »Habt Ihr den Kronprinzen je zu Gesicht bekommen?«

Heinrich nickte. »Aber gewiss doch. Zweimal bereits.«

»Berichtet von ihm. Wie ist er?«

Der junge Baron sagte leise: »Nun, leicht missvergnügt.«

»Das hört man reden. Sein Vater sei sehr streng mit ihm, heißt es.«

»Streng ist gelinde. Er versagt ihm alles. Die Künste, selbst das Latein.«

Dora war fassungslos. »Das Latein? Wie töricht ...«

Heinrich schaute sich unsicher um. »Mon Dieu, bist du toll? Du redest von Ihro Majestät. Das ist Hochverrat.« Er flüstert ihr zu: »Eine Demoiselle aus Potsdam ist sogar ins Zuchthaus geworfen worden, weil sie den Prinzen das Klavierspiel gelehrt hat.«

Dora sah ihn durchdringend an. »Und? Sagt ehrlich, ist das nicht töricht?«

Heinrich wurde kleinlaut. »Gewiss. Wenn man es so recht ansieht ...«

»Man muss alles so recht ansehen«, sagte Dora selbstbewusst.

»Wie alt bist du?«, wollte der junge Mann wissen.

»Ich komme ins dreizehnte Jahr.«

»Dein Vater ist der Doktor, nicht wahr?«

»Ja«, sagte Dora, »er lehrt mich viel. Eines Tags werde ich auch ein Doktor sein!«

Heinrich grinste. »Du? Ein Doktor? Ein Frauenzimmer? Undenkbar!«

Dora sah ihn selbstbewusst an. »Da ich es denke, ist es denkbar!«

Heinrich schien beeindruckt. »Du bist ein kluges Geschöpf, für deine dreizehn Jahre, Dorothea.«

Aus dem Hintergrund hörte man eine Stimme: »Les Gens d'Armes! Baron, Abmarsch!«

Dora sah von weitem den jungen Leutnant in einer Tür stehen. »Ist das Euer Kommandant?«

Heinrich beugte sich zu Dora und flüsterte: »Jawohl. Das ist Leutnant von Katte. Der persönliche Adjutant des Kronprinzen.«

»Donnerwetter!«, sagte Dora. Heinrich von Falkenberg schlug noch einmal die Hacken zusammen und verabschiedete sich förmlich von ihr. »Mademoiselle! Hoffe auf ein Wiedersehen!«

Als er gehen wollte, hielt Dora ihn am Arm fest und meinte verlegen: »Ich möchte dies Wiedersehen nicht mit einer Lüge belasten.«

Heinrich sah ihr in die Augen. »Du willst doch kein Doktor werden?«

Dora lächelte. »Gewiss will ich das, allein ... ich werde erst zwölf.«

9.

Die drei Mädchen saßen auf dem Heuboden, ihre Wangen glühten. Sie hatten sich vorab vom Baum noch ein paar Äpfel stibitzt und aßen sie mit großem Appetit. Dora hatte begonnen, ihrer Cousine Sophie und ihrer besten Freundin Friederike Leitner vom Empfang im Schloss der Herzogin zu berichten. Sophie und Friederike hingen ihr an den Lippen. Dora machte es spannend, als sie leise sagte: »… und dann erschien die Herzogin, neben ihr ein riesiger Hund …«

Sophie unterbrach. »Ja, den habe ich einmal gesehen!«

»Ach, Sophie! Der Hund interessiert mich nicht«, mischte sich Friederike ein. »Was trug sie für Gewänder?«

Da knarrte die große Stalltür, und der Knecht Valentin betrat die Scheune. Er hielt sich die Hand über die Augen, suchte ins Dunkel und rief: »Friederike?«

Die Mädchen schauten nach unten, und Friederike sagte: »Was gibt es, Valentin?«

»Deine Mutter schickt nach dir!«, sagte der Knecht.

Friederike spitzte frech die Lippen. »Sei's drum. Die Alte will mich nur wieder zum Diakon schicken.« Dann wandte sie sich an Dora. »Also, wie war das Kleid?«

Während die Tür knarrte und Valentin auf den Hof schlurfte, sprach Dora aufgeregt weiter: »Ein champagnerfarbenes trug sie, mit Auslage, Rüschen, mit viel Goldstickerei. Darüber einen Seidenschal, ebenfalls bestickt mit Perlen und Edelsteinen. Superb!«

»Und trug sie eine Krone?«, fragte Sophie.

»Gewiss«, sagte Dora, »sie ist schließlich eine Herzogin.«

Friederike war aufgeregt. »Und das Geschmeide? Sag, hatte sie Geschmeide?«

Dora flüsterte verschwörerisch: »Noch nie sah ich solche Pracht!«

Friederike fingerte aus einem Beutel ein Amulett. »Prächtiger als dieses?«

Die Mädchen starrten auf das hübsche Amulett mit einer Gemme auf der Vorderseite, die das Profil der preußischen Königin Sophie Dorothea zeigte.

Dora nickte anerkennend: »Mon Dieu, ist das hübsch!«

Und Sophie fragte neugierig: »Ist es deines?«

Friederike strahlte. Endlich hatte auch das einfache Nachbarsmädchen etwas Besonderes vorzuweisen.

»Gewiss, die Großmutter hat es mir geschenkt, weil ich zu Sankt Eduard Geburtstag feiere, wie der König. Hier ...« Sie zeigte die Rückseite des Amuletts, wo zwei phantasievoll verschlungene Buchstaben zu erkennen waren.

»Du kannst ja lesen, Dora ...«, sagte Friederike verlegen und leise.

Dora versuchte die Schrift zu entziffern. »Das könnte ein F und das ein L sein ...«

Versonnen murmelte Friederike: »Friederike Leitner ...«

In diesem Augenblick wurde jäh die Tür zur Scheune aufgerissen, und die Silhouette einer Frau erschien im Gegenlicht.

»Friederike! Wo treibt sich das Stück nur wieder herum?«, ließ sich die Leitnerin vernehmen. »Es muss doch zur Bibelstunde, das törichte Ding! Bist du da oben?«

Die drei Mädchen hielten sich die Münder zu und erstarrten zu Salzsäulen. Die Leitnerin begab sich wieder nach draußen. Nach ein paar Sekunden schütteten sich die drei Mädchen aus vor Lachen.

Einige Wochen später kam Christian von der Poststation, wo er Briefe für den Doktor in Empfang genommen hatte. Dora kniete im Hof vor dem Hund, den sie geschickt entflohte. Das große zottelige Tier, das Fremden gegenüber nicht immer freundlich gesinnt war, ließ alles mit sich geschehen. Es hatte auch keine andere Chance, denn Dora war unerbittlich. Sie sah zwischen den Beinen des Hundes den Bruder auf den Hof kommen, der sie zu sich winkte. Sie ließ den Hund stehen und rannte zu Christian, der sich in eine Ecke verdrückt hatte.

»Hier, ein Brief für dich«, sagte er aufgeregt.

»Für mich?« Dora war verblüfft. Noch nie hatte sie einen Brief erhalten. Sie nahm den versiegelten Umschlag und sah ihn erwartungsvoll an. Im Siegel entdeckte sie ein edles Wappen. Es zeigte einen Falken auf einem Berg. Bevor Christian etwas fragen konnte, war seine Schwester schon in der Scheune verschwunden.

Im Nu war Dora über die Leiter auf den Heuboden geklettert, ihrem bevorzugten Versteck. Erwartungsvoll hielt sie den Brief in der Hand. Dann brach sie das Siegel und entfaltete das feste Papier. Sie begann zu lesen.

»Werte Dorothea! Lange habe ich mit mir gerungen, ob ich Dir schreiben soll, aber schließlich habe ich mich dazu entschlossen. Du hast mich anlässlich unserer ersten Begegnung im Herzoglichen Stift sehr beeindruckt mit Deinem Esprit und Deinem klugen Wesen. Wenn Du wirklich erst elf Lenze bist, so fragte ich mich, wie Du sein wirst mit fünfzehn oder zwanzig. Und da ich teilhaben möchte an Deinem Leben und Deinem Fortkommen, so erlaube ich mir, Dich zu bitten, mit mir zu korrespondieren, auf dass wir uns unsere Gedanken mitteilen mögen. In Erwartung Deiner geschätzten Antwort verbleibe ich als Dein ergebener Freund, Hans-Heinrich, Baron von Falkenberg.«

Dora ließ sich rückwärts ins Heu fallen und hielt den Brief am ausgestrecktem Arm wie ein wertvolles Kleinod in die Luft. Hans-Heinrich von Falkenberg wollte ihr Freund sein! Ja, er hatte ihr gefallen, dieser Kadett. Und da er bei Hofe war, würde er ihr sicher ab und an einige Intimitäten aus dem Umfeld des Kronprinzen verraten. Dora war überglücklich. Sie sprang auf. In diesem Augenblick hörte sie ein Maunzen und Quietschen aus dem hinteren Teil des Heubodens. Sie kroch in die Ecke, wo die Katze lag und sechs junge Kätzchen säugte. Dora besah sich mit Freude die kleine Familie.

»Ich habe jetzt einen Freund, Murrchen«, sagte sie.

Die Katze schaute kurz zu ihr hoch und wandte sich dann wieder ihrem Nachwuchs zu.

10.

Es regnete heftig, als der »Doktorzug« vom Kornmarkt in die Marktstraße einbog. Vorneweg der dicke Leporin mit weit ausladenden Bewegungen, dahinter Christian, gefolgt von Dora, die kaum Schritt halten konnte und so manches Mal in eine Pfütze trat. Die Kinder schleppten einen Korb und eine Tasche. Eine Frau stand am offenen Fenster im ersten Stock eines Hauses, grüßte den Doktor, wartete, bis er und seine Kinder auf die andere Seite gewechselt waren, und schüttete dann wie selbstverständlich den Inhalt eines Fäkalieneimers auf die Straße.

Warmes Licht erhellte das Schlafzimmer des Bürgermeisters. Während der Doktor mit der Gänsefeder eine Rezeptur schrieb, hielt Christian mit einer Holzzange Schröpfgläser über eine Kerzenflamme. Geschickt nahm ihm Dora die heißen Glasgefäße ab und setzte sie auf den Rücken des Bürgermeisters, der bäuchlings mit nacktem Oberkörper auf dem Bett lag.

Jedes Mal, wenn ein Schröpfglas aufgesetzt wurde, stöhnte der Mann auf, aber das Mädchen ließ sich nicht beirren.

»Du bist ja so unerbittlich wie dein Herr Vater«, maulte Johrig in die Kissen.

»Das will ich wohl meinen.« Leporin grinste. »Wer ein rechter Doktor sein will, muss früh lernen, kein Mitleid zu haben!« Dabei strich er seiner Tochter anerkennend über den Kopf. Aber das Mädchen nahm das kaum zur Kenntnis, zu sehr war sie auf ihre Aufgabe konzentriert.

Nach einer Weile betrat die Frau des Bürgermeisters die Stube.

»Hier«, sagte der Doktor und reichte ihr das Papier, »der Hopf soll Euch eine Wacholdertinktur ansetzen. Damit reibt Ihr Euren Mann ein, morgens und abends. Und weiter die Kräutersäckchen heiß auflegen, das lindert die Schmerzen.«

Die Frau nahm das Rezept und schaute missmutig. »Wir haben selbst schon eine halbe Apotheke im Haus. Gegen das Wirbelrheuma hilft doch nichts!«

»Alles weiß sie besser!«, rief der Bürgermeister verärgert.

Ein Schröpfglas hatte sich schon von selbst gelöst. Christian entfernte alle restlichen und reichte sie an Dora weiter.

»Macht, wie es Euch beliebt«, meinte der Doktor resignierend.

»Abmarsch!«

Schweigend packten die Kinder die Schröpfgläser zurück in den Korb. Die Frau des Bürgermeisters hatte ein schlechtes Gewissen und fragte: »Wie wäre es mit einem Gläschen, Herr Doktor?«

Leporin lehnte ab. »Dank Euch, Madame. Allein, zu Haus wartet die Suppe. Wir müssen uns sputen, sonst hängt noch der Haussegen schief!«

Der Haussegen hing in der Tat schief, aber in anderer Weise, als der gute Doktor es vermutet hätte. Kaum sprach der kleine Hans die letzten Worte des Tischgebetes »... komm herein, sei unser Gast, segne, was du uns bescheret hast«, und alle hatten »Amen« gesagt, da legte Mutter Anna los: »Leporin! Hört mir gut zu!«

Der Doktor ließ den Löffel sinken.

»Ich werde es nicht länger dulden, dass Ihr aus unserer Tochter einen Arzt machen wollt«, zeterte sie. »Sie ist elf Jahr alt.«

»Bin bald zwölf!«, protestierte Dora.

Anna Leporin warf ihr einen kalten Blick zu: »Schweig still!« Dann sprach sie weiter zu Leporin: »Sie wird in fünf Jahren die Weibermütze tragen und einen Mann haben und Kinder bekommen, wie es bestimmt ist. So will es Gott, sonst hätte er die Frauenzimmer so klug als wie die Männer gemacht!«

Christian und Hans versteckten sich förmlich hinter ihren Suppentellern, sie ahnten das Unheil kommen.

Dora schaute ihre Mutter fast herablassend an, als sie sagte: »Ich werde lernen und lernen und lernen, und nichts und niemand vermag mich daran zu hindern!«

Die Mutter schaute Dora wütend an. »Auf deine Kammer! Aber sofort!«

Dora sah zum Vater, doch von ihm war wenig Unterstützung zu erwarten, das wusste sie. Also erhob sie sich und ging wortlos aus der Stube. Der große Hund folgte ihr.

Nachdem sie die Tür hinter sich geschlossen hatte, meinte der Doktor leise: »Frau, sagt selbst: Ist es nicht schändlich, dass ein gescheites Kind wie unsere Dora sich nicht bilden darf? Nur weil's ein Mädchen ist. Töricht ist das!«

»Versündigt Euch nicht wider das Gesetz, am Ende entzieht man Euch noch den Titel des Stadtphysikus. Und Eure Tochter wird brennen!«

Christian legte den Löffel zur Seite und nahm allen Mut zusammen: »Frau Mutter, hört mich an. Die Dora könnte künftig eine vortreffliche Heilerin sein ...«

Da rief Hans übermütig: »Die Dora wird ein Doktor!«

Die Mutter schlug mit der flachen Hand auf den Tisch, dass es nur so schepperte:

»Da sei unser Herr vor! Ich mache mich doch nicht zum Gespött der Leute. Sie wird Euch von Stund an nicht mehr begleiten.«

Die Jungen schauten erwartungsvoll zum Vater. Der aber

nahm den Löffel und murmelte: »Sei's drum, was täte ich Euch nicht zu Gefallen!«

Anna ließ ein kleines Lächeln aufblitzen, sie war zufrieden.

Noch immer trommelte der Regen gegen das Mansardenfenster, und mitten in der Kammer stand eine Schüssel, in die es stetig hineintropfte. Schon seit Wochen sollte Valentin das Dach repariert haben, aber stets war ihm etwas in die Quere gekommen.

Dora lag traurig auf dem Bett. Der Hund vor dem Bett spürte, dass etwas nicht stimmte, und winselte von Zeit zu Zeit. Dora hörte die schweren Schritte des Doktors auf den knarrenden Holzdielen der steilen Treppe, die unter das Dach führte.

Sie setzte sich auf.

Leporin betrat mit einem Nachtlicht in der Hand die kleine Dachkammer, in der die Kinder schliefen. Das Bett der Jungen war noch leer. Der Vater setzte sich schwerfällig auf Doras Bett und legte seine Hand auf ihre Schulter. Als er das Nachtlicht abstellte, entdeckte er neben dem Bett ein Anatomiebuch in französischer Sprache.

Nachdenklich blätterte er darin und sagte nach einer Weile: »Dorchen, ein jeder hat die Pflicht, sein Los anzunehmen. Du bist nur ein Mädchen. Ein kluges allerdings, das will ich wohl meinen, allein es gibt Gesetze.«

Dora machte sich vom Vater los. »Gibt es ein Gesetz, welches befiehlt, dass man dumm bleiben muss?«

Der Vater zuckte mit den Schultern und meinte: »Du hast schon recht viel gelernt, und es wird dir sicher später von Nutzen sein.«

»Gewiss. Um meinem Ehemann einen Verdauungstee zu bereiten und meinen Kindern den Husten zu nehmen!«

Leporin lächelte bitter. Er strich seiner Tochter übers

Haar. Die nächsten Worte fielen ihm spürbar schwer. »Die Mutter hat befohlen, dass du mich nicht mehr begleiten sollst.«

Dora erstarrte und sagte tonlos: »Es ist, als steckte sie mir ein Messer in die Brust.«

»Lass ein paar Wochen ins Land gehen und ...«, bemerkte Leporin tröstend. Dann verstummte er, denn in diesem Moment betrat Christian die Kammer. Der Doktor sprach leise weiter: »Et après ... nous voyons bien quoi faire, d'accord?«

Dora nickte. Der Vater hatte sie auf später vertröstet.

Christian begann sich auszuziehen.

Der Vater fragte ihn, um das Thema zu wechseln: »Und, Christian, was macht das Lateinische?«

Der Junge zuckte mit der Schulter und sagte leise: »Ganz passabel. Wenn bloß die Konjugation nicht wäre ...«

Mit einem Ruck setzte sich Dora aufrecht hin und rief: »Sano, sanas, sanat, sanamus, sanatis, sanant ...«

11.

Winter 1730. Eine malerische Schneelandschaft. Und darin, fast verloren, ein junges Mädchen. Dora war inzwischen fünfzehn Jahre alt. Völlig außer Atem rannte sie wie besessen einen steilen Weg hinunter zum Fluss. Sie trug ein viel zu dünnes Kleid, darüber nur einen Wollschal.

Als sie sich dem Flussufer näherte, hörte sie bereits die blecherne Stimme des Amtsrichters Birke durch das Tal schallen: »Wir, Friedrich Wilhelm von Gottes Gnaden, König in Preußen, Markgraf zu Brandenburg, Prinz von Oranien ...«

Am Flussufer hatte sich eine Menschenmenge um eine kleine Gruppe versammelt.

»... zu Stettin, zu Mecklenburg, Burggraf zu Nürnberg, Fürst zu Halberstadt ...«

Rücksichtslos schob sich Dora durch die Menge.

»... Graf zu Hohenzollern, Herr von Ravenstein, Rostock, Lauenburg, Bütow, Anklam und Breda ...«

Am Ufer der Bode, am Bootssteg, stand der Amtsrichter Birke und verlas ein Edikt des Königs: »... tun kund, dass die Friederike Leitnerin, fünfzehn Jahre, zu Quedlinburg wohnhaft, sich vergangen hat gegen unser Gesetz, da es verboten ist für eine Jungfer, sich aus niederem Trieb einzulassen mit einem Manne und von diesem eine unselige Leibesfrucht zu empfangen.«

Während der Amtsrichter unbewegt das Urteil verlas, sah sich Dora um, sah viele brave Bürger betroffen dreinschauen und entdeckte ihre Freundin Friederike mit kahlgeschorenem Kopf in einem Büßergewand. Deutlich konnte man erkennen, dass das Mädchen schwanger war.

Einige Schritte daneben der Diakon Wilhelmi, neben ihm der Stadthauptmann von Plotho, der starr auf seine Stiefel blickte. Dann bemerkte sie ihren Vater, der sich offensichtlich sehr unwohl fühlte, und neben ihm die weinende Frau Leitner, Friederikes Mutter, an ihrer Seite ihr hilflos betrunkener, verzweifelter Mann. Dora sah die beiden Soldaten, die reglos standen und von denen einer einen groben Sack in Händen hielt.

Der Amtsrichter räusperte sich, bevor er den folgenschweren Satz zu sagen hatte: »Wir verfügen hiermit, dass die Sünderin zur Strafe und zur Ermahnung gesäckt werden soll, bis dass der Tod eintritt. Der Herr erbarme sich ihrer Seele. Zu Potsdam, dem 24. Jänner anno domini eintausendsiebenhundertdreißig. Gezeichnet der Staatsminister der Justiz.«

Die Menge schwieg. Der Amtsrichter wandte sich daraufhin an die Soldaten und sprach leise: »Soldaten, waltet denn eures Amtes!«

Friederike warf einen flehenden Blick zum Diakon, der nur vor sich hin murmelte: »Gott sei deiner Seele gnädig …«, während er das Kreuz schlug und alle es ihm gleichtaten.

Als die Soldaten auf Friederike zugingen, sprang Dora dazwischen und schrie: »Wo ist eure christliche Barmherzigkeit?«

Die Leute wurden unruhig. Sie sah mit kaltem Blick zum Diakon. Der wirkte verlegen und sagte unsicher: »Es ist … nun, es ist Gottes Wille …«

Dora lachte bitter: »Gottes Wille? Des Königs Wille!«

Sie blickte ihren Vater an. »Herr Vater! Sagt etwas, ich bitte Euch!«

Leporin räusperte sich. Die Situation war ihm höchst unangenehm. Er versuchte, Haltung zu bewahren, indem er geschäftsmäßig sagte: »Es steht mir nicht an, über einen Befehl des Königs zu richten. Ich bin beordert, den Tod des Mädchens zu deklarieren.«

Dora zeigte verzweifelt auf Friederike und rief: »Sie ist unsere Nachbarin, war mir eine Schwester, aß an unserem Tisch! Heißt es nicht: Der ohne Sünde ist, werfe den ersten Stein?«

Leporin wusste, dass seine Tochter recht hatte. War er es nicht gewesen, der Dora stets dazu angehalten hatte, sich zu wehren und die Wahrheit zu verteidigen? Er schämte sich vor sich selbst. Aber der gesellschaftliche Zwang und die Angst um seine berufliche Zukunft waren größer. Sich gegen einen Befehl seiner Majestät zu stellen war offene Rebellion, war Hochverrat.

Leporin sah wie ein ertappter Schuljunge mit trotzigem Mund an sich hinunter, auf seine nervösen Hände. Er wusste, dass er in den Augen seiner Tochter schmählich versagt hatte, und das schmerzte ihn.

Als Dora auf Friederike zuging, machte diese plötzlich eine abwehrende Geste, als habe sie bereits mit ihrem Schicksal abgeschlossen.

Sie warf einen letzten, fast liebevollen Blick zu ihrer Freundin Dora, dann stieg sie, im siebten Monat schwanger, schweigend in den Sack, der daraufhin von den Soldaten mit grobem Seil zugebunden wurde. Ihre Eltern weinten laut.

Reglos beobachtete die Menge, wie der Sack mit der armen Friederike vom Steg in den Fluss gestoßen wurde, sie zuckte noch ein wenig, man vernahm einen letzten Ruf: »Jesus ...«

Dann versank der Sack zwischen den Eisschollen.

Es war Abend geworden. Leporin versuchte vergebens mit seiner Tochter zu sprechen, die sich in der Kammer eingeschlossen hatte und niemanden sehen wollte. Einige Male hatte er an die Tür geklopft, aber Dora wollte nicht öffnen. Sie war verzweifelt. Und enttäuscht von ihrem Vater, der sich ihrer Meinung nach zum Mittäter eines verabscheuungswürdigen Verbrechens gemacht hatte. Das würde sie ihm nie verzeihen. Selbst wenn der Einzelne den hohen Herrn gegenüber machtlos war, so gab es für Dora keinen Grund, zu kuschen und sich klein zu machen. Was wäre wohl passiert, wenn der Vater sich geweigert hätte, an der Hinrichtung zugegen zu sein? Man hätte nach dem Bollmann gerufen, und Leporin wäre vermutlich seinen Titel als Stadtphysikus losgewesen. Aber er hätte eine aufrechte Haltung bewahrt, und das hätte Dora mit Stolz erfüllt. So jedoch war er blind dem Befehl der Obrigkeit gefolgt.

Am nächsten Morgen stellte sich Leporin seiner Tochter auf der Stiege in den Weg, um mit ihr zu reden, bevor er zum Schmied zu einem Hausbesuch musste. Der Doktor bat seine Tochter, ihn ein Stück des Wegs zu begleiten. Doras Wut war der Traurigkeit gewichen, sie lief neben dem Vater her und hörte ihn an.

Auch er hatte die halbe Nacht nicht geschlafen und an die arme Friederike denken müssen. Und natürlich hätte er den Befehl verweigern können oder eine Krankheit vorschützen, aber nachdem das Urteil festgestanden hatte, hielt er es für seine Pflicht, das arme Mädchen auf seinem letzten Weg zu begleiten. Gerade deshalb, weil sie eine Freundin des Hauses war, wollte er sich von dieser Verantwortung nicht lossagen. Denn ihr Schicksal ändern hätte keiner gekonnt, das war gewiss. Der König hatte das letzte Gnadengesuch der Leitners abgelehnt.

Dora schwieg, während der Vater sprach. Es gab für einen Mann seiner Position unzählige Fakten zu bedenken, und wie leicht man beim König in Ungnade fallen konnte, bewies ja schon die Unerbittlichkeit, die er dem eigenen Sohn gegenüber an den Tag legte. Leporin war sich sicher, hätte er den Befehl verweigert, wäre dies das Ende seiner bürgerlichen Existenz gewesen. All das versuchte er seiner Tochter zu erklären, und Dora erkannte, dass sie vorschnell den Stab über dem Vater gebrochen hatte. Doktor Leporin war in der Tat ein Mensch von hoher Moral, aber auch mit Verantwortung.

An der Schmiede angekommen, standen sich Vater und Tochter einen Moment gegenüber, als der Doktor leise zu Dora sagte: »Verzeih mir, mein Kind.«

Wortlos umarmte Dora den Vater, legte ihren Kopf auf seine Brust und begann zu weinen.

12.

Dora lenkte das Pferdefuhrwerk des Doktors auf den Hof des Schlosses. Ein Lakai kam gelaufen und hielt das Pferd.

Sie war vom Kutschbock gestiegen und hörte aus der nahen Schlosskapelle den Gesang der Stiftsdamen: »Wer nur den lieben Gott lässt walten ...«

Rasch ging sie durch einen Torbogen hinunter zum Schlossgarten, als sie von zwei Hofdamen verfolgt wurde, der hageren Baronesse von Königstein und der matronenhaften Freifrau von Geldern.

Eine der Damen hatte ein Glas dabei, die andere trug eine Schüssel wie ein Kleinod vor sich her. Darin schwamm ein brauner Klumpen. Kaum konnten die beiden Damen mit Dora Schritt halten. Die Baronesse zeigte in die Schüssel und sagte atemlos: »Findest du nicht, dass es so klumpig erscheint? Ich habe auch große Malaisen beim ... Ausscheiden ...«

Dora ging weiter und schaute nicht hinein. Sie sagte nur: »Vielleicht solltet Ihr wieder den Wacholdersaft zu Euch nehmen, zur besseren Verdauung.«

»Der bekommt mir nicht«, meinte die Baronesse trotzig und lief weiter neben ihr her.

Die Freifrau mischte sich ein. »Ja, in der Tat, mich brennt er auch arg im Magen.«

Dora blieb stehen. »Freifrau! Ihr sollt ihn ja auch nicht nehmen.« Nun wandte sie sich an die Baronesse. »Versucht es mit Kümmel. Ich werde Euch nachher welchen bringen.«

»Merci, ma chère«, sprach die Baronesse erleichtert.

Dora sah auf das Glas, das die Freifrau in der Hand hielt. »Und nun zu Euch. Darf ich mal sehen?«

Sie griff nach dem Glas, aber die Freifrau zog schnell die Hand zurück. Sie mochte ganz offensichtlich nicht mit Dora sprechen, solange die Baronesse noch zugegen war.

Die hatte verstanden und sagte eingeschnappt: »Bon. A tout à l'heure!«

Damit ging sie davon.

Dora nahm das Glas und hielt es ins Sonnenlicht. »Ja, etwas dunkel scheint mir Euer Urin schon zu sein«, sprach sie nachdenklich.

Die mollige Freifrau reagierte sofort erregt. Ihr Doppelkinn bebte. »Es ist Blut! Bei meiner seligen Mutter hat es so angefangen. Und dann war es ...« Sie schaute Dora besorgt an. »Eine kindskopfgroße Geschwulst in der Vagina. Ich spür's, der Tod zerrt an mir.«

Dora schaute sich das Glas noch einmal an und fragte: »Wann habt Ihr das letzte Mal rote Rüben gegessen?«

Die Freifrau grübelte. »Die gab es gestern, warum?«

Dora reichte ihr das Glas und bemerkte lakonisch: »Da habt Ihr die Ursache für das ›Blut‹!«

Die Freifrau fragte vorsichtig: »Dora, bist du dir sicher?«

Dora ging weiter in Richtung Treibhaus und sagte dabei: »Ich hege keinerlei Zweifel, Durchlaucht. Ihr seid zurückgekehrt in den Kreis der Lebenden.«

Zuerst kam die Dogge, dann die Äbtissin durch den Torbogen. Sie blieb stehen und sah sich beglückt um. Wie hatte der Garten sich verändert! Blumen und Büsche waren hinzugekommen, die zahllosen Heilpflanzen waren alphabetisch angeordnet, und am Ende des Gartens stand nun eine Orangerie. Die Äbtissin sprach ein paar Worte zu einer Hofdame, die ihr in gehörigem Abstand folgte, und setzte ihren

Weg fort. Der Kies knirschte unter ihren selbstbewussten Schritten. Während sie durch den Garten marschierte, erhoben sich Mägde in den Beeten zum Knicks. Sie trugen fast alle Körbe in den Händen, in denen sie die Heilpflanzen sammelten.

Eine der Mägde erriet sofort, was das Ziel der Äbtissin war, und zeigte mit einer scheuen Geste zum Treibhaus.

Dora war gerade dabei, Schösslinge umzutopfen, als sie hinter sich jemanden kommen spürte. Die Äbtissin hatte das Glashaus betreten, während die Hofdame wie auf Kommando vor der Eingangstür stehenblieb und nun ins Innere blinzelte, wohl um irgendetwas vom Gespräch zu erhaschen. Dora deutete einen Hofknicks an und zeigte ihre schmutzigen Hände.

»Hoheit, ich …«

»C'est bon, ma chère … mon Dieu, was hast du hier changiert?«

Dora lächelte kurz und sagte: »Hoheit, Eure Pflanzenmelange gegen das Blasenzerren habe ich zur Küche bringen lassen. Den Sud solltet Ihr am Abend als Letztes trinken.«

»Merci. Wenn ich dich nicht hätte …«

Die Äbtissin schaute Dora ernst an. Es war, als sei in ihrem Blick eine leise Sehnsucht zu spüren, als sie zart Doras Wange mit dem Handrücken berührte.

»Was ist dir, Kind? Du bist zuletzt so ohne Fröhlichkeit.«

Dora schwieg einen Moment, dann wandte sie sich wieder den Pflanzen zu, als wollte sie nicht über ihre Sorgen sprechen. Aber die Äbtissin ließ nicht locker und legte Dora sanft die Hand auf den Rücken.

»Ist's der Heiratskreis, den du besuchen musst? Dein Vater berichtete uns, wie du dich wehrst gegen das Sticken und Backen.« Dora schüttelte den Kopf. »Ich mach's der Frau

Mutter zuliebe. Dafür lässt sie mich zu den Patienten gehen. So lautet die Abmachung, Hoheit.«

Die Äbtissin reagierte mit Ungeduld. »Aber das ist es doch, was du willst. Also, was quält dich ansonsten, Dora, was treibt dich dermaßen um, dass du das Lachen verlernt hast?«

Dora druckste herum, schlug dann plötzlich mit der Faust auf einen Erdklumpen, der vor ihr auf dem Arbeitstisch lag. Sie drehte sich nicht zur Äbtissin um, als sie leise sagte: »Hoheit, ich muss Euch bekennen, dass die Exekution meiner Freundin Friederike mein Herz für immer versteinert hat.«

Die Äbtissin sah auf Doras bebenden Rücken, als sie sagte: »Es schmerzt uns, das zu hören.«

Dora drehte sich um, sie hatte Tränen in den Augen und sagte anklagend: »Wer zieht eigentlich den Kindsvater zur Rechenschaft? Friederike war unbesonnen und ist verführt worden von einem älteren Mann. C'est la verité, Hoheit, so wahr wie ich hier vor Euch stehe.«

Die Äbtissin war sichtbar schockiert. »Scandaleuse! Wir sind empört! Du kennst den abscheulichen Kerl? Wer ist es?«

Dora wurde leiser. »Ich habe einen Verdacht, Hoheit, wobei ich's nicht zu beweisen vermag. Noch nicht. Hätte er sich bekannt, vielleicht wäre Friederike noch am Leben.«

Die Äbtissin schwieg für einen Augenblick, dann sagte sie: »Gottes Mühlen mahlen langsam, aber trefflich fein. Er wird die Strafe für sein schändliches Tun bekommen.«

Dora sah die Herzogin Elisabeth an. »Hoheit, gestattet mir eine Frage.«

»Wir hören. Sprich!«

»Hoheit, Ihr seid eine Herzogin, seid von höchstem Adel. Und doch seid Ihr, mit Verlaub, eine Frau und geduldet durch die Gnade der Männer. Jeder tumbe Bauer fühlt sich Euch überlegen, weil er ein Mann ist. Werdet Ihr nicht rasend angesichts der Ungerechtigkeit dem weiblichen Geschlecht gegenüber?«

Die Herzogin schwieg. Sie wusste, dass Dora die Wahrheit sprach.

Dora fuhr fort: »Und sind es nicht die Frauen auch schuld, die sich nicht wehren?«

Die Herzogin schaute Dora nachdenklich an und atmete tief durch.

»Du bist jung und hast heißes Blut. Heißes Blut ist das Privileg der Jugend. Aber ein schlechter Ratgeber. Glaube mir, Dorothea, die Welt verändern wird nur das kalte Blut.«

»Ist das Eure Antwort, Hoheit?«, fragte Dora ungläubig.

Die Äbtissin nickte. »Nur wenn du dich veränderst, veränderst du die Welt.« Sie nahm Dora mit einem Mal an den Schultern. »Du kannst stets auf uns zählen. Und wenn du auch eine Freundin verloren hast, so nimm uns an ihrer Statt.«

Dora warf sich der Herzogin in die Arme und weinte bittere Tränen. Die Herzogin schloss die Augen, küsste Dora voller Inbrunst auf das verweinte Gesicht, auf das Haar und drückte sie fest an ihr Herz.

»Du musst eine Ärztin sein, und du wirst eine Ärztin sein, so wahr uns Gott helfe.«

Das Jahresende rückte näher. Dora begleitete ihren Bruder Hans und dessen Spielkameraden Gottlieb Klopstock zum Weihnachtsmarkt. Für die Jungen war das ein großartiges Erlebnis, denn wie immer zu solchen Anlässen vollführten auch hier wieder Puppenspieler, Akrobaten und Jongleure ihre Kunststücke. Während die beiden Kinder fasziniert zuschauten, schlenderte Dora weiter und kam zum Rathaus.

Zwischen Lebkuchenbäckern und Ständen mit Naschwerk hatte sich auf der Rathaustreppe ein Moritatensänger mit seinen Bildtafeln eingefunden und verkündete laut die neuesten Schauergeschichten aus der Welt der Adligen und der Pfaffen. Er hatte nicht wenige Schaulustige angelockt.

Dora ging näher heran, denn sie sah, wie der Mann mit dem schwarzen Hut und dem Zeigestock sein erstes Bild präsentierte. Es zeigte den Kronprinzen in Ketten. Dazu leierte er seinen Text herunter:

»Ihr Leut, hört die Geschichte von unserem Friederich – er wollt den Vater fliehen, weit ist er kommen nicht …«

Als Nächstes präsentierte er ein Bild, auf dem ein Regiment angetreten ist.

Der Moritatensänger machte weiter im Text:

»… er wollte auf Italien und dort ein Künstler sein – allein des Vaters lange Kerls, die holten ihn rasch ein …«

Auf dem folgenden Bild war ein junger Offizier zu sehen, der von zwei Kameraden abgeführt wird. Dazu rief der Moritatensänger:

»… der Freund, der ihm geholfen, der sitzt nun in Küstrin – der König hat befohlen, ihn zu richten hin …«

Das nächste Bild zeigte den Kronprinzen, wie er vor seinem Vater niederkniet. Dazu hörte man den Text:

»… der Kronprinz fleht um Gnade für den treuen Kürassier – dem König war's nicht schade, er hatt' kein Ohr dafür …«

Jetzt sah man das Bild eines muskulösen Scharfrichters, der mit schwarzer Kapuze gravitätisch am Richtblock steht, vor dem sich der Gefangene hinknien muss. Im Hintergrund ist der Kronprinz zu erkennen, er starrt auf die Szene. Dazu rief der Moritatensänger:

»… der Friedrich wird gezwungen, dem Tode zuzusehen – so lernt er, was es heißt, den Vater hintergehen …«

Im nächsten Bild hebt der Henker das Beil.

»… noch einen letzten Blick zum treuen Leutenant – dann fällt das Beil herunter von starker Henkershand …«

Man hörte plötzlich einen Schlag, so dass alle Umstehenden erschraken.

Auf dem Podest hatte der Moritatensänger einen Vorhang weggezogen, so dass man das letzte Bild sah: Der Scharfrichter hält einen Kopf in die Höhe! Ein Raunen und Murmeln ging durch die unruhige Menge, und man hörte den Mann die letzten Worte sagen:

»Der Kopf, er fällt hinunter, der Kopf, den er mal hatte – so endet die Moritat vom treuen Leutnant von Katte!«

Dora war entsetzt und sagte leise: »Katte!«

Die kleine Kammer war vollgestopft mit Lehrbüchern und medizinischen Requisiten. Dora saß auf ihrem Bett, daneben lag der Hund. Auf dem Bett gegenüber lümmelte Hans, hielt eine Katze im Arm und hörte seiner Schwester aufmerksam zu, als sie aus einem Brief vorlas:

»Liebste Dora! Bitte habt Verständnis, dass ich mich zum Schicksal des Leutnants von Katte nicht schriftlich äußern kann. Die Affaire obliegt der Geheimhaltung. Aber nur soviel: Die Moritat, die Ihr so eindringlich schildert, entspricht grosso modo den Tatsachen. Nach Eurem trübsinnigen Brief hatte ich den Wunsch, mich unverzüglich zu melden, um Eure Laune zu bessern. Es ist mir nämlich zur Kenntnis gekommen, dass eine gewisse Laura Bassi an der Königlichen Universität zu Bologna als erste Frau den Titel eines Doktors der Philosophie erlangt haben soll. Ich wünschte gar sehr, Dorothea, dass Ihr Euch eines Tags als Erste schmücken mögt mit dem Titel eines medicus. Ich hoffe Euch bei bestem Wohlsein und sehne mich, Euch alsbald wiederzusehen. Stets der Ihre, Hans-Heinrich, Baron von Falkenberg.«

Voller Liebe schaute Dora auf den Brief in ihren Händen, den sie dann mit einem geheimnisvollen Lächeln faltete.

»Hat er ein Schloss?«, fragte Hans.

»Gewiss wird er eines Tags eines haben.«

»Dann wirst du eine Baronin sein!«

Dora erhob sich, ging zu ihrem Bruder und strich ihm durch das Haar. »Ich werde ein Doktor sein, mein lieber Hans, das ist viel mehr als eine Baronin.«

Das Gewitter war direkt über ihnen, der Donner war unerträglich laut. Die Nacht war pechschwarz und wurde nur durch grelle Blitze erhellt, die gespenstische Schatten zwischen die Gräber warfen, als der Doktor durch den strömenden Regen stapfte.

Neben ihm eilte der Küster mit einer Laterne und versuchte vergebens, Leporin mit einem Sonnenschirm zu schützen. Hinter ihm Christian und Dora, klitschnass, nach vorn gebeugt, die üblichen Utensilien tragend.

Nach einigen Minuten hatten sie das Haus des Diakons erreicht. Eine Magd empfing sie mit einem dreiarmigen Kerzenhalter, der die kleine Eingangshalle schwach erleuchtete, und nahm mit einer Hand dem Doktor den regendurchtränkten Paletot ab. Dora und ihr Bruder legten ihrerseits Schal und Mütze auf einen Stuhl und folgten gemeinsam dem Küster ins Schlafzimmer des Diakons.

Der beleibte Priester lag stöhnend und schweißüberströmt auf dem Boden neben dem Bett, seine Frau kniete vor ihm, betete und weinte. Während sich Christian den Kranken besah, war Leporin herangetreten, legte der Diakonin voll Mitgefühl die Hand auf die zuckende Schulter und bat sie leise, sich zu erheben und zur Seite zu gehen.

Mit größter Kraftanstrengung hievten Christian, Dora und der Vater den schwergewichtigen Diakon aufs Bett. Die Diakonin hatte sich in eine Ecke zurückgezogen und murmelte ein Gebet.

Leporin legte sein Ohr auf die Brust des Diakons, während Christian den Puls erfühlte.

»Vierzig Schläge maximum«, sagte der Junge und fügte an: »Das Herz tut's kaum noch.«

Leporin rief laut: »Kampfer!«

Schon war Dora zur Stelle und reichte ihm ein Fläschchen. Sie waren ein eingespieltes Gespann.

Leporin rieb dem Diakon die Brust mit Kampfer ein. Dabei drückte er ihm immer wieder auf den Brustkorb.

»Im Namen des Herrn, atmet!«

Die Diakonin in der Ecke schluchzte auf und schnäuzte sich laut und vernehmlich.

Leporin tropfte dem Diakon eine Essenz aus Fingerhut in den halb geöffneten Mund.

»Herr Diakon, Ihr müsst schlucken, hört Ihr? Schlucken!«

Der Diakon schluckte die bitteren Tropfen und verzog das Gesicht.

Der Kampfer zeigte Wirkung. Bald würde er schlafen. Während Christian nochmals den Puls fühlte und Dora dem Diakon mit einem Tuch den Schweiß von der Stirn wischte, ging Leporin besorgt zur Diakonin.

»Lasst ihm einen Weißdornaufguss machen, und gebt ihm davon alle Stund einen Becher.«

»Wie steht es um ihn, Doktor?« Die Frau sah den Arzt angstvoll an.

Leporins Stimme wurde leise. »Nun, um der Wahrheit willen, es steht schlecht um Euren Mann, Diakonin. Der Tod zerrt an ihm. Stat sua cuique dies – wie es geschrieben steht –, einem jeden ist der Tag bestimmt.«

Die Frau schüttelte verständnislos den Kopf. »Herr Doktor! Ihr müsst es mir glauben. Vor wenigen Wochen noch war er im besten Wohlsein. Aber dann hat er so geschwind an Kraft und Appetit verloren. Gibt es dafür denn eine Erklärung?«

Der Doktor kratzte sich am Kinn. »Der Winter war streng. Vielleicht hat er sich was auf die Lunge geholt.«

»Unmöglich. Ich habe mich immer gesorgt, dass er warm angetan war.«

Dora kam hinzu. Sie war im Begriff, ihren Vater etwas zu fragen, als sie den Hals der Diakonin erblickte. Da hing doch das blaue Amulett … Friederikes Amulett!

Dora musste sich zusammenreißen, damit sie nicht laut aufschrie. Die Beine drohten ihr den Dienst zu versagen. Bilder von Friederike, ihrem Tod und dem widerwärtigen Diakon schossen ihr durch den Kopf. Ihr fröstelte. Währenddessen sprach Leporin weiter, aber die Worte gingen an Dora vorbei.

»Es ist meine Sache nicht, Diakonin, aber hatte er Sorgen? Oft sind es die Umstände, die einen um die Gesundheit bringen.«

Dora konnte den Blick nicht von dem Amulett wenden, die Diakonin jedoch bemerkte das nicht und sagte: »Sorgen? Nein, ganz gewiss nicht. Er war's zufrieden. Hatte er nicht seine Kirche, seinen Sprengel, seine Konfirmanden? Die hat er gar recht lieb gehabt, seine Kinder … Die waren ihm alles. Das kannst du doch bezeugen, Dorchen.«

Dora schaute der Diakonin direkt in die Augen, aber die hielt dem Blick trotzig stand.

13.

Vom Kirchturm Sankt Nicolai schallte der Glockenklang über die Dächer der kleinen Stadt und verlor sich schließlich im weiten Land. Schwer zog der alte Küster am Glockenseil. Immer wieder wurde er vom Glockenzug in die Höhe gezerrt.

Der Choral »Wir glauben all an einen Gott« war beendet, Kantor Theopold hatte die Hände von den Tasten der Orgel genommen, der letzte Ton war verklungen, erwartungsvolle Unruhe machte sich breit. Die Kirche war voll besetzt wie an einem Feiertag. Neugierde war auf den Gesichtern der Menschen zu lesen. Dora und ihre Cousine Sophie saßen in vorderster Reihe, tuschelten miteinander und kicherten, so wie es Backfische zu allen Zeiten zu tun pflegen.

Dann ging plötzlich ein Raunen durch die Gemeinde, die Tür zur Sakristei hatte sich geöffnet, und der neue Pastor, Johannes Erxleben, betrat den Raum vor dem Altar.

Erxleben war ein schlanker, hoch gewachsener Mensch von dreiunddreißig Jahren, sah gut aus und wirkte sehr asketisch. Er verneigte sich kurz, dann bestieg er mit festem Schritt die Kanzel. Die beiden jungen Mädchen blickten sich an. Der Pastor gefiel ihnen.

Auf der Kanzel wartete Erxleben noch einen Augenblick, bis Ruhe eingekehrt war, dann begann er mit starker, sicherer Stimme zu reden: »Liebe Gemeinde, es ist mir nicht leichtgefallen, dem Ruf des Bischofs zu folgen, um den Sprengel von Sankt Nicolai zu führen. Hat doch mein Vorgänger, der verehrte verstorbene Diakon Wilhelmi, so viel an Menschenliebe erfahren dürfen in Eurer Stadt ...«

Bei diesen Worten sah er zu Dora hinunter, die ihn ernst anblickte. Erxleben schien einen Augenblick lang verunsichert, dann fuhr er mit seiner Rede fort: »... eine Liebe, welche ich mir erst verdienen muss. Ich, Pastor Johannes Christian Erxleben, bin aus dem Anhaltinischen hierher zu euch nach Quedlinburg gekommen, um euch meine Hand zu reichen und euch zu lieben, ganz im Einklang mit unserem Herrn Jesus Christus. So will ich euch denn ein ehrlicher, treuer Diener sein, will euch begleiten in Freud und Leid, will eure Kinder lehren und den Alten Trost spenden.«

Während der Rede hatte Dora das untrügliche Gefühl, dass der Pastor immer wieder ihren Blick suchte. Auch Sophie war das nicht entgangen. Die Mädchen flüsterten aufgeregt miteinander, während Erxleben redete: »So bitte ich euch gnädigst, meine liebe Gemeinde, lasst mich alsdann ein in eure Stadt, in eure herrliche Kirche und in eure Herzen. Gott segne euch.«

Die Menschen erhoben sich und begannen zu singen: »Nun danket alle Gott ...«

Das Portal zur Kirche stand offen, die Menschen strömten hinaus ins Frühlingslicht. Viele hielten inne, um dem neuen Pastor die Hand zu schütteln und sich namentlich vorzustellen. Etliche der Honoratioren und jene, die sich dafür hielten, wechselten einige Worte mit Johannes Erxleben. Auch der dicke Müller stellte sich und seine Frau Katrin vor. Während er ergeben mit dem Pastor flüsterte, hatte Katrin in der Menge Dora entdeckt und lief leicht hinkend auf sie zu.

»Dorchen«, rief sie, »grüß dich Gott.«

Dora war nicht begeistert, Katrin zu sehen, und sagte kalt: »Guten Tag, Müllerin.«

Katrin schaute sich um, dann hakte sie sich frech bei Dora unter. Sie flüsterte: »Ich bedarf deiner Hilfe, medizinisch.«

Dora machte sich los. »Dein Arzt ist der Bollmann, das hast du doch so eingerichtet.«

Katrin zog Dora wieder am Arm zu sich. »Mein Anliegen kann ich nur mit dir besprechen … ich bekomme ein Kind!«

Dora sah sie emotionslos an. »Dann frag die Hebamme. Es fällt in ihre Verantwortung.«

Katrin wurde nervös. »Herrgott! Es ist nicht vom Müller! Ich muss es weghaben, und weil du dich doch mit den Heilpflanzen auskennst …«

Dora stieß Katrin entrüstet von sich. »Was untersteht Sie sich! Komm Sie mir nicht mehr unter die Augen.«

Damit ließ Dora die junge Frau stehen. Katrin sah ihr mit zusammengekniffenen Augen hinterher. In ihrem Blick war blanker Hass.

Die Witwe des Diakons raffte die schwarzen Röcke und verließ die Mädchen, die im Hof des Pfarrhauses im Kreise saßen. Die Stickstunde war beendet. Alle Mädchen erhoben sich von ihren Hockern. Dora ging herum und sammelte die Stickrahmen ein. Sophie drängte: »Dorchen, nun mach schon. Wir müssen los.«

Dora stapelte die Rahmen aufeinander und ging zur Außentreppe, während sie fröhlich rief: »Ich folge gleich, ich bringe die Rahmen hoch, hab's der Diakonin versprochen.«

Sophie ging durch das Tor nach draußen. Sie war sich sicher, dass Doras ungewöhnlicher Fleiß und Gehorsam einen handfesten Grund hatte. Und der hieß Erxleben.

Kaum war Dora mit den Stickrahmen auf der Treppe, trat auch schon der junge Pastor aus der Tür und stieß beinahe mit ihr zusammen. Da die Treppe schmal war, kamen sich

Dora und Johannes Erxleben ziemlich nah. Er blieb stehen. Dora deutete einen Knicks an.

»Sie ist die Tochter des Doktors, richtig?«

Dora errötete. »Ja, Herr Pastor. Dorothea mit Namen, wenn's beliebt.«

Erxleben sah sie prüfend an. »Man hört viel über Sie reden.«

»Über mich?«

»Man munkelt, Sie wisse besser über die Krankheiten Bescheid als übers Hauswerk.«

Dora lächelte. »Deshalb bin ich hier«, sagte sie, »um mich darin zu üben.« Dann fügte sie auf Latein hinzu: »Potius sero quam nunquam.«

Erxleben lächelte anerkennend. »Famos gesagt. Besser jetzt als nie. Aber das Lateinische macht noch keine gute Hausfrau. Just die Arbeit einer Frau soll man nicht gering schätzen. Deshalb sei Sie recht gelehrig.«

Dora sah dem Pastor in die Augen. »Ich bin gern gelehrig, denn das Lernen selber ist das Schönste am ... Lernen!«

Beide lächelten sich an. Die alte Diakonin, die dem Nachfolger ihres verstorbenen Mannes noch eine Weile das Haus führte, stand hinter dem Fenster und hatte alles beobachtet. Was sie sah, gefiel ihr gar nicht. Ihr Blick war voller Bitterkeit.

Weit hinten auf dem alten Friedhof, direkt an der Mauer versteckt, befand sich Friederikes letzte Ruhestätte. So als habe sie ihrem Leben selbst ein Ende gesetzt, hatte man sie nach ihrer Hinrichtung wie ein ersoffenes Stück Vieh aus dem eisigen Fluss gefischt und hier verscharrt. Lediglich ihre Mutter und Dora waren regelmäßige Besucherinnen am Grab der Unglücklichen. Oft kam Dora hierher und hielt ein stummes Zwiegespräch mit ihrer toten Freundin.

Sie berichtete ihr von den Dingen, die sich ereignet hatten, und versprach ihr immer wieder aufs Neue, dass all jene, die schuldig waren am Tod Friederikes, früher oder später zur Rechenschaft gezogen würden. In den letzten Wochen hatte sie ihrer toten Freundin das Geheimnis gebeichtet, dass sie in den jungen Pastor verliebt war und dass sie glaubte, dass auch dieser Gefühle für sie zeigte. Nur deshalb ging sie brav zum wöchentlichen Heiratskreis und ertrug die Schikanen der alten Diakonin.

Dora war es nicht entgangen, dass nach jeder Stickstunde plötzlich der Pastor erschien und Geschäftigkeit vorgab. Sie spürte, dass er ihre Nähe suchte, und genoss diese geheimnisvolle Spannung.

Dora stand wieder einmal an Friederikes Grab und hatte es tatsächlich nicht wahrgenommen, dass Pastor Erxleben sie einige Minuten lang interessiert beobachtete, bevor er so tat, als müsse er an ihr vorbeigehen.

»Dora. Sei Sie gegrüßt«, sagte Erxleben, »Sie kommt des Öfteren an diesen Ort. Hat Sie da jemanden zu liegen?«

»Ja. Meine allerbeste Freundin Friederike Leitner. Sie segnete bereits im Alter von fünfzehn das Zeitliche.«

Der Pastor zeigte sich überrascht. »In so jungen Jahren? War sie denn kränklich?«

»Ganz und gar nicht. Sie war gesund wie wir beide.«

Erxleben wurde neugierig. »Ja, wie kam's dann?«

»Sie wurde gesäckt! Auf Befehl seiner famosen Majestät.«

Der Pastor schluckte und rang vergeblich um Worte.

»Haltet Ihr das für recht, wenn ein junges Mädchen ersäuft wird?«, fragte Dora, ohne ihn aus den Augen zu lassen.

»Nun, ich kann nicht beurteilen, inwieweit sie sündig war.«

Dora reagierte aufgebracht. »Das steht nicht zur Debatte,

Herr Pastor! Die Frage war: Haltet Ihr es für gerecht, dass Menschen andere Menschen zu Tode bringen auf Befehl einer Majestät?«

»Wenn das Gesetz es so vorsieht …« Der Pastor fühlte sich sichtlich unwohl. Er spürte, dass er gefährliches Terrain betrat.

Dora sprach weiter: »Das Gesetz ist von Menschen gemacht. Es steht nicht über Gottes Gebot, welches da sagt: Du sollst nicht töten.«

Erxleben schwieg für einen Augenblick, dann nickte er und sagte: »Sie hat recht. Auch ich denke, es kann nicht Gottes Wille sein, dass dies geschieht, was ihrer Freundin widerfahren ist.«

Dora lächelte ihn plötzlich beglückt an, als sie sagte: »Ich habe es mir so erhofft, dass Ihr das sagen mögt.«

Freudig lief sie los, Erxleben folgte ihr nachdenklich. Dann blieb sie stehen und wartete, bis er wieder an ihrer Seite war. Sie blinzelte zum Himmel, wo gerade eine Wolke die Sonne freigab.

»Ist der Lenz nicht wundervoll, Herr Pastor?«

»Ja. Wie überhaupt die Natur wieder so reich wird.«

Dora und Erxleben gingen nun nebeneinanderher. Dora bückte sich nach einer Pflanze und hielt sie Sekunden später in der Hand.

»Wisst Ihr, was das ist?«

»Nein«, sagte der Pastor, »aber Sie wird es mir sicher gleich sagen.«

»Es ist der gemeine Huflattich, Tussilago farfara, und er ist eine gute Arznei gegen den Husten.«

Der Pastor lächelte. Dora sagte: »Ist es nicht ein Wunder, wie viele verschiedene Pflanzen es gibt?«

»In der Tat, das ist es. Und sie kennt sogar ihren Nutzen. Das ist vortrefflich.«

»Schaut hier …« Dora ging ein paar Schritte zu einem

Strauch. Er beobachtete entzückt ihre anmutigen Bewegungen und folgte ihr.

»Das zum Beispiel ist der Goldregen ...« Sie bückte sich und hob eine verwelkte Bohne auf. »Seht, die Frucht gleicht der Bohne, vom Genuss jedoch ist dringend abzuraten.«

Sie standen sich jetzt dicht gegenüber, als Erxleben fragte: »Sie ist giftig, nicht wahr?«

»Ja«, antwortete Dora, »aber in geringen Dosen kann das Gift heilsam sein. Es gibt Ingredienzien, die können töten, doch gleichzeitig heilen.«

Der Pastor sah Dora voller Bewunderung an. »So hat Gott es gerichtet, Dorothea.«

Sie lächelte ihn unschuldig an. »Der Mensch selber ist solch eine Ingredienz.«

»Gewiss«, meinte der Pastor, dem seine Nervosität anzusehen war, »allein Gott hat uns einen Willen gegeben, der uns entscheiden lässt.«

Dora blickte zu ihm auf. »Viele Menschen handeln böse. Obgleich jeder in seiner Seele das Urgute trägt.«

Erxleben konnte sich nicht zurückhalten, als er ihr sanft über das Haar strich.

»Das Urgute. Sie ist ein kluges Frauenzimmer.«

Für einen Moment berührte sie seine Hand.

»Es stammt nicht von mir, Plato hat's gesagt.«

Erxleben ging einen Schritt zurück. Er wollte die Nähe dieses Mädchens spüren, doch sie ängstigte ihn auch.

Verlegen stammelte er: »Nun, sei's drum. Eines ist gewiss: Der Mann, der Sie zum Weib bekommt, kann sich gesalbt fühlen.«

Dora errötete. Sie raffte ihren Rock. »Verzeiht, ich muss Schlag sechs im Haus sein. Lebt wohl, Herr Pastor.«

Und so ging sie davon, während Erxleben ihr versonnen nachschaute.

Der Wind peitschte den Regen gegen die Fensterscheiben, aber drinnen in der Wohnstube war es warm und trocken. Dora und ihre Mutter saßen am Kamin und stickten gemeinsam an einem großen Kissenbezug.

Anna Leporin war gut gelaunt und sagte: »Wenn wir die Ornamente fertig haben, sollten wir einen frohen Spruch sticken.« Sie dachte nach. »So wie: Ehestand ist der beste Stand.«

Dora lachte und sagte schlagfertig: »Oder früh Eh, früh Weh!«

Die Frauen lachten herzlich, als plötzlich Leporin und Christian das Zimmer betraten. Ihre Köpfe waren nass. Dora und die Mutter mussten noch lauter lachen.

»Das ist mir ja ein angemessener Empfang«, knurrte Leporin mürrisch.

Und Christian sagte: »Gut lachen habt ihr.«

Anna Leporin versuchte mit Mühe, wieder ernsthaft zu sein. »Ich werde Euch einen Eisenkrauttee zubereiten.«

Leporin winkte ab.«Lasst es gut sein, Frau. Die Liesel kümmert sich bereits.« Er schaute dabei auf seine Tochter und bemerkte ironisch: »In der warmen Stube sitzt es sich wohler als draußen bei den Kranken. Trahit sua quemque voluptas.«

Dora merkte sofort, auf was der Vater hinauswollte. »Ein jeder lässt sich von seinen Neigungen leiten? Mit Verlaub, Herr Vater, die Stickarbeit muss gleichermaßen getan werden. Die Diakonin ist streng.«

Die Mutter stand ihrer Tochter sofort bei, was nicht so oft der Fall war. »Kaum, dass das Mädchen ein Interesse zeigt fürs Hauswerk, schon wird gescholten!«

Leporin hatte sich in seinen angestammten Ohrensessel gesetzt und begann seine Pfeife zu stopfen. Dabei sagte er: »Ich schelte nicht, Frau, ich konstatiere.«

Christian spürte, dass sich eine unbehagliche Situation

ankündigte, und sagte daher rasch: »Ich gehe zu Bett. Gesegnete Nachtruhe allerseits.«

Damit verließ er das Zimmer. Dora war aufgesprungen und baute sich vor dem Vater auf.

»Apropos! Wann bekomme ich meine eigene Kammer? Ihr habt es mir in Aussicht gestellt, sobald ich fünfzehn bin. Nun bin ich bald sechzehn.«

Leporin meinte mürrisch: »Es lohnt nicht mehr die Mühe.«

»Was wollt Ihr damit sagen?«

Auch die Mutter wurde kämpferisch. »Eine Jungfer braucht ihr eigenes Zimmer.«

Leporin zog an der kalten Pfeife und polterte los: »Dass die ganze Stadt sich schon das Maul zerreißt über Eure Tochter, das heißt es!«

Dora ging dazwischen. »Ihr befremdet mich.«

»Nein, Mademoiselle, Ihr seid es, die mich befremdet!« Leporin nahm einen langen Span, hielt ihn ins Feuer und zündete verärgert seine Pfeife an.

Seine Frau ließ nicht locker. »Also, Leporin, was schwätzen die Leute?«

Der Doktor zog an seiner Pfeife. »Unser Dorchen scharwenzelt hinter dem Pastor her!«

Dora konnte es nicht fassen. So weit war es schon herum. Sie versuchte die Flucht nach vorn. »Niederträchtig ist das!«

Bevor der Vater etwas sagen konnte, erklärte Anna launig: »Herrgott, und wenn's denn so wäre! Ich tät nichts dawider haben, wenn der Pastor in die Familie käme.«

Dora war verblüfft. Mit diesem Einwand hatte sie nicht gerechnet. »Frau Mutter!«, rief sie irritiert.

Leporin nickte und lächelte bitter. »Sic! Beschlossene Sache bereits, das lob ich mir!«

Wütend paffte er seine Pfeife und stieß den Qualm aus.

Dora lief aus dem Zimmer.

Einige Monate waren vergangen, es war wieder Winter geworden. Es war nicht mehr zu übersehen, dass Dora und der Pastor Gefallen aneinander fanden. Immer wieder suchten beide die Gelegenheit, sich zu begegnen, und die Gerüchte im Ort wollten nicht mehr verstummen. Deshalb war Dora beglückt, als vor ihrem sechzehnten Geburtstag ein Brief vor der Tür zu ihrer Kammer lag, ein versiegeltes Brieflein mit einem Gedicht von Gottlieb Stolle darin, geschrieben in der Schrift des Pastors mit einer liebevollen Widmung und den besten Wünschen zum bevorstehenden Geburtstagsfest. Ebenso fehlte nicht der Hinweis darauf, dass ein Mädchen ihres Alters nunmehr den Übergang zur Frau machen würde … Immer und immer wieder las Dora mit größtem Entzücken das launige Gedicht:

»Ich stieg auf einen Fels, die Liebe stieg mir nach:
Ich sprang in einen Bach, so schwamm sie mir entgegen.
Ich lief und floh vor ihr aus äußerstem Vermögen,
sie aber folgte mir durch alles Ungemach.
Ich suchte zwar nächsthin in abgelegnen Hecken
Wo dicke Finsternis und grause Tiefen sind,
vor ihren Augen mich auf ewig zu verstecken;
lernt' aber überall: Die Liebe sei nicht blind.«

Am Nachmittag desselben Tages erschien ein Konfirmand atemlos im Hof, um Dora eine Nachricht zu übermitteln. Der Pastor bat sie, heute noch in die Sakristei zu kommen, es gebe Wichtiges zu bereden.

Die Glocke schlug fünf, als Dora sich kurz vor der Kirche umschaute, um anschließend rasch durch eine schmale Seitentür in die Sakristei zu schlüpfen.

Der Pastor hatte sie bereits erwartet. Er stand hinter seinem Pult, wo er stets die Predigten vorbereitete, legte die Feder zur Seite und ging auf Dora zu. Er nahm ihre Hände, die sie ihm bereitwillig und verspielt entgegenstreckte, und hielt sie fest. Ihr Herz klopfte ihr bis zum Hals. Nun war er wohl gekommen, der Moment, nach dem sie sich so sehr gesehnt hatte. Erxleben würde sich bekennen.

Er räusperte sich, bevor er sagte: »Schön, dass Sie so rasch gekommen ist. Es gibt wahrlich Dringliches zu bereden.«

Dora war sichtlich aufgeregt, denn sie rechnete bereits mit einem förmlichen Heiratsantrag.

»Ich höre, Herr Pastor ...«, sprach sie leise.

Erxleben begann schüchtern: »Nun, Ihr ist es sicherlich nicht entgangen, dass ich mehr als nur große Sympathie für Sie hege ...«

Dora lächelte. Hatte sie nicht heute das Gedicht erhalten?

Er ließ ihre Hände los. »Allein ... Ihr Verhalten macht mich zweifeln.«

»Mein Verhalten?« Sie sah ihn erstaunt an. »Aber Ihr müsst es doch fühlen, dass auch ich Euch sehr gut bin ...«

Erxlebens Augen waren voller Feuer, als er leise sagte: »Sie zum Weib zu nehmen, das würde mir schon trefflich gefallen ...«

Der Pastor trat an sie heran. Sie waren nun nah daran, sich zu küssen.

Doch plötzlich machte Erxleben sich los und ging ein paar Schritte zum Fenster. Während er durch die Scheiben sah, sagte er mit einer gehörigen Strenge im Ton:

»Vorab muss etwas geklärt sein!«

Eine schreckliche Vorahnung überkam sie.

»Sprecht, bitte ...«, sagte sie fast flehentlich.

»Es sind, also es geht um Ihre Ideen, die mir nicht zusagen.«

»Meine Ideen?«

Er drehte sich zu ihr um und sagte knapp: »Sie will eine Ärztin werden, und das gefällt mir nicht!«

Dora war entsetzt. Sie glaubte, die Erde würde sich auftun und sie verschlingen. War es nicht der Pastor gewesen, der ihr Wissen und ihr Talent stets gelobt hatte? Sie sagte nicht ohne Schärfe: »So. Das gefällt Euch nicht?«

Der Pastor nickte. »Die ganze Stadt kennt Ihre Narrheiten und Ihre Ambition, studieren zu wollen. Ich denke, Sie muss davon ablassen.«

Nun wurde Dora kämpferisch. »Ha! Ihr denkt also, was ich tun muss. Was gibt Euch das Recht?«

Erxleben kam auf Dora zu, wollte sie berühren, aber sie wich ihm aus.

»Ich meine es gut mit Ihr. Sie bringt sich in Lebensgefahr, sich gegen Gesetze zu vergehen. Frauen ist der Besuch einer Universität bei Strafe verboten.«

Dora straffte sich. Fast arrogant sagte sie: »Summum ius summa iniuria. Das lehrt uns Cicero. Soll ich es Euch übersetzen?«

Erxleben verzog das Gesicht. »Ich kenne das Zitat: Das strengste Recht ist das größte Unrecht!«

Doras Augen wurden zu schmalen Schlitzen. »Und wie denkt Ihr darüber, Herr Pastor?«

Der Pastor wiegelte ab. »Das tut hier nichts zur Sache.«

»Für mich schon. Ihr wart mal wie ich der Meinung, dass die Verordnung eines Königs kein göttliches Gesetz sei.«

Erxleben zögerte und versuchte seine Worte behutsam zu setzen. »Gewiss nicht, aber ... wie Sie wohl weiß, hält nach wie vor ein Disput an, ob Frauen gleich den Männern menschliche Wesen sind. Von den Hexenprozessen, die es allenthalben noch gibt, nicht zu reden.«

Dora hob die Stimme.

»Was ist Eure Meinung, Johannes Erxleben aus Anhalt? Wie steht Ihr zu diesem verwerflichen Wahn?«

Der Pastor versuchte einzulenken. »Ich weiß, dass Sie ein gescheites Frauenzimmer ist, Ihr Latein ist besser als das meine. Doch sie muss den der Frau gewiesenen Lebensweg annehmen. Was Gott tut, das ist wohlgetan! Dorothea ...«

Er versuchte sie in den Arm zu nehmen, aber sie machte sich los und schaute Erxleben fast mitleidig an.

»Um den Frauen Leid anzutun, bemüht Ihr immer Gott. Warum bemüht Ihr ihn nicht, um den Frauen ihr Menschenrecht zu geben? Gott gehört Euch nicht allein.«

Sie wandte sich ab, dann drehte sie sich noch einmal um.

»Ich begleite meinen Vater bereits seit vielen Jahren bei den Konsultationen. Ihr könnt es mir glauben, was ich Euch sage: Frauen sind Menschen! Sie haben die gleichen Organe, die gleichen Krankheiten, die gleichen Schmerzen. Sie sterben den gleichen Tod. Und mehr noch, sie geben das Leben. Bei meiner Seele, Pastor, ich werde eine Ärztin sein!«

Damit lief sie aus der Sakristei.

»Dorothea, bitte, hör Sie mich an, bleib Sie stehen ...«

Der Pastor lief ihr rasch hinterher und betrat den Kirchenraum.

Er konnte Dora erkennen, wie sie durch die leere Kirche in Richtung Ausgang rannte. Tränen liefen ihr über das Gesicht.

Sie kam zum Portal, warf sich schluchzend gegen die Tür, um sie aufzudrücken.

Erxleben erschien neben dem Altar, ging noch ein paar Schritte, dann blieb er verunsichert stehen und beobachtete Dora, wie sie die Tür aufstieß und vom hereinströmenden Tageslicht verschluckt wurde.

»Gott schütze dich, Dorothea Leporin«, sagte der Pastor leise.

Dann fiel die schwere Tür ins Schloss.

14.

Drei Jahre waren vergangen. Jahre, in denen Dorothea bei schummrigem Kerzenlicht vor anatomischen Büchern hockte und sich Notizen machte. Jahre, in denen sie durch Schnee, Matsch und Regen stapfte, hinter dem Vater her, neben ihr Hans, der nun die Tasche trug. Jahre, in denen sie gemeinsam mit dem Doktor in Valentins Kammer stand und sie sich den Körper des treuen, nackten Knechts besah, der geduldig wie ein Ackergaul alle Untersuchungen über sich ergehen ließ. Schließlich hatte er einmal das kleine Mädchen dazu angehalten, stets neugierig zu sein, und nun musste er auch die Konsequenzen ertragen, so sagte er es sich und ergab sich seinem Schicksal.

Doras Ehrgeiz kannte keine Grenzen. Die feige, kleinmütige Haltung des Mannes, den sie einmal verehrte, die gescheiterte erste Liebe, hatte ungeahnte Kräfte in ihr freigesetzt. Wie anders dagegen waren die zahlreichen Briefe des jungen Barons Falkenberg, der ihr stets Mut machte und an sie glaubte. Im Lauf der Zeit war eine aufrichtige Freundschaft entstanden, aber Dora machte sich keine falschen Hoffnungen. Die Standesunterschiede ließen es nicht zu, dass sie ein Paar würden. Das war bedauerlich, jedoch den gesellschaftlichen Regeln geschuldet. Doch eines wusste sie: Sie würde alles dafür tun, ihr Ziel, Ärztin zu werden, zu erreichen – gegen jeden Widerstand.

Dann war es endlich so weit. Dora hatte den Brief geschrieben, den wichtigsten in ihrem bisherigen Leben.

Nun war sie im herzoglichen Schloss, im Ankleidezimmer der Äbtissin und las der das Schreiben vor, das morgen mit der Postkutsche an die Medizinische Fakultät der Universität zu Halle abgehen sollte.

»Ich, die Jungfer Dorothea Christiana Leporin, geboren am 13. November anno 1715 zu Quedlinburg, Tochter des medicus practicus und Stadtphysikus Doktor Christian Polycarpus Leporin, habe genügend Kenntnisse im Lateinischen, Französischen und in den Naturwissenschaften erworben, um mich Ihrer hochwohllöblichen Prüfungs-Commission zu stellen. Ich möchte mir erlauben, den Herren Professoren meine Kenntnisse darzulegen, um exzeptionell und trotz meines weiblichen Geschlechts ein Studium der Medizin zu erlangen. Da mein Bruder Christian Leporin sein Medizinstudium an Ihrer ehrwürdigen Universität zu Halle durchführt, ist männlicher Begleitschutz während meines Studienaufenthalts gegeben. In der Hoffnung, als dass Sie meiner Bitte nachzukommen belieben, verbleibe ich in respektvoller Hochachtung,

Dorothea Leporin.«

Die Äbtissin applaudierte.

Dora legte den Brief zur Seite und drehte sich in einem eleganten Kleid der Äbtissin vor dem Spiegel, während eine Kammerzofe die vielen herumliegenden Kleider in den Schrank räumte.

Die Äbtissin kam zu Dora und zupfte noch ein wenig am Kleid herum, ging dann ein paar Schritte zurück und sagte: »Distingué et représentable. In diesem Kleid wirst du die Commission überwältigen. Wir sind sehr zufrieden, dass der Pastor deine Cousine Sophie geheiratet hat. Sonst hättest du bereits einen Stall voller kreischender Kinder, und an ein Studium wäre nicht mehr zu denken!«

Solcherlei gehässige Bemerkungen machte die Äbtissin

oft, und sie ahnte nicht, welcher Stich Dora da jedes Mal durchs Herz ging, aber sie ließ es sich nicht anmerken.

Mit einem herrischen »Marie! Allez!« winkte die Äbtissin ihre Zofe nach draußen und forderte Dora auf, sich zu setzen, indem sie ungehalten auf die Sitzfläche eines Sessel klopfte.

»Assise-toi.«

Dora setzte sich, während die Äbtissin zu ihrem Sekretär schritt und ein Papier entnahm.

»Hat dein Vater je daran gedacht, dass solch ein Studium finanziert sein will?«

»Halten zu Gnaden, Hoheit, dieses Thema haben wir bis heute vermieden.«

Die Äbtissin reagierte ungehalten. »Das macht uns nicht wundern. Sosehr dein Vater ein guter Arzt ist, so tölpelhaft agiert er in Gelddingen. Hier!« Sie überreichte Dora einen Brief.

»Was ist das, Hoheit?«

»Ein Kontrakt zwischen uns und dir.«

»Ein Kontrakt?«

»Eine Vereinbarung zwischen dir und uns. Wir finanzieren dein Studium, compris? Und du betreust uns bis zu unserem Hinscheiden als Ärztin.«

Dora sprang auf. »Herzogliche Hoheit, ich bin ...«

Sie küsste spontan die Hand der Äbtissin. Die nahm Dora an den Schultern, zog sie an sich, schloss die Augen und küsste sie lang auf den Mund. Dora war wie gelähmt und wusste nichts mit dieser verfänglichen Situation anzufangen. Sie ließ es einfach widerstandslos geschehen. Dann löste die Äbtissin ihre Lippen von Doras Mund, strich ihr mit dem Handrücken über die erhitzte Wange und sagte: »N'oublie jamais, Dorothée, nous nous sommes des amies.«

Sie hatte noch einmal das Versprechen wiederholt, für immer ihre Freundin zu sein.

Es war Abend geworden. Dora saß im Kabinett des Vaters an dessen Sekretär und las noch einmal den Brief, den sie gerade geschrieben hatte.

»Werter Baron, Eure Großtante, die Herzogin, ist mir eine gar wunderbare Freundin geworden, wenn mir als Bürgerliche dieses Wort erlaubt ist, die sich um mich sorgt und der mein berufliches Fortkommen ein echtes Herzensanliegen zu sein scheint. Deshalb, so könnt Ihr es sicher nachvollziehen, will ich alles tun, den Ansprüchen Ihro Hoheit zu entsprechen und gar fleißig lernen, um mein Ziel schlussendlich zu erreichen. Sie finden mich in banger Erwartung des Resultats aus Halle, wo ich voller Hoffnung bin, die Commission werde in meiner Sache zu meinen Gunsten entscheiden. Bleibt mir gewogen und bei bester Gesundheit. Und gebt fein acht im Manöver und passt mir auf den Kronprinzen auf.

In freudigster Erwartung einer baldigen Antwort verbleibe ich, Eure Dora Leporin.«

Dora faltete den Brief und tröpfelte Siegellack auf die Kanten. Morgen würde sie zum »Bären« laufen, wo die Postkutsche hielt, und den Brief zur Garnison nach Oranienstein abschicken. Und vielleicht gab es ja schon positive Nachricht aus Halle.

Im Haus des Pastors Erxleben herrschte große Aufregung.

Doras Cousine Sophie, die junge Frau Pastorin, lag wieder in den Wehen. Um das Bett standen die Magd Berta und Dora, die auf Wunsch ihrer Cousine erschienen war. Die Hebamme arbeitete schwer und zog und zerrte zwischen Sophies Beinen.

»So, nun kommt, Pastorin, presst noch einmal, gleich ist es so weit …«

Sophie schrie und stöhnte, warf den Kopf auf dem verschwitzten Kissen hin und her und rief: »Das ist das Letzte, ich schwör's. Das mach ich nimmer mit!«

Die Hebamme meinte lakonisch: »Das habt Ihr bei den ersten beiden auch gesagt ...«

Damit zog sie mit einem geschickten Ruck das Neugeborene nach draußen.

Sie gab ihm einen Klaps auf das Hinterteil, worauf es sofort kräftig zu schreien begann.

Sophie stützte sich auf und fragte aufgeregt: »Was ist es?«

Die Hebamme nabelte das Neugeborene ab, und Dora legte es der erschöpften Mutter in die Arme.

»Es ist ein Mädchen!«

Sophie ließ sich enttäuscht mit der Kleinen in die Kissen sinken. »Drei Mädchen!«

In diesem Augenblick kam Erxleben aufgeregt ins Zimmer gelaufen, und ehe er fragen konnte, sagte seine Frau: »Johannes, seht es mir nach, es ist wieder nur ein Mädchen.«

Der Pastor ging zu Sophie und strich ihr unbeholfen übers Haar. »Aber liebste Sophie, so hat Gott es gefügt, und so ist es recht. Der Herr segne Euch und ...?«

Sophie lächelte. »Eleonore.«

Erxleben berührte seine Tochter zärtlich. »Eleonore.«

Sophie hielt Dora das Kind entgegen. »Es soll dein Patenkind sein, liebste Cousine.«

Dora nahm das Bündel hoch und schaute zu Sophie, dann zu Erxleben.

»Ich werde Eleonore stets eine gute Patin sein.«

Wehmütig lächelnd und hölzern berührte Erxleben Doras Schulter.

»Dessen sind wir uns gewiss, Dora.«

Die Taufe war vorüber, die Familie saß in der Wohnstube des Pfarrhauses um einen langen Tisch versammelt. Man hatte das Mahl gemeinsam eingenommen. Am Kopf der Tafel saß der Hausherr Pastor Erxleben, daneben Sophie mit dem Säugling im Arm. Neben ihr hatte Erxlebens schwerhörige Mutter Gerlinde Platz genommen, die aus Anhalt herübergekommen war. Doras Onkel Theo, der Vater von Sophie, folgte mit seiner Frau Henriette. Daneben saßen Anna Leporin und der Doktor. Neben seinem Vater saß Hans. Dann folgten die beiden Töchter von Erxleben, Magda und Sophie, drei und zwei Jahre alt. Zwischen den Mädchen saß Dora, die von den beiden bewundert wurde.

Der Doktor hob sein Glas. »Auf das neue Erdenmenschlein …«

Alle Erwachsenen erhoben ihre Gläser und tranken. Erxleben setzte als Erster sein Glas ab, wischte sich den Mund und sagte zu Dora: »Langsam ist die Reihe an ihr, Dora. Bald ist sie zwanzig.«

Dora sah ihn forsch an. »Fein, dass Ihr Euch so um mich sorgt, Herr Pastor, allein, ich habe andere Pläne.«

Onkel Theo flüsterte etwas in Mutter Erxlebens Ohr, und die sagte daraufhin laut: »Was? Ein Doktor will sie sein? Herr im Himmel! So eine Schande!«

Anna Leporin war nur darauf aus, das Thema zu wechseln. »Das Dorchen hat ja noch viel Zeit. Aber wenn der Richtige kommt, dann …«

Doch der Onkel gab keine Ruhe. »Ein Frauenzimmer als Doktor! Sie hat die Stirn!«

Und Tante Henriette fügte empört hinzu: »Eine Sünde wider unseren Herrn.«

Dora blieb gelassen. »Wie Ihr meint, Herr Oheim. Ich hoffe nur noch auf positiven Bescheid aus Halle, dann verlasse ich euch ohnehin.«

Sophie sah erstaunt zu ihrer Cousine hinüber. »Hast du es denn wieder versucht?«

Leporin machte vergeblich ein abwehrendes Zeichen mit der Hand und räusperte sich danach auffällig.

Dora wurde unsicher. »Was heißt ›wieder‹? Nein …«

Erxleben lehnte sich zurück und bemerkte: »Einmal hat man ihr doch bereits eine Absage erteilt, oder irre ich mich?«

Dora sah hinüber zum Vater. Der Doktor zögerte, dann räusperte er sich wieder und begann stockend: »Dorchen, es ist so ... Ich wollte es dir zur rechten Zeit schon sagen, aber ...«

Dora ließ sich nicht anmerken, wie aufgewühlt sie war. Immer weiter hatte sie gehofft, dabei war die Entscheidung gegen sie anscheinend bereits gefallen. Und sie würde es zuletzt erfahren!

»Was hat es damit auf sich? Alle Welt weiß von dieser Schmach, nur ich nicht? Herr Vater!«

Sophie warf bissig ein: »Hast du denn etwas anderes erwartet?«

Anna Leporin versuchte die Wogen zu glätten. »Kind, du warst doch so voller Hoffnung und wir, also ...«

Leporin ergriff das Wort: »Ich habe den Christian gebeten, noch einmal auf die Commission einzuwirken. Da steht noch eine Antwort aus.«

Erxleben wandte sich an Dora: »Gottlob gibt es noch vernünftige Männer an den Universitäten! Eine Frau ist nun mal für das Spinnrad und den Kochtopf gemacht, das muss sie endlich akzeptieren!«

Sophie giftete ebenfalls: »Johannes hat recht. Schon immer wolltest du etwas Besonderes sein. Konntest die Nase nie hoch genug tragen mit deiner Medizin. Heirate, kriege Kinder! Heirate meinetwegen einen Doktor, dann kannst du so arbeiten wie bisher!«

Doras blasses Gesicht zeigte keine Spur von Unruhe, sie erhob sich und schaute völlig beherrscht auf ihre Verwandtschaft.

»Eine schöne Familie ist mir das!«, sagte sie und verließ die Stube.

Die Äbtissin saß im Bett. Sie hatte ausgiebig gefrühstückt und gab ein paar Bissen an die Dogge weiter, die neben dem Bett saß. Dora stand mit einem Brief in der Hand im Zimmer, während die Zofe Marie schüchtern vorbeiging, um das Tablett wegzuräumen.

Dora war aufgeregt und las laut vor: »Oder hier ... *alldieweil Weibspersonen kein obrigkeitliches Amt zu führen gestattet sind ...*«

Die Äbtissin war abgelenkt. »Un moment, Marie ...«

Sie nahm einen Löffel vom Tablett und gab Dora etwas zu probieren. »Schließ die Augen und versuche einmal, aber attention ...«

Dora kam und probierte. Sie schreckte zurück. »Oh, das ist ja kalt.«

»Eine Spezialität aus Italien, man nennt es ›gelato‹. Schmeckt es nicht wundervoll?«

Auch Dora war begeistert. »Superb!«

Die Äbtissin sagte verschmitzt: »Nur schade, dass es keine Sünde ist.«

Dora musste laut lachen. »Hoheit!«

Die Äbtissin wurde ernst. »Bon. Vas y!«

Während die Zofe das Schlafgemach verließ, las Dora den Brief zu Ende.

»*... teilen wir mit, dass wir es ablehnen, Sie zum Studium der Medizin an unserer ehrwürdigen alma mater zuzulassen! Besinne Sie sich Ihrer weiblichen Pflichten und verschone Sie uns in der Zukunft von derlei hanebüchen Anliegen.*«

Verärgert zerknüllte Dora den Brief und warf sich der Äbtissin an die Brust. Die hielt Dora im Arm wie ein kleines Kind.

»Noch ist nichts verloren ...«

Dora sah der schönen Herzogin ins Gesicht. »Wie soll ich weiterleben, bei so viel Unglück?«

Die Äbtissin küsste Dora aufs Haar. »Einmal hat es nicht

glücken wollen, sei's drum! Du bist auserwählt zu kämpfen!«

Dora sprang auf. »Die Mannsbilder haben sich die Welt auf das Beste eingerichtet. Sie unterdrücken die Frauen, sie halten sie ungebildet, und die lassen es geschehen. Ergo, warum sollten die Männer ihre Privilegien freiwillig aufgeben?«

Die Äbtissin nickte. »Weil es niemanden gibt, der die Courage hat, dieses Unrecht anzuprangern.«

Dora ballte eine Faust. »Wie gern würde ich hingehen und eine Anklageschrift verfertigen und publizieren, auf dass alle Frauen Preußens sie kennten!«

Die Äbtissin sah sie bewundernd an. »Tu's, im Interesse unseres Geschlechts und um unseres Herrn willen.«

Doras Augen bekamen wieder den kämpferischen Glanz. »Ja. Ihr habt recht, Hoheit. Ich werde mir meinen Schmerz von der Seele schreiben …«

Dora saß des Nachts bei Kerzenlicht in ihrer Kammer und schrieb. Die Feder kratzte über das Papier.

»Gründliche Untersuchung der Ursachen, die das weibliche Geschlecht vom Studieren abhalten. Die Verachtung der Gelehrsamkeit zeigt sich besonders darin, dass das weibliche Geschlecht vom Studieren abgehalten wird. Wenn etwas dem größten Teil der Menschheit vorenthalten wird, weil es nicht allen Menschen nötig und nützlich ist, sondern vielen zum Nachteil gereichen könnte, verdient es keine Wertschätzung, da es nicht von allgemeinem Nutzen sein kann. So führt der Ausschluss vieler von der Gelehrsamkeit zu ihrer Verachtung. Dieses Unrecht ist ebenso groß wie dasjenige, das den Frauen widerfährt, die dieses herrlichen und kostbaren Gegenstandes beraubt werden.«

Im Gemach der jungen Baronesse von Königstein saß Dora auf dem Bett und setzte der bleichen Frau gekonnt Blutegel auf die Waden. Daneben stand die Freifrau von Geldern, die für Dora das Glas mit den nützlichen Saugwürmern hielt. Währenddessen sagte die Baronesse aufgeregt: »Weiter, erzählt uns mehr von Eurem Buch ...«

Dora lächelte. »Nun, es wundert nicht, dass Männer glauben, Gelehrsamkeit schicke sich nicht für das weibliche Geschlecht. Denn ihnen ist nichts selbstverständlicher, als anderen weniger zuzutrauen als sich selbst ...«

Die Baronesse und die Freifrau lachten beide herzlich. »Famos!«, meinte die Freifrau und reichte Dora mit einer Holzzange den nächsten Egel.

Dora nahm den Wurm und setzte ihn der Baronesse in die Kniekehle. Inzwischen fragte die Frau von Geldern neugierig: »Sag an, was steht noch in dem Buch, Dora?«

Dora sah zu ihr auf. »Zum Beispiel: ›Gesetzt also, es hätten Männer einen Abscheu vor gelehrten Frauenzimmern, was würde es uns schaden?‹«

Die Baronesse drehte den beiden ihr Gesicht zu und sagte: »Recht so. Was würde es uns schaden!«

»Wann werdet Ihr fertig sein? Ich kann es kaum erwarten, Euer Buch zu lesen«, sagte die Freifrau.

Dora erhob sich.

»Ich muss einen Verleger finden. Es gehört Mut dazu, so etwas unter die Leute zu bringen. Und Geld.«

»Wenn alle Stricke reißen,« sagte die Baronesse, »dann legen wir alle zusammen und bringen es selbst heraus!«

»Sapperlot!«, rief die Freifrau. »Welch ein genialer Gedanke.«

Dora lächelte.

Christian war zu Besuch gekommen. Vater und Sohn hatten sich in Leporins Kabinett zurückgezogen. Hier hatte der Doktor fast verschwörerisch Doras Manuskript aus seinem Sekretär geholt und damit begonnen, dem Sohn einige Passagen vorzulesen. Der Doktor schaute durch sein Lorgnon, und Christian, ganz selbstgefälliger Studiosus, ging mit den Händen auf dem Rücken hin und her.

»Hier. Hör zu: ›*Wie wäre es, wenn wir hörten, Männer bevorzugten blinde Frauen? Wollten wir die Frauen anhalten, sich die Augen auszustechen, damit sie diesen törichten Menschen gefallen?*‹ Was sagst du nun?«

Die Männer lachten laut, und Christian rief: »Vortrefflich!«

Der Vater schlug fröhlich auf die Seiten. »Habe ich dir zu viel versprochen?«

Christian hielt den Vater an, weiterzulesen, als plötzlich Dora ins Zimmer gelaufen kam und ihrem großen Bruder um den Hals fiel.

»Christian ... wie schön, dich zu sehen!«

Christian nahm seine Schwester in der Taille und schob sie von sich fort, um sie anzusehen. »Mein hübsches, kluges Schwesterlein!«

Der Vater legte die Seiten wieder in den Sekretär. »Ich habe mir gestattet, ihm aus dem ersten Kapitel deines Pamphlets vorzulesen ...«

Dora war neugierig auf das Urteil ihres gelehrten Bruders. »Und?«

Er zwickte sie in die Nase. »Chapeau! Das wird Staub aufwirbeln.«

»Das soll es auch«, sagte Leporin verschmitzt.

Vater und Bruder machten ihr stets Mut. Das gab ihr das Vertrauen, das sie für ihre schwere Aufgabe brauchte.

Leporin schien ihre Gedanken zu erraten, denn er legte stolz den Arm um seine Tochter. Dora wurde neugierig und sprach den Bruder an: »Jetzt aber berichte vom anatomischen Theater zu Berlin, ich kann es kaum erwarten, darüber zu hören.«

Christian goss sich ein Glas Wein aus dem Krug ein, der auf dem Tisch stand.

»Die erste Sektion war hart. Der König hat ja verfügt, dass die Leichen aller Delinquenten seziert werden dürfen ...«

Leporin unterbrach und meinte sarkastisch: »Deshalb haben die erfolgreichen Gnadengesuche exorbitant abgenommen!«

Dora drängte. »Weiter!«

»Nun«, sagte ihr Bruder, »die älteren Semester machen sich einen Spaß, indem sie die Lage der Organe verändern, aber da ich mit dem Vater bereits Leichen geöffnet habe ...«

Leporin unterbrach ihn scharf: »Bist du toll! So etwas darfst du niemals sagen, zu keinem, hörst du mich?«

Christian nickte eingeschüchtert. »Gewiss doch.«

Dora flüsterte: »Sag an, hast du je ein Herz angefasst?«

Christian wurde vertraulich. »Ein jeder tut es, obwohl es bei Strafe verboten ist, weil's doch der Sitz der Seele ist.«

Dora schaute ungläubig. »Die Seele sitzt im Kopf!«

Leporin bedachte Dora mit einem spitzbübischen Blick. »Was du alles zu glauben weißt! Ohne Herz kann keiner leben, wenn es aufgehört hat zu schlagen, ist man weg.«

»Und wie ist es mit dem Kopf?«

Der Doktor nippte genüsslich an seinem Glas, dann sagte er: »Nun, ich kenne einige, die ohne Hirn und Verstand sind und trotzdem munter leben!«

Alle lachten herzlich.

15.

Auf dem Marktplatz des Städtchens waren an diesem Frühlingstag die Menschen zusammengelaufen, nachdem sich schon von weitem ein Herold mit Trommeln angekündigt hatte. Nun stand der Soldat in seiner preußischblauen Uniform inmitten des Platzes, hatte sein Pergament entrollt und verkündete laut seine Botschaft, nachdem der Trommelwirbel verklungen war: »Bürger von Quedlinburg! Hiermit wird in Trauer bekannt gemacht, dass zu Potsdam am 13. Mai anno eintausendsiebenhundertundvierzig Friedrich Wilhelm I., größter innerer preußischer König, verstorben ist. Mit dem heutigen Tag ist der Kronprinz als König Friedrich II. zum König in Preußen ernannt. Der König ist tot, es lebe der König!«

Die Menschen hatten ihre Hüte gezogen, hatten andächtig der Nachricht gelauscht und waren am Ende in den Ruf »Es lebe der König!« eingefallen.

Das Fuhrwerk des Doktors zockelte gemächlich den Schlossberg hoch. Auf dem Bock Dora, in der Hand die Zügel, und neben ihr der nachdenkliche Leporin. Sie sprachen darüber, was sie wohl im Schloss erwarten würde, denn sie waren vor einer Stunde von einem Boten gerufen worden.

Vor seinem Haus saß Klopstock mit seinem Sohn, dem sechzehnjährigen Gymnasiasten Gottlieb, und spielte eine Partie Schach. Sie hörten das Fuhrwerk, unterbrachen ihr Spiel und winkten dem Doktor und seiner Tochter zu.

Klopstock rief fröhlich: »Mein bester Leporin! Jetzt beginnt eine neue Zeit!«

»Ihr Wort in Gottes Ohr, Monsieur L'advocat!«, kam es von Leporin zurück.

Dora hatte das Fuhrwerk angehalten.

»Schlimmer als der alte König kann Friedrich nicht sein«, meinte Gottlieb.

Leporin nickte. »Da hast du wahr gesprochen. Der Alte war schon ein rechtes Gewitteraas!«

»Sieht man sich heute beim Tarock?«, wollte Klopstock wissen.

»Das will ich meinen«, sagte der Doktor. »Wegen eines toten Königs lassen wir uns doch nicht unser Spiel verderben!«

Er lüftete kurz seinen Hut. »A bientôt«, sagte er, und Dora ließ die Pferde anziehen.

»Aus dem jungen Klopstock wird mal was ganz Besonderes,« sagte Dora nach einer Weile.

»Ja, der Gottlieb ist in der Tat ein blitzgescheiter Bursche«, bestätigte der Doktor.

Zwei Diener kamen auf dem Schlosshof dem Fuhrwerk des Doktors entgegengelaufen, hielten die Pferde im Zaum, so dass Dora und ihr Vater absteigen konnten. Bevor Leporin nach seiner Tasche greifen konnte, hatte ein dritter Diener sie bereits an sich genommen und trug sie nun, gefolgt von Dora und dem Doktor, die Treppe hinauf. Es war offensichtlich Eile geboten.

Zwei Minuten später betraten Dora und ihr Vater den Speisesaal. Dort hatten sich fünf aufgeregte Hofdamen eingefunden, die um die Freifrau Anneliese von Geldern herumstanden, die wiederum wie tot in einem Sessel lag, davor der besorgte Diener Albert. Der Doktor nickte stumm zu den Anwesenden und begann gemeinsam mit Dora die Freifrau zu untersuchen, dabei fragte er, ohne die Anwesenden anzusehen: »Wann hat sie zuletzt etwas gegessen?«

Die Baronesse zu Königstein meldete sich zu Wort. »Es war zur Mittagszeit, Monsieur le Docteur.«

Dora schaute der Ohnmächtigen in die Augen. »Und was?«

Die Diakonin, die seit der Heirat des Pastors vor einigen Jahren ebenfalls im Stift lebte, ließ sich vernehmen: »Was wir alle hatten. Kaninchen, Kartoffeln …«

Der Doktor schnupperte wie ein Spürhund an der Freifrau. »Was hat sie getrunken?«

Eine ältere Hofdame, Annette Gräfin von Anklam mit Namen, rief lallend: »Ein kleines Weinchen, wie wir alle. Zu Ehren von … Fritzi!«

Sofort warf die alte Diakonin ein: »Aber auch aus Trauer über den verstorbenen König.«

Die Anklam lallte daraufhin weiter: »Das ist wohl wahr.« Und nach einer kurzen Pause: »Aber auch wegen Fritzi!«

Die Damen mussten kichern. Der Doktor schaute seine Tochter an.

»Es scheint mir, die Freifrau hat zu viel Alkohol zu sich genommen.«

Die Baronesse protestierte. »Nicht mehr als wir alle, cher Docteur.«

Wieder lallte die alte Gräfin von Anklam dazwischen: »Für Fritzi!«

Alle kicherten erneut.

Leporin wurde ungehalten und laut. »Aber nicht alle haben dieselbige Konstitution, Durchlaucht.« Dann winkte er seine Tochter und den Diener heran. »Dorchen! Herr Albert!«

Die drei stellten die Bewusstlose auf die Beine. Die Männer hielten sie fest, damit sie nicht umfiel, während Dora sich vor sie stellte und ihr dann plötzlich kurz mit dem Ellbogen in die Magengrube schlug. Die Frau röchelte, stöhnte und erbrach dann in einem Riesenschwall ihr Essen auf den

Parkettboden, dass es nur so klatschte. Die Hofdamen schauten angewidert und gleichzeitig fasziniert.

Frau von Geldern schlug die Augen auf und sagte lallend: »Bin ich tot?«

Der Doktor zeigte in die Runde. »Sieht so das Paradies aus, Durchlaucht?«

Diener Albert hatte die Tür zum Gemach der Äbtissin geöffnet und sich anschließend diskret zurückgezogen. Der Doktor verbeugte sich vor der Herzogin mit einem gekonnten Handkuss. Dora war von der Dogge herzlich begrüßt worden, und danach erst beehrte sie die Herzogin mit dem üblichen Knicks. Die Äbtissin saß an einem Tischchen mit goldbelegten Intarsien, darauf ein Kristallflakon mit Likör und drei Gläsern.

»Prenez place«, sagte sie mit einer huldvollen Geste.

Leporin und seine Tochter setzten sich, während die Äbtissin Likör einschenkte.

»Voilà, jetzt trinken wir auf den jungen König.«

Sie nahm ihr Glas hoch, und Dora sagte: »Auf Fritzi ...«

Die Äbtissin verkniff sich ein Lachen und ließ ihr Glas wieder sinken. »Apropos, in welchem Zustand ist denn die bedauernswerte Freifrau?«

Leporin war entspannt. »Pas de grande chose, eine veritable Alkoholvergiftung, aber in wenigen Tagen ist sie wieder beieinander.«

Jetzt hob die Äbtissin erneut ihr Glas. »Auf den jungen König.«

Auch Dora und der Vater hatten die Gläser gehoben, und Dora sagte: »Auf Ihro Majestät, Friedrich den Zweiten.«

Und Leporin fügte hinzu: »Lang lebe der König!«

Alle tranken.

Nachdem die Äbtissin ihr Glas abgesetzt hatte, erhob sie sich mit den Worten:

»Wir baten, dass Ihr bleibt, weil wir es Euch zuerst kundtun wollten …« Sie schaute geheimnisvoll und setzte ihre Worte präzise: »Der König hat sein Kommen für den Winter angekündigt!«

Dora war hoch erfreut. »Welch wunderbare Nachricht, Hoheit.«

Die Äbtissin war hinter Dora getreten und hatte ihr die Hände fast beiläufig auf die Schultern gelegt.

»Mehr noch«, fuhr sie fort, »wir werden die Gelegenheit nutzen, Dora dem König zu präsentieren, um ihr Anliegen höchstselbst vorzutragen!«

»Hoheit, Ihr seid zu gütig.« Dora griff nach der Hand der Äbtissin und küsste sie.

Leporin hatte sich erhoben und machte eine Verbeugung. »Wie sollen wir Ihro herzoglichen Hoheit je danken können?«

Die Äbtissin ging in die Mitte des Raums, drehte sich kokett um und rief: »Als dass Eure Tochter eine Ärztin wird, cher Docteur! Wohlan, wir müssen aufs Beste präpariert sein! Seine Majestät sind von scharfem Verstand.«

16.

Endlich war der große Tag gekommen. Die Dunkelheit war hereingebrochen, und trotz des dichten Schneetreibens hatten sich viele hundert Bürger vor dem Schloss eingefunden. Sie stapften von einem Fuß auf den anderen und rieben sich die Hände. Einige Kinder rannten herum und bewarfen sich mit Schneebällen. Hinter dem Stiftshauptmann von Plotho mit seinen korrekt aufgestellten Gendarmen standen der Bürgermeister, Advokat Klopstock, Amtsrichter Birke und weitere Honoratioren der Stadt. Dazu angesehene Handwerker und Kaufleute. Die Ärzte Bollmann und Ellrich waren zu sehen, und auch Erxleben war erschienen, inzwischen Diakon. Irgendwo in der Menge befanden sich auch Doktor Leporin und seine Tochter. Dora war es ein wenig kalt geworden, sie hatte sich beim Vater untergehakt, um sich an ihm zu wärmen.

Sie war bestens vorbereitet auf das Treffen mit dem König. Wochenlang hatte sie ihren Vortrag geübt und ihn nächtens fast schon während des Schlafs aufsagen können. Es sollte jedoch in den Ohren ihrer Majestät so klingen, als habe sie sich die Worte erst im Moment des Aussprechens einfallen lassen. Das war die Kunst der »improvisation preparée«, hatte ihr die Äbtissin ans Herz gelegt. Nach der letzten Probe waren Hoheit jedenfalls hoch zufrieden gewesen und davon überzeugt, dass Dora den König für ihr Anliegen gewinnen würde. Jetzt, so kurz vor der Audienz, war ihr allerdings bang ums Herz, sie mochte nicht darüber nachdenken, was passieren würde, wenn sie scheiterte. Sie wollte sich und ihren jungen König nicht enttäuschen.

Wie viel Hoffnung war mit seiner Thronbesteigung verbunden. Wie sehr sehnte sich ein jeder in Preußen nach einem Aufbruch in eine neue Zeit.

Nach dem Tod des alten Königs war ein vieltausendfacher Seufzer der Erleichterung über das gepeinigte Land gegangen. Die Menschen erwarteten, dass der allseits verehrte Kronprinz nunmehr als König Friedrich der Zweite die politischen und juristischen Fesseln lockern, die Steuern senken und die Bürgerrechte stärken würde. All die Schmach und Qual, die der überstrenge Vater dem jungen Prinzen angetan hatte, sollte sich umkehren zum Wohle des Volkes. Dies war die allgemeine Auffassung der Menschen, und Friedrich nährte diese Hoffung. Er hatte einige Toleranzedikte erlassen, der freie Zuzug war gestattet und die uneingeschränkte Religionsfreiheit festgeschrieben worden. Allenthalben war ein frischer Wind zu spüren.

Wie Dora so stand und in die Flocken schaute, die so unentwegt vom Himmel fielen, da hörte sie das ferne Schnauben von Pferden, und ihr Herz klopfte schneller. Ein erwartungsvolles Raunen ging durch die Menge, als ein Trupp von Reitern, angeführt von einem Offizier, sich in strammem Galopp dem Tor näherte. Während die Reiter auf ihren dampfenden Pferden sitzenblieben, war der Offizier behände abgestiegen und hatte seinen mit Pelz besetzten Dreispitz als Zeichen des Respekts abgenommen. Jetzt erkannte Dora zu ihrer großen Freude den Freund aus Kindertagen, mit dem sie bereits seit Jahren eine rege Korrespondenz führte, den verehrten Baron Heinrich von Falkenberg.

Auch er hatte die hübsche Tochter des Doktors in der Menge entdeckt, warf ihr einen kurzen, für andere kaum bemerkbaren Gruß zu und sagte dann in die erwartungsvoll staunende Menge hinein: »Quedlinburger, leider sind Ihro Majestät durch dringlichste Amtsgeschäfte verhindert.«

Ein enttäuschtes Murren ging durch die Reihen. Falkenberg sprach weiter: »Als Zeichen der Wertschätzung Ihro herzoglichen Hoheit, der Äbtissin Maria Elisabeth und der braven Bürger der vorbildlichen Stadt Quedlinburg, hat Ihro Majestät seine Exzellenz, den Geheimen Staatsrat Bertram Freiherr von Boxberg-Liegnitz beordert, an seiner Statt ihre Gesuche entgegenzunehmen, so als wären sie Ihro Majestät höchstselbst an die Hand gegeben.«

Ein dünner Applaus war zu vernehmen, und eine Minute später erschien am Horizont eine sechsspännige königliche Kutsche, begleitet von leichter Kavallerie, die mit Fackeln die Szenerie erleuchtete.

Im Thronsaal hatte sich der gesamte Hofstaat der Herzogin eingefunden. Als Dora in die Runde schaute, bemerkte sie Diakon Erxleben im Gespräch mit dem Bürgermeister, dann sah sie endlich Heinrich von Falkenberg, der die Äbtissin, begleitet von ihrer Dogge, zum Thron führte, dabei in ein intensives Gespräch vertieft. Daneben hatte sich der Geheime Staatsrat aufgebaut, ein stocksteifer, streng wirkender Mann.

Die Äbtissin nahm Platz, warf nur einen kurzen Blick zu ihrem Leibdiener Albert, und dieser stieß dreimal mit dem Stock auf.

»Ihro herzogliche Hoheit, die Äbtissin hat das Wort!«

Die Äbtissin erhob sich und sagte: »Wir alle haben uns hier eingefunden, um Ihro Majestät, unserem geliebten König Friedrich dem Zweiten zu huldigen. Lasset uns beten: Herr, der Du bist im Himmel, schütze unseren König, gebe ihm ein segensreiches Dasein, erhalte ihm die Weisheit ...«

Alle murmelten mit.

»... gebe unserer geliebten Heimat Preußen Wohlstand, Glück und Frieden. Amen!«

Die Äbtissin setzte sich wieder und rief: »Mögen sich die Bittsteller einreihen und ihre Fürbitten vorbringen. Allez-y!«

Dann sprach sie leise mit dem Staatsrat, der sich zu ihr herabbeugte.

Inzwischen stellten sich die Bürger auf, um dem Staatsrat ihre Anliegen vorzutragen. Dora hatte sich ebenfalls gemeinsam mit dem Vater in die Reihe begeben.

Die ersten Antragsteller wurden mit leisen Worten von der Äbtissin dem Freiherrn von Boxberg-Liegnitz vorgestellt. Erxleben war zu Dora aufgerückt und sprach sie an: »Gott zum Gruß, Dorothea. Was ist heute Ihr Ansinnen, mit Verlaub?«

Dora sah ihn ungläubig an und sagte schnippisch: »Könnt Ihr Euch das nicht denken?«

Sofort mischte sich Leporin ein: »Wir sind erschienen, um Seine Majestät um Zulassung meiner Tochter zum Studium zu bitten, Herr Diakon. Und Ihr?«

Erxleben reagierte nicht auf die Frage und sagte: »Es befremdet mich in der Tat, werter Doktor, dass Ihr dieses gefährliche Hirngespinst stets noch unterstützt!«

Bevor Leporin etwas sagen konnte, war Dora nah an Erxleben herangetreten und zischte: »Dass ich mich um Eure Frau sorge, die nach der vierten Geburt unaufhörlich kränkelt und dass es mich quält, noch so unwissend zu sein, da ich ihr helfen könnte, wenn ich mehr lernte – das nennt Ihr Hirngespinst?«

»Dorothea, ich wollte Sie nicht insultieren«, erwiderte Erxleben verlegen.

Dora sah ihm stolz ins Gesicht und sagte: »Semel emissum irrevocabile verbum volat!«

Damit entfernte sie sich abrupt, ohne einen Einwand zuzulassen. Erxleben blickte hilflos zum Doktor. Der zuckte mit der Schulter und flüsterte verschwörerisch: »Einmal entsandt, fliegt das Wort unwiderruflich dahin. – Horaz.«

Die unerfreuliche Begegnung mit dem Diakon hatte Spuren hinterlassen und Doras Konzentration merklich gestört. Als sie schließlich an die Reihe kam, war sie sichtlich nervös. Das war auch der Äbtissin nicht entgangen, die Dora gut kannte und ihr jede Gefühlsregung ansah. Deshalb sagte sie aufgeräumt: »Monsieur, hier seht Ihr Demoiselle Dorothée Christiane Leporin, eine Blüte dieser Stadt.«

Dora machte einen Knicks vor der Herzogin, dann wandte sie sich an den Staatsrat.

»Mit Verlaub, Ihro Exzellenz.«

Der strenge von Boxberg-Liegnitz sah Dora für einen Moment gelangweilt an und nuschelte: »Bon bref, sprich Sie, was ist Ihr Begehr?«

Dora hatte ihr gesamtes Konzept vergessen, in ihrem Hirn war nur leerste Leere. Sie stotterte: »Nun, wie soll ich es in wenigen Worten darlegen ...«

Die Äbtissin wurde unruhig, der Staatsrat ungehalten: »So, auf dass ich's versteh, Mademoiselle!«

Dora war so verunsichert, dass sie kein Wort herausbrachte.

Die Äbtissin hatte für eine Sekunde ihre Hand berührt und sagte: »Bon, Demoiselle Leporin hat den Wunsch, Medizin zu studieren.«

Boxberg-Liegnitz war wie versteinert, dann wurde er laut, so dass es alle hören konnten: »Was? Eine Frauensperson? Studieren? Und noch Medizin? Abominable! Das ist wider das Gesetz!«

Er roch an seinem Spitzentüchlein, das er flugs aus dem Ärmel gezogen hatte, machte anschließend damit eine harsche Geste. »Verschwinde Sie! An wem ist die Reihe?«

Die Anwesenden wurden unruhig, ein Gemurmel ging durch die Menge.

Doch die Äbtissin ließ sich nicht aus der Ruhe bringen. »Monsieur le Ministre, Demoiselle Leporin bringt alle Voraussetzungen mit. Ihr Vater, unser hier anwesender Stadtphysikus, hat sie vortrefflich unterrichtet. Sie hat Latein studiert. Und das Französische parliert sie so gut wie unsereiner.«

Als Dora hilfesuchend zu Falkenberg blickte und der sie aufmunternd ansah, nahm sie ihrem Vater, der etwas ratlos hinter ihr stand, einen Umschlag aus der Hand und fand den Mut zu sprechen.

»Exzellenz, ich bitte mit diesem Gesuch untertänigst um Exzeption vom Gesetz und um die Zulassung zum Studium an der medizinischen Fakultät. Mein vornehmster Wunsch ist es, meinem König und meinem Volk als Ärztin zu dienen.«

Sie übergab dem verdutzten Boxberg-Liegnitz den Brief, den dieser fast angewidert anschaute.

Die Äbtissin zog ihn am Ärmel zu sich und flüsterte: »Monsieur, wir gehen davon aus, dass Ihr Euch bei seiner Majestät verwenden werdet. Wir werden mit dem König darüber korrespondieren.«

Jetzt konnte der Staatsrat nicht anders und sagte zähneknirschend zu Dora: »Bon, Mademoiselle. Werde mich bei Ihro Majestät für ihr Ansinnen verwenden. Au revoir.«

»Ihr seid zu gütig, Exzellenz, bonne soirée«, sagte Dora und machte einen vollendeten Hofknicks.

Der Schneefall war in den letzten Stunden noch heftiger geworden. Hoch lag der Schnee bereits im Hof des Schlosses, der vom Licht aus dem Thronsaal beleuchtet wurde. Musik und Lachen waren zu hören. Im Schutz des Torbogens, unerreicht vom Schnee, aber auch von den Blicken Fremder, standen Dora Leporin und Heinrich von Falkenberg dicht zusammen. Ihre Gesichter waren sich nah, ihre Augen glänzten.

»Welche Freude, Euch zu sehen, Baron. Nach so langer Zeit.«

Falkenberg nahm Doras kalte Hände, sah ihr dann in die Augen und sagte: »Ich habe Euch gleich erkannt. An Euren schönen Augen.«

Sie berührte verspielt die Knöpfe seiner Uniform. »Ich habe Eure Briefe immer und immer wieder gelesen.«

Falkenberg lächelte. »Und ich die Euren.«

»Und es mir so gewünscht, Ihr würdet im Gefolge des Königs sein.«

Falkenberg strich ihr über das feuchte Haar. »Er wird Eurem Gesuch sicher stattgeben.«

Sie war unsicher. »Meint Ihr das wirklich?«

Er nahm sie daraufhin liebevoll in den Arm. Und sie ließ es geschehen. »Niemand kann Eurem Willen widerstehen ...«

Sie kam seinem Mund schon sehr nah, als er sagte: »Und wenn Ihr erst einmal eine Doktorin seid ...«

Sie legte ihm kokett ihren Finger auf den Mund.

Er küsste ihre Hand, ihre Fingerspitzen, ließ sie nicht mehr los.

»Dora! Was immer auch geschehen mag, Ihr seid stets tief in meinem Herzen.«

»Ach, Heinrich ...«

Er küsste sie plötzlich leidenschaftlich auf den Mund. Ein langer Kuss. Dann noch einer. Sie schmiegten sich so eng aneinander, wie es nur ging.

Plötzlich erschien Doktor Leporin im Torbogen, der auf der Suche nach seiner Tochter war. Im Schnee hatte man seine Schritte nicht gehört. Er sah auf das verliebte Paar und ging leise wieder zurück. Sekunden später rief er scheinbar arglos: »Dorchen? Wo steckst du denn?«

Rasch lösten sich die beiden Verliebten voneinander. Dora zupfte hektisch ihre Kleidung zurecht und zog ihre Kapuze übers Haar.

»Herr Vater, ich bin unten am Tor, seine Durchlaucht zu verabschieden.«

Leporin kam wie von ungefähr um die Ecke gebogen, während Dora dem Baron höflich die Hand reichte.

»Lebt denn wohl.«

Falkenberg schlug die Hacken zusammen und küsste förmlich Doras Hand. »Mademoiselle!« Er verneigte sich und wandte sich dem Doktor zu. »Monsieur le Docteur!«

Leporin zog seinen Hut. »Durchlaucht … auf ein Wort noch. Wann, denkt Ihr, ist mit einer Antwort von Ihro Majestät zu rechnen, mit Verlaub?«

Falkenberg schaute sich um, dann sagte er leise: »Nun, Doktor, um der Wahrheit willen, das kann dauern, désolé.«

Dora schien enttäuscht, und Falkenberg erklärte: »Majestät haben andere Prioritäten.« Nach einer Pause fügte er hinzu: »Es wird wohl Krieg geben.«

»Krieg?«, fragte Dora fassungslos.

Auch der Doktor sagte ungläubig: »Gegen wen denn, um Himmels willen?«

Falkenberg schaute sich noch einmal um, dann verriet er: »Österreich! Die neue Kaiserin Maria Theresia ist schwach. Das ist unsere Chance. So sieht es jedenfalls der König.«

Leporin wollte es nun genauer wissen. »Und wann, denkt Ihr, wird es Krieg geben?«

Falkenberg sah sie beide ernst an. »Das 2. Pommersche Infanterieregiment ist gestern in Schlesien einmarschiert!« Der Doktor konnte es nicht glauben.

»Himmel auch!«

Falkenberg wurde vertraulich.

»Mein Kavallerieregiment folgt morgen. Es gibt bereits Scharmützel.«

Dora schaute ihren Vater ungläubig an. Dann schossen ihr die Tränen in die Augen.

Es schneite noch immer heftig. Dazu ging ein kalter Wind. Missmutig saßen der Doktor und seine Tochter auf dem Bock des Fuhrwerks und fuhren durch die schwarze Nacht. Man musste vorsichtig sein, den Schlossberg talwärts hatten die Pferde keinen sicheren Stand. Dora fror, aber es war nicht allein die Kälte, die das verursachte. Nein, sie hatte es keine Minute mehr auf diesem Fest ausgehalten. Sie wollte nur weg von diesem Ort der Heuchelei. Wie sehr sie die große Politik doch verachtete! Wie ausgeliefert der Einzelne dem Willen der Herrschenden war. Mehr noch, wie sehr die Herrschenden, die Könige und Fürsten den einzelnen Bürger und seine Wünsche missachteten. Als hätte er ihre Gedanken erraten, bemerkte Leporin knurrend: »Was ist das nur für eine Zeit!«

Dora drückte sich näher an den Vater, der die Zügel hielt. »Eben noch haben wir dafür gebetet, dass uns der Frieden erhalten bleibe ...«

Leporin nickte bitter. »Wie haben wir gehofft, der junge König würde dem Krieg abschwören. Und jetzt überfällt er einen friedlichen Nachbarn. Als hätten Verträge keine Gültigkeit! Infam!«

Vom Kornmarkt kommend, lenkte der Doktor die Pferde in die Bockgasse. Aus einem Haus trat ein Mann, öffnete seinen Hosenladen, aber er erschrak sich, als er das Fuhrwerk kommen sah.

Der Mann grüßte scheu. »Guten Abend, Herr Doktor! Habt Ihr den König gesehen?«

Der Doktor blaffte den Mann an. »Der König! Ins Haus, Fassbinder, sonst holt er sich noch den Tod bei der Kälte. Und mach er sich den Schlitz zu, sonst fällt ihm noch der Spatz ab!«

Als der Doktor mit Dora die Stube betrat, saß die Mutter weinend am Tisch. Ihr gegenüber die Söhne. Dora und der

Vater waren überrascht, Christian zu sehen, der von Halle herübergekommen war. Leporin ließ sich auf einen Stuhl sinken und sagte erstaunt: »Der Herr Sohn. Was liegt denn an? Ist jemand gestorben?«

Anna sagte unter Tränen: »Ja, macht Euch noch einen Spaß!«

Christian gab dem Vater einen Brief. »Ich habe eine Depesche erhalten, deshalb bin ich hier. Lest selber.«

Bis Leporin umständlich seinen Zwicker hervorgeholt hatte, war Dora zum Vater gegangen, hatte den Brief genommen und las laut:

»Im Namen Ihro Majestät Fridericus Rex: Christian Leporin, Studiosus medicinae, wohnhaft zu Quedlinburg, hat die Ehre recrutiert zu werden und sich stante pede bei der Division ›Gloria Borussia‹ zu Halberstadt einzufinden.

Kommt Recrutierter der Ordre ohne Permission nicht nach, kann dies als Desertion declariert durch Füsilierung gesühnt werden. Steht Recrutierter dem Kriegsdienst nicht zur Disposition, wird gemäß der preußischen Kriegsordnung zwangsweise der Vater recrutiert …«

Dora ließ das Schreiben sinken. Sie ging zu ihrer Mutter und strich ihr voller Anteilnahme übers Haar.

Leporin sprang auf. »So weit kommt's noch!«, knurrte der Doktor.

Dora sah ihn erstaunt an. »Was ist zu tun?«

Anna Leporin schlug mit der Faust auf den Tisch und rief: »Ich habe ihn nicht geboren, um ihn totschießen zu lassen! Ihr müsst sofort fliehen! Und der Hans am besten gleich mit. Sonst rekrutieren sie ihn mir auch noch!«

Christian war völlig verunsichert. »Frau Mutter, wie könnt Ihr so etwas sagen! Fliehen? Auf Desertion steht der Tod!«

Und Hans sagte ironisch: »Nicht zu vergessen: Vorab das Spießrutenlaufen und die Folter!«

Die Mutter ließ sich nicht beirren.

»Wir packen euch das Notwendigste ein, und ihr drei macht euch sofort über die Grenze nach Sachsen davon. Punktum!«

Damit wollte sie die Stube verlassen, aber der Doktor hielt sie zurück. »Nicht zum Oheim Franz auf Leipzig! Dann lieber ins Feld.«

Anna Leporin hatte jetzt keinen Sinn für die feine Ironie ihres Gatten. »Leporin! Besser ich weiß Euch bei dem alten Griesgram, als dass Ihr totgeschossen seid. Dora, ruf die Liesel und den Valentin. Lass uns beginnen!«

Der Doktor machte einen letzten Versuch. »Frau, das geht mir jetzt zu geschwind.«

Die Mutter zeigte auf Christian. »Wollt Ihr warten, bis die Feldgendarmen kommen und ihn holen?«

Damit ging sie nach draußen. Dora folgte ihr. Die Frauen hatten entschieden, es gab kein Zurück.

Während Valentin unter größter Mühe im Dunklen, nur vom Mond beleuchtet, den beiden Pferden die Wintereisen anlegte, beluden Liesel, Christian und Hans das Fuhrwerk. Dora stand mit den Eltern zusammen, und Leporin erklärte weitschweifig:

»... und der Werremeier schuldet mir noch fünfzehn Taler. Und der Fassbinder zwölf. Steht alles hier in meiner Kladde. Zu treuen Händen, mein Kind.« Damit übergab er Dora die Kladde. Dann fuhr er fort: »Und denk mir an die Färberin, die muss jeden Tag ihre Brennnesselkompresse kriegen, gegen die Gicht. Zehn Courant pro Woche macht das. Und wenn sie nicht zahlen will, dann nimmst du dir das Geld einfach aus ihrer Schürze.«

Von hinten rief Christian leise: »Herr Vater, wir sind so weit!«

Als sie gemeinsam zum Fuhrwerk gingen, meinte der Vater verschwörerisch: »Und noch etwas: Nicht einer darf es wissen, dass wir Preußen verlassen haben.«

Dora verzog den Mund. Für wie dumm hielt sie der Vater.

»Wir sagen, Ihr seid in Magdeburg, beim kranken Vetter.«

Leporin umarmte währenddessen seine Frau. »Lebt denn wohl, Frau. Gern tät ich Euch schreiben, allein die Militärzensur ...«

Die Mutter schob ihn fort. »Hauptsache, ihr kommt gesund über die Grenze. Gott schütze euch.«

Die Brüder umarmten Dora, und Hans sagte verschmitzt: »Jetzt bist du doch der Doktor.«

Die drei Männer stiegen auf das Fuhrwerk. Der Hund, inzwischen alt und fast taub, winselte und setzte sich traurig in eine Ecke, von wo er das Treiben beobachtete.

Valentin hatte das Tor geöffnet. Pferde und Wagen fuhren in den verschneiten Steinweg und verschwanden in der Dunkelheit. Dora und ihre Mutter standen untergehakt, winkten zaghaft und schauten dabei sorgenvoll dem Wagen hinterher.

17.

Wie geduckt kauerten die Häuser unter ihren verschneiten Dächern. In den Fenstern standen Kerzen und erinnerten an die Männer, die auf dem Schlachtfeld waren. Aus der nahen Kirche von Sankt Nicolai klang ein Weihnachtslied, gesungen von einem Kinderchor.

Kantor Theopold stand auf einem Hocker und dirigierte den Chor. Andächtig lauschten die Besucher der Christmesse. In einem gepolsterten Sessel, abseits der kargen Holzbänke, saß nachdenklich die Äbtissin. Immer wieder schauten der Kantor, die Kinder und die Zuhörer verunsichert zur Seite, wo hinter einem Vorhang im Seitenschiff ein Krankenhospiz eingerichtet war. Dort lagen etwa dreißig Kriegsverletzte auf Strohmatten. Und inmitten der Kranken standen Dora, die Ärzte Bollmann und Ellrich und stritten wie die Kesselflicker. Bollmann schrie: »Nein, Mademoiselle, so wie sie das gern hätte, geht das nicht! Kaum ist der Vater weg, markiert sie die Ärztin! Impertinent!«

Dora blieb einigermaßen besonnen. »Doktor Bollmann, ich bin hier als Heilpflegerin, in dieser Eigenschaft …«

Ellrich unterbrach sie. »Sie hat den Kranken Chinarinde verabreicht, das wurde mir hinterbracht. Das ist eines Doktors Geschäft!«

Dora erwiderte: »Warum sollen sich die Männer Stunden im Fieber quälen, bis es Euch gefällt zu kommen?«

Dabei schaute sie immer wieder unsicher zu einem jungen Mann mit Kopfverband, der im Schneidersitz auf einem

Strohlager saß und offenbar amüsiert die Szene beobachtete.

Bollmann polterte: »Weibergewäsch! Wir lassen uns von ihr nicht vorschreiben, wann wir hier zu erscheinen haben! Das sind Grenadiers Ihro Majestät, die können was vertragen!«

Während der junge unbekannte Mann zu Dora herübersah, antwortete sie sarkastisch: »Nicht alle. Einer ist euch bereits elendig am Wundbrand verreckt.«

Bollmann erwiderte aufgebracht: »Da sind die Miasmen schuld, die ätherischen Dünste, Mademoiselle, aber davon habt Ihr keinen Schimmer!«

»Glaubt Ihr ruhig weiter an Eure Miasmen!«, sagte Dora und ließ die Ärzte stehen.

Der junge Mann lächelte ihr aufmunternd zu.

Die Besucher strömten aus der Kirche und bildeten ein Spalier. Die Äbtissin kam, grüßte kurz nach links und rechts und entdeckte dabei Dora. Sie winkte sie zu sich, hakte sich bei ihr unter, um mit ihrer Hilfe die schneebedeckte Treppe hinunterzugehen. Dabei sprach sie leise: »Wo ist dein Vater, Dora?«

Dora war nicht wohl dabei, lügen zu müssen: »Wie ich es Euch bereits sagte, Hoheit, er ist auf Magdeburg gefahren.«

Die Äbtissin wurde ungehalten und löste sich von Dora. »Ist er nicht! Wir haben Informationen. Alors, warum sprichst du die Unwahrheit?«

Dora fühlte sich ertappt.

»Ist er etwa … außer Landes?«

Die Äbtissin sah sie vorwurfsvoll an.

Dora nickte. »Ja, Hoheit. Er ist in Sachsen. Mit meinen Brüdern, weil er der Rekrutierung entkommen wollte.«

Die Äbtissin war außer sich. »Affreux! Wie kann sich ein Mann seines Stands davonmachen wie ein Strauchdieb?«

»Er sah keinen anderen Weg, Hoheit.«

»Papperlapapp! Wenn wir jetzt krank würden, müssten wir nach dem Tölpel Bollmann schicken lassen! Denn du würdest im Kerker landen, wenn du unsere Ärztin sein wolltest.«

Dora neigte beschämt den Kopf. »Je suis désolée, Hoheit.«

»Warum hat man kein Vertrauen zu uns? Wir hätten das mit der Befreiung vom Kriegsdienst auf unsere Weise geregelt.«

»Der Doktor wollte Euch nicht involvieren, Hoheit.«

Sie waren an der herzoglichen Karosse angelangt. Dora stand betreten daneben. Es schmerzte sie, dass sie ihre Gönnerin so sehr enttäuscht hatte. Wie gern hätte sie die Äbtissin ins Vertrauen gezogen, doch hatte sie nicht dem Vater ihr Wort gegeben, Stillschweigen zu üben?

Die Äbtissin stieg in die Kutsche.

Als sie Platz genommen und der Diener ihr eine Decke über die Knie gelegt hatte, sagte sie: »Übrigens, unser Großneffe, Baron von Falkenberg, wird sich am Silvestertag mit der jungen Freifrau von Görlitz verloben. Wir haben das arrangiert.«

Sie machte eine ungnädige Handbewegung.

»Au revoir, Mademoiselle Leporin. Allez!«

Die Kutsche zog an. Dora blieb fassungslos zurück. Sie starrte der Karosse hinterher, bis die in die Kaplaneigasse einbog.

Heinrich! Verlobt! Wie sehr schmerzte das! Aber war es nicht von Anfang an eine aussichtslose Liebe gewesen? Ein Baron und ein Bürgermädchen. Nie hätte das zu einem guten Ende geführt. Natürlich hatte sich Dora hin und wieder in ihren Träumen gewünscht, Heinrich wäre gekommen, hätte auf Hab und Gut verzichtet, um der Liebe willen. Dora liefen heiße Tränen über die kalten Wangen.

Mit schwerem Herzen lief sie durch die matschige, menschenleere Gasse und fühlte sich schrecklich elend, denn die Herzogin hatte Dora rücksichtslos deutlich gemacht, wo ihre Stellung in der preußischen Gesellschaft war. Dora wurde in dieser Nacht klar, dass sie sich wieder auf ihr Ziel, Ärztin zu sein, konzentrieren musste. Wenn nur dieser elendige Krieg bald vorbei wäre …

Am nächsten Morgen wurde das Hoftor geöffnet, und der junge Mann mit dem Kopfverband erschien. Valentin, der Wasser vom Brunnen geholt hatte, setzte die Wassereimer ab und ging auf den Fremden zu. Mit einem französischen Akzent fragte dieser den Knecht, wo er denn Demoiselle Leporin finden könne, und Valentin wies ihm freundlich den Weg.

Dora saß über dem Kassenbuch des Vaters, als es an der Tür zum Kabinett klopfte. »Eingetreten!«, rief Dora.

Der junge Mann aus dem Lazarett steckte seinen verbundenen Kopf zur Tür herein.

»Guten Tag, Mademoiselle …«

Dora schaute ihn erstaunt an. »Guten Tag, Monsieur. Leider kann ich Euch nicht behandeln. Bin kein Doktor.«

Er stand etwas hilflos in der Tür. »Darf ich trotzdem eintreten?«

Sie erhob sich und machte eine einladende Handbewegung. Sie versuchte es sich nicht anmerken zu lassen, dass sie angenehm überrascht war.

»Bitte …«

Der junge Mann trat ein, kam auf sie zu und küsste ihr galant die Hand. »Mademoiselle Leporin, mein Name ist Philippe Deronne, Doktor Deronne.«

Dora reagierte erfreut. »Vous-êtes médecin, vous? »

Philippe nickte. »Oui, Mademoiselle, j'ai bien fait mes études à Paris. A L'académie Royale de Chirurgie.«

Dora war beeindruckt. In Paris hatte er also studiert. Und dieses Institut hatte europaweit einen ausgezeichneten Ruf und trug dazu bei, dass Chirurgen endlich Anerkennung erfuhren und aus der Reihe der Schlächter und Zahnbrecher heraustraten. Sie zeigte auf einen Stuhl. »Prenez-vous place, s'il vous plaît.«

Philippe setzte sich und sagte: »Vous parlez bien Français.«

Er lobte ihre Französischkenntnisse. Dora war verlegen. Sie widersprach ihm und bedauerte, dass ihr die Praxis fehle.

»Il me faut la pratique. Est-ce que vous voulez boire quelque chose, Docteur?«

Philippe war froh, dass sie ihm etwas zu trinken anbot und er dadurch länger bei der hübschen, jungen Frau verweilen konnte.

»Gern, Mademoiselle.«

Dora ging zum Giftschrank des Vaters und holte den selbstgemachten Eisenkrautlikör. Philippe beobachtete sie aufmerksam dabei. Als sie sich zu ihm umdrehte, tat er so, als schaute er sich im Kabinett um. Er besah sich die Instrumente und meinte:

»Lasst Ihr noch zur Ader?«

Sie zeigte auf ein Anatomiebuch. »De Motu Cordis« war darauf zu lesen.

»Wer William Harvey gelesen hat und vom Blutkreislauf weiß, der kann nicht mehr guten Gewissens zu Ader lassen und die Patienten noch mehr schwächen. Doch wenn die Kranken es partout verlangen ...«

»Die Medizin in meinem Land ist weiter fortgeschritten, scheint es mir.«

Dora lächelte. »Das habt Ihr freundlich gesagt.«

Philippe sprach rasch weiter: »Gott bewahre, ich wollte Euch nicht beleidigen.«

Dora winkte ab.

»Ihr werdet hier kaum ein Anatomiebuch in deutscher Sprache finden.«

Philippe sagte geheimnisvoll: »Und ein Buch wie das Eure, über die Benachteiligung der Frauen, wäre in meinem Land obsolet gewesen.«

Dora war überrascht.

»Ihr wisst von meinem Buch, Docteur?«

Philippe sagte selbstsicher: »Aber gewiss doch. Ein jeder weiß davon in meiner Heimat.«

Dora schaute ihn ungläubig an. »Monsieur, Ihr beliebt zu scherzen.«

Philippe legte wie zufällig seine Hand auf ihren Oberarm. »So ist es. Vergebt mir die kleine Lüge. Doktor Bollmann hat mir gestern entrüstet davon erzählt, nachdem Ihr gegangen wart.«

Dora lachte. Sie machte sich freundlich los, um Gläser zu holen. Inzwischen sprach Philippe weiter: »In der Tat, Preußen hat viel aufzuholen in der Medizin. Vielleicht hat man hierzulande Angst vor dem Körper.«

Dora kam mit zwei Gläsern zurück. »Ein interessanter Gedanke. Dabei sind die Funktionen doch so einsichtig und logisch, fast profan zu nennen. Allein, solange die Religion diktiert, wird sich wenig ändern.«

Dora und Philippe standen sich nun mit den Likörgläschen gegenüber, und sie sagte:

»A votre santé, Docteur.«

»A la votre, Mademoiselle.«

Beide tranken.

Er setzte das Glas ab und zeigte auf seinen blutigen Verband. »Exceptionellement s'il vous plait. Ausnahmsweise, ja?«

Wortlos wies ihm Dora den Hocker zu. Deronne setzte sich. Plötzlich war eine fast romantische Stimmung im Raum zu spüren, als Dora sich ihm näherte und den Verband betrachtete.

»Wie seid Ihr in die preußische Armee gekommen?«, fragte sie, während sie begann, Philippe den Verband abzunehmen.

»Ich war Kriegspraktikant, zuerst in der Charité zu Berlin, später im 3. Grenadierregiment. Das Praktikum im Felde hat nur vierzehn Tage gedauert, dann habe ich diesen Streifschuss bekommen. Ein österreichischer Husar.«

Dora lächelte ihn an. Der junge Franzose war sichtlich hingerissen von der unkonventionellen Art dieser jungen Preußin, die offensichtlich so ganz anders war als die Frauen in diesem kalten Land.

»Da habt Ihr Glück gehabt, dass er kein guter Schütze war.« Philippe erwiderte ihr Lächeln.

»Vielleicht war er ein guter Schütze, aber ein schlechter Reiter!«

Beide lachten.

Dora hatte die Binde abgenommen. Philippe sagte indessen: »Die beiden Ärzte machen Euch Probleme.«

Sie tupfte zart eine Tinktur auf die Wunde. Er schloss die Augen. Sie schaute ihn an. Er gefiel ihr außerordentlich. War es nicht verrückt? Gestern noch wollte das Unglück nicht enden, als sie von der Verlobung Falkenbergs erfahren hatte, und heute zauberte ihr der Liebesgott diesen jungen, sympathischen, humorvollen Menschen ins Zimmer.

Dora sagte: »In der Tat. Zuerst haben sie mich aus dem Lazarett geekelt, nun werden sie tunlichst darauf achten, dass ich im Kabinett meines Vaters keine ärztlichen Verrichtungen vornehme.«

Philippe hatte sofort verstanden. »Und was ärztliche Verrichtungen sind, bestimmen die beiden.«

Sie nickte, ging zum Schrank und entnahm einen Verband aus grobem Leinen. Währenddessen sagte sie: »Aber wir brauchen das Geld. Seit mein Vater ... unterwegs ist, darben wir ziemlich.«

Sie kam zu Philippe zurück, trat nah heran und begann seinen Kopf zu verbinden. Er spürte ihre Brüste, ihren Schoß, er fühlte sich sehr wohl in ihrer Nähe und atmete ihren Duft ein.

Nach einer kurzen Weile des Schweigens meinte der Franzose: »Ich mache Euch einen Vorschlag. Ich übernehme bis zur Rückkunft des Doktors dieses Kabinett, dann können Euch Eure Feinde nichts anhaben.«

Dora starrte ihn an. »Das würdet Ihr tun?«

Philippe war stolz auf sich und auf diese geniale Idee. Schließlich war er Arzt und kein schlechter. Er hatte eine wunderbare Frau kennengelernt, die seine Phantasie beflügelte und für die er alles tun würde.

Verlegen fingerte Dora noch am Verband herum, bevor sie sich von Philippe löste. Ja, das war eine großartige Idee. Und sie war sicher, dem Vater würde dieser Vorschlag ebenfalls zusagen. Und die gehässigen Ärzte würden sich in den Hintern beißen vor Wut.

»Alors, qu'est qu'il y a?«, wollte Philippe wissen. »Machen wir es?«

»Ich muss die Frau Mutter fragen, wenn Ihr versteht.«

Die Leporinin war nicht begeistert von dem Gedanken, einen Fremden im Hause zu beherbergen. Zwei Frauen allein mit einem Franzosen! Die Leute würden sich das Maul zerreißen. Auf der anderen Seite waren die Franzosen Verbündete in diesem Krieg, und es war schon eine Art von patriotischer Pflicht, einem befreundeten Soldaten Unterkunft und Mahlzeiten zu stellen. Außerdem – und das gab schließlich den Ausschlag – war der Mann Arzt, und auch die Mutter war davon überzeugt, dass der Doktor dies gutgeheißen hätte.

Zumal Leporin ein Verehrer der französischen Medizinkunst war, die als die fortschrittlichste in Europa galt. Darüber hinaus war es nicht zu unterschätzen, dass durch das Kabinett wieder Geld ins Haus kommen würde. Schon aus reiner Neugier würden die Patienten kommen, da war die Leporinin sicher. Schließlich kannte sie ihre Quedlinburger.

Die letzten Strahlen der winterlichen Abendsonne kamen durch das kleine Erkerfenster. Das Zimmer war nicht sonderlich groß, aber gemütlich, freundlich und hell.

Dora und Philippe standen sich einen Moment schweigend gegenüber.

Dann sagte er leise: »Mademoiselle, ich …«

Sie hielt das Nachtlicht in der Hand und gab es an ihn weiter. Er stellte es ab, nahm ihre Hand und hielt sie lange. Schließlich entzog sie sich.

»Wenn Ihr etwas benötigt, dann rasch kundgetan. Die Magd, unsere Liesel, wird gern Erledigungen machen.«

Philippe bedankte sich höflich. »Merci beaucoup, es ist alles bestens.«

Dora warf ihm ein strahlendes Lächeln zu und schickte sich an zu gehen. »Nun denn, dann will ich mal …«

Er aber hielt sie zurück, zog sie näher zu sich und sagte zärtlich: »Mademoiselle, auch wenn wir zwei Menschen unterschiedlicher Nation sind, so sind wir doch ein Mann und eine Frau.«

Dann wollte er sie küssen, aber sie entzog sich ihm.

»Nicht so eilig, Docteur!«, sagte sie ohne jede Koketterie.

Dora war zufrieden, dass es wieder lebhaft wurde im Kabinett des Vaters, auch wenn die Patienten in diesen Zeiten oft mit schweren Verletzungen hereinkamen. Philippe zeigte sich als kompetenter und sicherer Mediziner.

Lediglich seine sachliche Geschäftsmäßigkeit und die begrenzte menschliche Anteilnahme den Patienten gegenüber befremdete Dora ein wenig. Aber dies war, davon war sie überzeugt, zweifellos das Ergebnis der Kriegserfahrung. Außerdem war er Chirurg. Alles in allem war Philippe ein außergewöhnlicher Mann, und Dora fühlte sich sehr wohl an seiner Seite.

Auch Philippe genoss die gemeinsame Arbeit. Er schätzte ihr enormes Wissen um Heilpflanzen und Arzneien, ihre aufopferungsvolle Art, die Patienten zu behandeln, ihr diagnostisches Talent sowie ihr handwerkliches Geschick.

Am meisten aber liebte er ihre Nähe, ihren Duft, ihre Bewegungen, ihre offene Selbstverständlichkeit, mit der sie Frau war. Er war davon überzeugt, dass Dora seine Gefährtin fürs Leben werden könnte, und er tat alles, um ihr zu gefallen.

Philippe kniete vor dem jungen, kriegsverletzten Mann, fast noch ein Knabe, und zog einen Granatsplitter aus einer Wunde im Oberschenkel. Dora hielt den Kopf des Patienten fest und sprach ihm Trost zu.

»Warum hat das der Feldscher nicht gerichtet?«, fragte Philippe.

Der junge Mann lachte ein bitteres Lachen. »Ihr könnt es Euch in Euren kühnsten Gedanken nicht vorstellen, was sich zugetragen hat bei Glogau. Au!«

Philippe wurde sachlich. »Ich habe auch viel gesehen, das kann er mir glauben.«

Der Junge zuckte zusammen.

Dora hielt ihn fest. »Es ist leider schmerzhaft, die Splitter sind bereits eingewachsen.«

Philippe hatte inzwischen den letzten Splitter entfernt. Dora gab sofort eine Flüssigkeit auf die Wunde, so dass der junge Patient aufschrie. Dora erklärte ihm:

»Goldblume und Eichenblätter, das muss er haben, damit sich kein Eiter einstellt.«

Sie begann die Wunde zu verbinden.

Ihre Mutter öffnete die Tür und ließ einen weiteren Kriegsverletzten eintreten.

»Doktor«, sagte sie, »hier ist der Nächste, es reißt wohl nimmer ab.«

»Ist er nicht Patient vom Ellrich?«

»Halten zu Gnaden«, sagte der Mann zu Dora, »aber der Doktor Ellrich ist selber krank.«

»Und warum geht er nicht zu Doktor Bollmann?«

»Bollmann? Der hat mich rausgeworfen, der Hundsfott! Sein Silvester sei ihm wichtiger, hat er gesagt. Ich soll mich scheren.«

Der erste junge Mann stand auf und fragte scheu, was er denn schuldig sei.

»Komme er am Montag wieder«, sagte Dora, »dann wechseln wir den Verband und sehen, was geworden ist. Dann bestimmen wir den Preis.«

Der junge Mann bedankte sich artig und verließ humpelnd das Zimmer.

Philippe forderte den zweiten Verletzten auf, auf dem Behandlungsstuhl Platz zu nehmen.

Die Mutter schaute wieder zur Tür herein und sagte drängend: »Dorchen, wir wollten zur Mitternachtsmette …«

Dora sah zur Mutter. »Geht, ich komme nach …«

Die Mutter schloss missmutig die Tür.

Philippe schaute sich den Verletzten an und fragte: »Glogau?«

»Jawohl, Herr Doktor.«

»Und was ist mit ihm?«

»Die Ferse hat man mir weggeschossen, und jetzt will die Wunde nicht heilen.«

Philippe kniete hin und nahm den blutigen Verband vom Fuß.

Der mitternächtliche Gottesdienst war beendet. Als Dora mit der Mutter die Kirche verließ, wurde sie von Erxleben angesprochen, der aus dem Dunkel auf sie zutrat.

»Dorothea, auf ein Wort«, sagte er leise.

Dora ließ ihre Mutter stehen und kam an Erxleben heran. »Herr Diakon?«

Erxleben flüsterte fast, damit es niemand hören sollte: »Es gibt Unruhe in der Gemeinde ...«

»Und? Bin ich es wieder schuld?«

»In der Tat. Die Leute sagen, Ihr lebt in Sünde mit einem Mann unter einem Dach.«

Dora sah den Diakon mitleidig an. »Sollen sie sich das Maul zerreißen, ich weiß es besser. Doktor Deronne vertritt meinen Vater, mehr ist nicht.«

»Das höre ich gern, allein ... würdet Ihr darauf schwören?«

Was nahm sich dieser Kirchenmann heraus? Dora war empört und wurde laut: »Glaubt Ihr mir etwa nicht?«

Erxleben schwieg.

Dora sagte: »Honi soit, qui mal y pense!«

Der Diakon schaute dümmlich drein und sagte: »Ich spreche kein Französisch, leider.«

Dora lächelte ihn übertrieben freundlich an und flüsterte: »Schlecht ist, wer Schlechtes dabei denkt!«

Damit ging sie zurück zur Mutter, hakte sich bei ihr unter, und beide Frauen gingen davon.

Der Diakon sah ihnen hinterher. Alles, was ihm einfiel, war: »Ein gutes Jahr wünsche ich auch!«

Leise stieg Dora die knarrende Treppe nach oben und stand für einen Moment unschlüssig an der Tür zu Philippes Zimmer. Sie wollte sich schon abwenden, als sich plötzlich die Tür öffnete und der junge Franzose mit nacktem Oberkörper vor ihr stand. Er zog sie wortlos zu sich in die Kammer.

Sie standen sich einen Moment im fahlen Kerzenlicht gegenüber. Dann kamen sich ihre Gesichter näher, und es folgte ein langer, leidenschaftlicher Kuss. Dora wollte sich nicht mehr wehren, als Philippe sie plötzlich hochhob und zum Bett trug.

Sie legten sich nebeneinander, und langsam entkleidete sie der junge Mann. Liebevoll betrachtete er ihren schönen Körper. Dora schämte sich nicht. Mit ihren Fingern strich sie Philippe durch das wilde, dunkle Haar, ihre Lippen waren leicht geöffnet. Sie war zu allem bereit, denn sie empfand tiefe Liebe zu ihm. Wieder ein langer Kuss, dann fielen sie förmlich übereinander her. Sie stammelten den Namen des anderen, sie sehnten sich nach Berührung und Zärtlichkeit, es war das aufgestaute Verlangen zweier Liebender, die wussten, dass sie füreinander bestimmt waren. Ja, Dora wollte Philippes Geliebte sein. Vor wenigen Wochen noch verzehrte sie sich nach einem Kuss des Barons, hätte Falkenberg alles gegeben, und nun war, so empfand sie es, ein Wunder geschehen, und dieser junge Arzt war in ihr Leben getreten. Dora fühlte nur noch unendliches Glück und große Dankbarkeit, dass sich alles so gefügt hatte. Während sie in Philippes Arm lag, dachte sie an Falkenberg und daran, dass er sich zu Silvester verlobt hatte. Es würde ein gutes neues Jahr werden, dessen war sich Dora nun sicher.

18.

Die Luft war frühlingsmild, der Himmel blau. Überall begannen sich Blüten zu öffnen und junges Grün zu sprießen, die Vögel zwitscherten. Hans hatte frisches, nachtkühles Wasser aus dem nahen Bach geholt und lief mit seiner Kumme den Hang hinauf zum Fuhrwerk, das auf dem Weg stand. Die zwei braven Holsteiner hatten die Hafersäcke umgehängt und fraßen.

Auf der Ladefläche des Wagens lag, gehüllt in schwere Decken, Doktor Leporin. Der einst so stattliche Mann war stark abgemagert und krank. Er trug einen struppigen Bart. Hans gab ihm aus der Kumme zu trinken. Danach ließ der geschwächte Doktor den Kopf nach hinten fallen, öffnete den Mund und sagte kaum hörbar: »Jetzt, wo der Krieg vorüber ist, geht es mit mir zu Ende, Hans. Ist das nicht fatal?«

Der Junge mochte so etwas nicht hören, er griff sich das Revers des Vaters, schüttelte ihn und rief: »Nein, Herr Vater, Ihr habt noch die Kraft, auf Quedlinburg zu fahren. Und da ist unser Dorchen und wird sich kümmern und Euch kurieren.«

Ein zartes Lächeln ging über das Gesicht des Doktors, und dann sprach er versonnen: »Ja. Unser Dorchen …«

Dora überquerte mit festem Schritt den Marktplatz und näherte sich zielstrebig der Apotheke. Als sie den Laden betrat, ertönte ein Klingelspiel. Am Ladentisch stand der Apotheker Hopf, lugte mausäugig über seinen Zwicker und hatte sie wohl schon erwartet. Hinter ihm standen die Regale voll mit zahllosen Behältern, Schalen, Töpfen und Schachteln.

Hopf begrüßte Dora höflich und übergab ihr kleine Leinensäckchen mit Kräutern, die sie in einen Korb packte, während er sagte: »Eure Order: Faulbaum, Hauhechel und der gemeine Enzian. Darf es sonst noch etwas sein, Mademoiselle?«

Dora winkte ab. »Nein, danke, Herr Apotheker, alles weitere habe ich im Schlossgarten zur Genüge.«

Der Apotheker lächelte süßlich.

»Dann bekomm ich fünfzehn Courant, wenn's beliebt.«

Dora zählte ihm das Geld auf den Tisch, als es im selben Moment erneut bimmelte und die Ärzte Bollmann und Ellrich gemeinsam die Apotheke betraten.

»Gott zum Gruß, allerseits.« Bollmann machte ein düsteres Gesicht und schien auf Streit aus zu sein.

»Einen guten Tag, die Herren Doktors.«

Der Apotheker verbeugte sich erfreut.

Ellrich zog seinen Hut und begrüßte Dora übertrieben freundlich. »Mademoiselle Leporin, ein frohes Osterfest ... wie ist das werte Befinden?«

Bollmann schob sofort hinterher: »Hat Sie Nachricht von ihrem Herrn Vater? Weilt er noch in Halle ... oder war's Magdeburg?«

Dora ließ sich nicht beirren. »Messieurs, es pressiert mich.«

Bollmann rief frech: »Der französische Kollege wartet wohl schon voller Ungeduld, n'est ce pas!«

Zuerst wollte sie etwas entgegnen, besann sich dann eines Besseren. Sie nahm den Korb und ging hoch erhobenen Hauptes an den Männern vorbei nach draußen. Wieder läutete das Klingelspiel und Bollmann schaute Dora feindselig hinterher.

»Das Weibsbild verrichtet Doktorarbeit und versteckt

sich hinter dem Franzmann«, meinte Ellrich, und der Apotheker fügte an: »Wenn man's nur beweisen könnte. Sie ist gewitzt, die hochmütige Hexe.«

Bollmann verschwörerisch: »Le jour viendra.«

Hopf schaute verständnislos.

Ellrich machte sich wichtig und übersetzte eilfertig für den Unkundigen.

»Der Tag wird kommen, mein lieber Hopf.«

Die Osterfeiertage waren vorüber, im Kabinett herrschte wieder der übliche Betrieb. Dora begleitete die alte Schneiderin zur Tür. Die Frau drehte sich um.

»Danke, Dorchen. Du hast mich gesund gemacht. Ich denke, ich kann langsam aufhören mit den ...«

Dora unterbrach sie und schimpfte spielerisch mit der alten Frau. »Nichts da! Zweimal am Tag die Kompresse mit dem Sud von Beinwell und Eichenrinde auf die Wade getan, Schneiderin! Damit dass Bein nicht wieder aufgeht.«

Die Alte winkte ab und ging in den Flur. Dort stand bereits der nächste Patient, aber Dora gab ihm ein Zeichen, einen Moment zu warten.

Sie schloss die Tür und lief Philippe in die geöffneten Arme. Er hob sie hoch und küsste sie auf den Mund. Sie schmiegte sich an ihn.

»Du wirst eine wunderbare Ärztin sein ...«, flüsterte er.

Sie lächelte nur.

»Und eine wunderbare Frau ...«

Sie wollten sich gerade noch einmal küssen, als Dora im Hof das Getrappel von Hufen hörte. Sie war sich sicher und rief beglückt: »Dem Himmel sei Dank! Das kann nur der Vater sein!«

Sie stürmte hinaus, an dem wartenden Patienten vorbei und war schon in Richtung Hof verschwunden.

Der Doktor lag schwächlich in seinen Kissen. Er war gewaschen und rasiert. Philippe Deronne beugte sich über ihn und drückte sein Ohr auf Leporins nackten Oberkörper.

Er bat Leporin, tief aus- und einzuatmen und die Luft anzuhalten. Der Doktor tat wie ihm befohlen.

»Ausatmen«, sagte Philippe.

Der Doktor atmete aus. Es schien ihn alles anzustrengen.

»Und? Was denkt Ihr, Docteur?«, fragte Leporin atemlos.

Philippe sah seinen Kollegen ernst an. »Ihr habt eine angine de poitrine. Die Herzenge, die Ihr beschreibt, spricht dafür.«

Leporin nickte, stöhnte und sah hinauf zur Zimmerdecke, während er leise sagte: »Ich hab's befürchtet. Der strenge Winter in Leipzig, die elende Schlafkammer.«

»Ihr nehmt Digitalis purpurea. Und Ihr müsst Euch schonen«, erklärte Philippe in einem sachlichen Tonfall.

Der alte Doktor setzte sich mühsam auf. »Wie kann ich mich schonen, wo so vieles zu tun anliegt?«

Philippe drückte den Kollegen sanft zurück in die Kissen. »Docteur, Ihr wisst selbst am besten, dass der Herzschmerz ein Vorbote der Insuffizienz und schließlich des Stillstands ist.«

»Ich werde tun, was Ihr mich heißt.« Leporin wechselte rasch das Thema. »Habt Dank, dass Ihr uns so sehr geholfen habt. Wie kann ich das wieder gutmachen, Collega?«

Philippe erhob sich und ging ein paar Schritte im Zimmer hin und her. »Indem Ihr Eure Tochter anhaltet, den König an das Gesuch zu erinnern. Welch ein Verlust, wenn sie nicht Ärztin würde.«

Der Doktor lächelte. »So soll es sein! Ruft mir das Dorchen. Es muss den Brief schreiben.«

Philippe strebte aufgeregt zur Tür und rief: »Und ich kann ihn morgen mit auf Rheinsberg nehmen!«

Damit war er zur Tür hinaus und hörte nicht mehr, als Leporin noch sagte: »Ihr seid sehr freundlich, Docteur.«

Der Morgen dämmerte bereits, aber Dora lag immer noch in Philippes Armen. Hatte sie sich in den letzten Wochen stets während der Nacht heimlich und verstohlen zurück in ihre Kammer geschlichen, so war dies ihre letzte gemeinsame Nacht für viele Wochen, und die sollte nun ganz ihnen gehören. Und selbst wenn die Eltern davon Wind bekämen, wäre ihr das egal. Philippe und sie gehörten von nun an zusammen. Er hatte es trotz der Ermahnungen der königlich-preußischen Administration und der französischen Armee erreicht, sich seinen Aufenthalt in Quedlinburg verlängern zu lassen. Nach solch einer erheblichen Verletzung bedurfte es einer langwierigen Rekonvaleszenz. Aber nun, nach der Rückkehr des Doktors, musste er sich bei seinem Regiment persönlich ausmustern lassen, um anschließend als Arzt an der Französischen Gesandtschaft zu Dresden tätig zu werden.

Philippe beugte sich über Dora, die Tränen in den Augen hatte.

»Ich komme sehr bald wieder, ich verspreche es«, flüsterte er.

»Chaque jour sans toi est un jour perdu«, sagte sie leise. Jeder Tag ohne ihn war ein verlorener Tag.

Dann überkam sie wieder die Leidenschaft, und sie liebten sich ein letztes Mal.

Leporin stand im Morgenmantel am Fenster, neben ihm seine Frau Anna. Sie hatte sich bei ihm untergehakt und war sichtlich erleichtert, ihren Mann wieder zu Hause zu haben. Beide sahen auf den Hof hinaus.

Dort standen sich schweigend Dora und Philippe gegenüber, züchtig und zurückhaltend, wie es sich schickte, während Valentin das Gepäck des Doktors auf das Fuhrwerk lud. Dora hatte Philippe einen versiegelten Brief übergeben, den er in seinen Gehrock steckte. Beide nahmen sich an den Händen.

»Ein hübsches Paar«, sagte Anna Leporin leise zu ihrem Mann.

Der Doktor war unsicher. »Frau, Ihr meint, sie ...«

Unverständlich, wie blind doch Männer sein konnten, dachte Anna.

»Leporin! Er wird nach Dresden gehen! Versteht Ihr? Nach Dresden.«

»Warum?«, fragte Leporin.

»Was seid ihr Männer schwer von Begriff«, sagte die Frau ungläubig, »weil es nah bei Halle liegt!«

Die Postkutsche rumpelte in flotter Fahrt über die schlechten, ausgefahrenen Wege. Philippe warf einen kurzen Blick auf zwei weitere Reisende, die mit ihm in der Kutsche saßen. Eine Landfrau, die in einem Korb Hühner mit sich führte und die sie immer wieder durch leise Worte zu beruhigen suchte. Daneben ein offensichtlich redseliger Mann, ein Beamter, der eine schwere Tasche mit sich trug, die er stets im Auge behielt. Er hatte sich zu Beginn der Reise als Eichmeister vorgestellt und gehofft, in Philippe einen gesprächigen Reisebegleiter zu finden, an dem er sein spärliches Französisch hätte ausprobieren können. Aber dem jungen Franzosen war nicht nach Konversation zumute.

Er schaute immer wieder aus dem Fenster, während die waldreiche Landschaft vorbeiflog. Früher, so musste er sich eingestehen, hatten ihn Preußen, seine Bewohner und die Landschaft herzlich wenig interessiert. Er war ein Kind der Provence. Seine Familie bewohnte seit Generationen ein stattliches Herrenhaus in der Nähe von Aix. Wie oft war Philippe als Knabe mit seinem Großvater zum Sainte Victoire gestiefelt, wo der alte Mann seine Netze gespannt hatte, um Singvögel einzufangen, die vom Süden her aus dem afrikanischen Winterquartier über das Land zogen. Und immer wieder hatte sich der Alte gewundert, dass sie ihm entwischt waren, bis er schließlich entnervt die Jagd aufgab. Wie konnte er auch ahnen, dass es sein Enkelsohn war, der des Nachts zu den Netzen schlich, um die kleinen, piepsenden, zitternden Federbällchen zu befreien.

Philippe lächelte. Wie lang war das her! Der Großvater war schon vor vielen Jahren selig dahingeschieden. Der Junge war mit der Medizin groß geworden, Großvater und Vater waren Ärzte, Letzterer gar Leibarzt der Grafen von Mirabeau.

So war es keine Frage gewesen, dass Philippe ebenfalls Mediziner werden würde. Noch rechnete seine Familie damit, dass er eines Tags in die Provence zurückkehren würde, um das väterliche Kabinett zu übernehmen und eine der reichen Töchter von Aix zu ehelichen. Doch Philippe stand der Sinn nach anderem. Er hatte sich entschieden. Er würde für die kommende Zeit in Preußen bleiben und Dorothea heiraten, sobald diese Ärztin geworden war.

Dorothea! Wie sehr hatte dieses geliebte Wesen sein Leben verändert. Wie sehr unterschied sie sich von den französischen, gelangweilten Rokokopüppchen, die ihm bislang begegnet waren. Er liebte diese preußische Arzttochter aus vollem Herzen. Ihre Klugheit, Ehrlichkeit und Klarheit, ihr kompromissloses Eintreten für die Kranken und dann wieder ihre romantische Zärtlichkeit, ihre Lebenslust und ihren Humor. Noch nie war ihm ein weibliches Wesen begegnet, das Intelligenz und Schönheit gleichermaßen verkörperte. Er stellte sich vor, wie er mit Dora nach Aix-en-Provence reisen und sie dort seinen Eltern präsentieren würde. Gewiss, die Preußen waren nun Verbündete der französischen Krone, aber die Vorurteile waren damit nicht aus der Welt. Die französische Leichtigkeit und die preußische Disziplin gingen nur schwer zusammen. Aber Dora war der Mensch, der beides ideal in sich vereinte. Das würde auch seine Familie erkennen, davon war er überzeugt.

Die Kutsche hatte den Wald verlassen und fuhr durch freies Feld. Kräftige Männer standen in den Wiesen und schwangen die Sensen. Sie wirkten wie aufgezogen, wie Figürchen auf einer Spieluhr.

Dora hatte neben dem Bett des kranken Vaters Platz genommen und gab ihm mit einem Löffel von der kräftigen Graupensuppe zu essen. Leporin fühlte sich besser, man musste ihn mit Engelszungen dazu überreden, zeitweise noch im Bett zu bleiben. Er brannte schon wieder darauf, sein Kabinett in Besitz zu nehmen.

Dora lenkte ihn ab, indem sie angeregt von den Vorkommnissen der vergangenen Monate erzählte. Sie sprach über die Patienten, über den Fortgang der täglichen Ereignisse. Dabei lobte sie die vorzügliche Zusammenarbeit mit dem französischen Doktor, dessen sicheren Umgang mit den Patienten und sein fundiertes Fachwissen. Leporin allerdings spürte, dass seine Tochter die Gefühle ausließ, die sie persönlich betrafen. Deshalb fragte er sie unumwunden nach ihrer Haltung zu Philippe. Dora wurde verlegen und gestand schließlich dem Vater, dass sie den jungen Franzosen von Herzen liebte und sich nichts sehnlicher wünschte, als eines Tags dessen Frau zu werden. Sie begann von Philippe zu schwärmen, so dass der Doktor unruhig wurde. Dora spürte die aufkommende Eifersucht beim Vater und versicherte ihm, dass sie erst an Heirat denken würde, nachdem sie ein Doktor geworden wäre. Und es wäre selbstredend klar, dass sie in Quedlinburg bleiben würde. Das beruhigte Leporin, und er versprach, der Mutter nichts von Doras ernsthaften Absichten zu erzählen. Als die Leporinin nach einer Weile das Schlafzimmer betrat, wechselten Vater und Tochter rasch das Thema.

Philippe hatte am Säulenportal des prachtvollen Schlosses von Rheinsberg einem Kadetten seiner königlichen Ordonnanz den Brief von Dora übergeben und war anschließend wieder aufs Pferd gestiegen. Bald schon würde der König Doras Brief in den Händen halten. Philippe gab dem Hengst die Sporen und ritt in strammem Galopp am Ufer des Sees entlang.

Er war ein vorzüglicher Reiter und liebte es, wenn der Wind durch sein Haar strich. Eine Gruppe von Höflingen teilte sich rasch, und als Philippe zwischen den aufgeregten Menschen hindurchritt, riefen sie ihm freche Worte hinterher, aber er war bald darauf am Horizont verschwunden.

Der Offizier schaute neugierig auf den Absender, brach das Siegel, überflog rasch den Inhalt des Briefs, ging zum Schreibtisch des Königs und legte Doras Schreiben zuoberst auf die tägliche Post.

Heinrich von Falkenberg war seit einigen Wochen der persönliche Adjutant Ihro Majestät, seine arrangierte Verlobung mit der Freifrau von und zu Görlitz hatte zu seinem raschen Aufstieg beigetragen. Friedrich schätzte es, wenn seine Offiziere standesgemäß heirateten, er war ein König, der in den Eliten die Kontinuität des Staatswesens gesichert wusste. Diesem König hatte Heinrich von Falkenberg sein Lebensglück geopfert. So wäre jedem, der Falkenberg näher kannte, dessen Traurigkeit aufgefallen, es war für den jungen Major eine persönliche Niederlage, auf Dora, der seine heimliche Liebe und Verehrung galt, verzichtet zu haben.

Er verfluchte sich selbst, weil er sich schließlich zugunsten der Staatsräson und der Karriere entschieden hatte. Eine falsche, eine heuchlerische Entscheidung, deren Folgen ihn bis ins Grab begleiten würden.

Dann vernahm er ein Geräusch, ein Ruck ging durch seinen Körper.

Mit einem Mal stand er stramm, war ganz der preußische Offizier, denn eine zweiflügelige Tür wurde geöffnet. Ein Diener kündigte den König an, und nach wenigen Sekunden betrat Friedrich der Zweite sein Bureau. Neben ihm die beiden Windspiele, die sich auf eine beiläufige Geste des Regenten hin sofort neben dem Schreibtisch niederließen.

»Bonjour, Majestät«, sagte Falkenberg und schlug die Hacken zusammen.

Friedrich warf ihm nur einen kurzen und geschäftsmäßigen Blick zu. »Was liegt an, Major?«

»Nun, Majestät, das Übliche. Es geht um die Montierung der 3. Compagnie, die Wohlfahrtseinrichtungen …«

Der König unterbrach unwirsch, während er sich setzte. »Rien d'importance …«

Falkenberg reichte ihm Doras Schreiben. »Das ist eventuellement für Majestät von Interesse …«

Der König nahm den Brief und begann zu lesen. Falkenberg sah aus dem Fenster, er wollte seine Nervosität verbergen. Auf einer Wiese ergingen sich Offiziere und Hofdamen, die immer wieder neugierig zum Bureau heraufschauten.

»Impressionant …«, murmelte der König und las weiter. Irgendwann legte er den Brief zur Seite, lehnte sich zurück und schloss die Augen, was er stets machte, wenn er nachzudenken pflegte, dann nickte er Heinrich von Falkenberg kurz zu.

Der wusste sofort, was Friedrich wünschte und rief kurz: »Schreiber!«

Einen Moment später huschte ein junger Mensch dienstbeflissen durch eine kaum erkennbare Tapetentür ins Bureau, beugte unterwürfig das Haupt und begab sich danach flugs zu einem kleinen Sekretär, der in der Ecke stand. Er setzte sich.

Dann nahm er von einem Stapel ein Blatt Papier, welches das königliche Wappen trug, tauchte seine Feder in das Tintenfass und schaute abwartend zum König, der sofort zu sprechen begann: »Wir, Friedrich der Zweite, etceteraetcetera … nehmen Bezug auf das Gesuch der …?« Er schaute ungnädig und mit den Fingerspitzen winkend zu Falkenberg.

»Dorothea Leporin …«, sagte der Major hastig. Der König war eine Sekunde erstaunt über die prompte Reaktion seines Adjutanten, dann fuhr er fort: »… Dorothea Leporinin und befinden in der causa wie folgt …«

Dora stand wie ein aufgeregtes Schulmädchen vor der Äbtissin, die einen Brief in den Händen hielt und die letzten Zeilen verlas: *»Ergo, wenn sie wahrlich so vortrefflich ist und es den Männern gleich zu tun vermag, dann möge sie exzeptionell an unserer Universität zu Halle das Studium der Medizin aufnehmen. Rheinsberg, im April anno domini 1741.*

Friedrich II., König in Preußen.«

Ein heftiger Applaus setzte ein, denn hinter Dora standen zahlreiche aufgekratzte Hofdamen und klatschten, darunter die Baronesse von Königstein, die Freifrau von Geldern, die Gräfin Anklam und die alte Diakonin, die sich allerdings nur halbherzig freute.

Mit einer herrischen Geste unterbrach die Äbtissin den Beifall und fügte an: »Attendez! Wir alle sind Zeuginnen einer denkwürdigen Stunde. Demoiselle Leporin verlässt den festgefügten Weg der Frauen, um Dank Ihro Majestät neue Wege zu gehen, nicht allein für sich, sondern für alle Frauen in Preußen!«

Wieder applaudierten die Damen voller Anerkennung.

Währenddessen nahm die Äbtissin Dora an den Schultern, drückte sie an ihre Brust und steckte ihr dabei ein Geldsäckel aus Brokat zu. Als die überraschte Dora etwas sagen wollte, legte ihr die Äbtissin die Fingerspitzen auf den Mund, die Dora daraufhin küsste.

19.

Der große Tag war gekommen. Noch bis zur letzten Minute hatten die Mutter und Liesel genäht, gebügelt und gestickt, um Doras Garderobe reisefertig zu machen. Es war der Leporinin ein Anliegen, dass ihre Tochter, wenn sie denn schon den von ihr wenig geschätzten Weg einer Ärztin einschlug, adrett in Halle erscheinen sollte. Sie würde genug Anfeindungen ausgesetzt sein, so war die Mutter überzeugt. Eine schlechte Erscheinung fiel stets auf das Elternhaus zurück, das konnte und wollte sich die Gattin des Stadtphysikus von Quedlinburg nicht vorwerfen lassen. So wurde der Reisekorb immer voller und die guten Ratschläge der Mutter immer mehr.

Dora hatte in der Zwischenzeit ihre medizinischen Sachbücher zusammengestellt und etliche ihrer theoretischen Arbeiten in einer Tasche gesammelt. Es war ihre Absicht, sich so bald als möglich für die Promotionsprüfung zu bewerben. Auch ihr Bruder Christian hatte sie darin bestärkt, denn er hielt seine Schwester bereits jetzt für qualifiziert genug, eine Doktorarbeit zu verfassen.

So wurde Dora in den Tagen vor ihrer Abreise von einer hoffnungsfrohen Aufgeregtheit erfasst, nicht zuletzt weil sie ihren geliebten Philippe wiedersehen würde, der seinen baldigen Besuch in Halle angekündigt hatte.

Valentin trug den schweren Reisekorb, Liesel die Tasche. So traten sie auf die Gasse und machten sich auf den Weg zur Poststation. Dahinter schritten gemächlich die Mutter und Hans durch das Tor, zwischen sich den Doktor untergehakt, dem das Gehen noch schwerfiel.

Dora streichelte zum Abschied die Katze, die um ihre Beine schlich, und schloss das Hoftor. Sie war voller Tatendrang. Sie zog die Handschuhe an, raffte ihren weiten Rock zusammen und lief den anderen hinterdrein. Es herrschte eine schwüle Hitze, und Dora spannte ihren Sonnenschirm auf, der vorzüglich zu ihrem eleganten, grauen Reisekostüm und dem Paletot passte. All dies waren Gaben der Herzogin.

Der Doktor war stehengeblieben, schaute nach oben ins fahle Licht, tupfte sich mit einem Tuch den Schweiß ab und murmelte: »Bald werden wir ein Gewitter bekommen, darauf könnte ich wetten.«

Als die kleine Truppe am Marktplatz angekommen war und um die Ecke bog, um sich zum Gasthaus »Zum Bären« zu begeben, von wo täglich um die Mittagsstunde die Postkutsche abging, standen zwei bekannte Personen dort, die Dora bereits erwarteten: Diakon Erxleben und Frau Leitner!

Die Familie begab sich ins Wirtshaus, während Dora auf die beiden zuging.

Der Diakon reichte ihr die Hand und sagte verlegen: »Viel Glück wünsche ich Euch ...« Als er Doras Unsicherheit bemerkte, fügte er rasch hinzu: »Ehrlich gemeint und von ganzem Herzen!«

Dora schenkt ihm ein Lächeln und sagte: »Eure Wünsche freuen mich aufrichtig, Diakon.«

Erxleben war erleichtert über Doras freundliche Reaktion. »Ich soll auch herzlich von der Sophie grüßen, aber mit ihrem dicken Bauch war es allzu beschwerlich für sie.«

»Habt Dank und grüßt sie herzlich zurück«, antwortete Dora und wandte sich der Mutter ihrer verstorbenen Freundin zu.

Die Leitnerin überreichte ihr ein paar frische Feldblümchen und sagte dabei: »Dorchen! Schon damals hat's meine Friederike gesagt, du wirst mal ein Doktor sein … sie wäre so stolz auf dich …« Dann konnte die Frau die Tränen nicht mehr zurückhalten.

Dora strich ihr liebevoll über die Wange und nahm die Blumen. »Dank Euch, Leitnerin, aber noch muss ich studieren …«

Plötzlich zuckte ein Blitz vom Himmel, und kurz darauf folgte ein gewaltiger Donnerschlag, so dass alle verängstigt nach oben schauten.

Es regnete in Strömen. Ganze Sturzbäche ergossen sich von Dächern und Erkern und quollen in die engen Gassen. Es blitzte und donnerte beinahe ununterbrochen.

Dora stand in der geöffneten Tür des »Bären« und sah traurig hinaus auf den verregneten Platz. Dann schloss sie die Tür und ging durch die leere Gaststube zurück zum Ecktisch, an dem der Doktor, die Mutter und Hans saßen. Neben ihnen das Reisegepäck.

Die Wirtin kam, nahm die leeren Krüge fort und sagte dabei: »Das wird heute nichts mehr werden, steht zu befürchten. Die Post ist sicher zwischen Halberstadt und hier steckengeblieben. Wäre ja nicht zum ersten Mal.«

»Frau Mutter«, sagte Dora, »ich denke auch, es ist besser, nach Haus zurückzukehren.«

Dabei machte sie eine Bewegung mit dem Kopf zum Vater. Leporin saß verschwitzt und kurzatmig auf der Bank und starrte vor sich hin. Die Wirtin hatte es mitbekommen und beruhigte: »Und wenn ich das Horn doch noch hören sollte, schicke ich unseren Martin vorbei.«

Dora bedankte sich und half dem Vater auf die Beine. Hans nahm den Reisekorb und die Mutter die Tasche. So verließen sie doch recht bedrückt und enttäuscht die Gaststube.

Dora führte den Doktor unter dem nassen Sonnenschirm.

Gemeinsam mit Hans und der Mutter wateten sie bei strömendem Regen durch die bereits verschlammten Straßen. Wieder blitzte und donnerte es, eine große Ratte huschte quer über den Weg.

Die schweren, dunklen Gewitterwolken hatten sich anscheinend für immer über die Stadt gelegt. Die Sintflut war zurückgekehrt. Es war, als wollte der Himmel seinen gesamten Regen über den Dächern von Quedlinburg ausschütten. In den Gassen stand das schmutzige, brackige Wasser, die Bode war weit über die Ufer getreten und hatte die nahen Häuser, Gärten und Felder überflutet.

Dora stand im Schlafzimmer der Eltern, hatte das Fenster geöffnet und sah hinaus auf den Hof, in den strömenden Regen. Knecht Valentin lief vorbei und rief zu Dora hoch: »Fünf Tag lang Wolkenbruch. Kann mich nicht entsinnen, dass ich so etwas je erlebt habe.«

Dora schloss das Fenster und drehte sich zum Vater um, der aufrecht im Bett saß.

Er las in einem Flugblatt, dass die Österreicher Bayern besetzt hatten und Fürst Albert zum deutschen König krönen wollten. Das roch nach einem erneutem Konflikt mit Preußen. Dora nahm das Geschirr vom Nachttisch.

Ihr Vater hielt sie am Arm fest. »Das wird schon werden, Dorchen. Einen zweiten Krieg wird's nicht geben.«

Sie lächelte bitter. »Das ist es nicht. Die Brunnen laufen über. Ihr wisst es selbst am besten, dass die Seuche nicht lang auf sich warten lässt. Wir sind im Juli.«

»Nichts da, du wirst studieren gehen, und ich kümmere mich um die Seuche, wenn sie denn kommt.«

Dora drückte dem Vater eine Tasse in die Hand und ging. »Kümmert Euch besser erst um Euch selber. Trinkt Euren Tee, solange er wärmt.«

Leporin sah seiner resoluten Tochter stumm hinterher.

Einige Stunden später war der Doktor nicht mehr im Bett zu halten. Die Menschen brauchten ihn gerade jetzt, wo sich die ersten Zeichen einer Epidemie abzeichneten. Dora und die Mutter hatten sich vergeblich bemüht, den starrsinnigen Mann zurückzuhalten.

Nun befand sich Leporin, selbst noch kränkelnd, im Morgenmantel in seinem geliebten Kabinett und schaute der kleinen, blassen Frau Jakobsohn in die Augen, die scheu und unsicher vor ihm stand.

»Seit wann hat Sie die Scheißerei?«

»Seit heute Nacht, Herr Doktor.«

In der Ecke stand ihr Mann, Meier Jakobsohn, den Hut in der Hand. Er mischte sich ein: »Wir haben's schon mit Brombeerblättern versucht, das hilft ja sonst auch ...«

Leporin murmelte daraufhin: »Brombeere! Seine Frau hat eine veritable Colitis, eine Darmentzündung. Koche er am besten einen Tee aus Odermennig, Kamille und Blutwurz zu gleichen Teilen. Eine Viertelstunde ziehen lassen und reichlich getrunken.«

Jakobsohn holte seinen Geldbeutel heraus. »Was bin ich Euch schuldig, Doktor?«

Leporin winkte ab. »Lass er es gut sein.«

Aber Jakobsohn gab keine Ruhe. »Es steht geschrieben: Wer schuldig ist, soll zahlen. Was bekommt Ihr?«

»Papperlapapp! Raus, bevor Sie mir das Haus vollscheißt!« Damit schob Leporin die Jakobsohns zur Tür hinaus.

»An wem ist die Reihe?«

Ein Mann betrat den Raum. Er ging gebeugt und war totenbleich. Der Doktor sah ihn an und knurrte: »Was ist ihm, Löffler? Die Scheißerei vermutlich.«

Der Mann nickte schwach. »So arg hat ich's noch nie, Doktor. Und die Krämpfe. Es zerreißt mich schier.«

»Besser die Scheißerei als im Krieg totgeschossen!«

Nach acht Tagen war das fürchterliche Unwetter schließlich vorüber. Es hinterließ Überschwemmungen und Verwüstungen in nie gekanntem Ausmaß. Die Ernte war vernichtet, das Trinkwasser verdorben, und es war kaum noch möglich, sich auf den verschlammten Pfaden zu bewegen. Mehrere Menschen waren bereits gestorben, viele waren erkrankt, die meisten hatten Hühner und Vieh verloren. In den Kellern und den Erdgeschossen stand das Wasser, und die Bürger von Quedlinburg hatten alle Hände voll zu tun, ihre Habseligkeiten zu retten und mit Hilfe von Eimern und Tüchern ihre Stuben trockenzulegen.

Vor einer Stunde war ein Bote der Äbtissin im Hof des Doktors erschienen, um diesen in einem dringlichen Krankheitsfall zum Damenstift zu bitten, doch Dora hatte ihrem Vater kurzerhand diese Anstrengung verboten. So kam es, dass nun sie das Fuhrwerk kutschierte. In einer Hand die Zügel, mit der anderen hielt sie sich ein parfümiertes Taschentuch vors Gesicht, denn der Gestank nach Verwesung und Unrat war unerträglich. Dora musste das Fuhrwerk anhalten. Vier Männer versperrten die Gasse und hoben unter größter Anstrengung ein ertrunkenes Schwein auf einen Leiterwagen.

Eine alte Frau schlurfte vorbei, die mit einem angespitzten Stock tote Ratten einsammelte, indem sie in die Tiere stach und sie in einen Korb warf, den sie auf dem Rücken trug. Die Menschen, die vorübergingen, waren bleich und ausgemergelt. Es war kein Lebenswille zu spüren. Eine fatale Hoffnungslosigkeit hatte sich breitgemacht.

Hier oben war die Luft viel besser, stellte Dora fest, als sie mit dem Fuhrwerk den Schlossberg hinauffuhr. Auf der Anhöhe über der Stadt hatte das Unwetter weniger angerichtet. Den Fluten, die sich durch die steilen Gassen ergossen hatten, war zwar so manches Haustier zum Opfer gefallen und auch Möbel und Fässer, die sich vor den Häusern befanden, waren abwärts gerissen worden, aber im Großen und Ganzen waren die Menschen hier oben glimpflicher davongekommen.

Nur die Seuche hat nicht Halt gemacht, dachte Dora, denn dies war sicherlich der Grund, warum man im Schloss ärztlicher Hilfe bedurfte. Als sie auf den Innenhof fuhr, kamen ihr schon zwei Diener entgegen, die ihr beim Tragen der Arzttasche behilflich waren.

Bereits vor der Tür hörte Dora das Gebet der Äbtissin: »Im Namen des Vaters, des Sohnes und des heiligen Geistes. Herr, der Du bist im Himmel, gib unserer Schwester die Kraft, ihr Leiden zu überwinden und lasse sie rasch gesunden …«

Der Diener öffnete leise die Tür, und Dora trat ins Zimmer. Sie sah die Äbtissin und einige der Hofdamen, die sich um das Bett der alten Diakonin versammelt hatten. Dora deutete einen Knicks vor der Äbtissin an und nickte dann ernst den anderen zu.

Während sie ihre Tasche abstellte, öffnete und das Horchrohr entnahm, sagte sie leise: »Désolée, allein der Vater ist noch zu schwach, um außer Haus zu gehen …«

Die Äbtissin nickte Dora wohlwollend zu und hieß mit einer Geste die Damen, zur Seite zu treten.

Dora warf einen Blick auf die Kranke, die stöhnte und in kaltem Schweiß lag. Sie ging zur Diakonin und öffnete ihr das Nachthemd, dabei sagte sie zu den versammelten Hofdamen: »Darf ich Euch untertänigst bitten zu gehen. Vielleicht handelt es sich um die Seuche, und Ihr könntet Euch anstecken.«

Die Hofdamen huschten aus der Tür, während die Äbtissin sich noch einmal umschaute, bevor sie das Zimmer verließ. Dora begann die Diakonin abzuhorchen.

»Diakonin, könnt Ihr mich hören?«

Ein tiefes Stöhnen war zu vernehmen. Dora schaute ihr in den Mund.

»Ihr habt nicht getrunken, stelle ich fest. Ihr seid völlig trocken, das ist eine große Gefahr für Euer Leben. Ihr müsst trinken und abermals trinken.«

Damit nahm sie eine Tasse, die neben dem Bett auf einem Tisch stand. Sie roch daran. »Hier, Wacholdertee mit Anis ... trinkt ...«

Sie hielt den Kopf der Diakonin hoch und wollte ihr den Tee einflößen, aber er lief ihr aus dem Mund auf das Kissen.

Dora nahm einen Strohhalm aus ihrer Tasche, saugte damit Tee aus der Tasse ein, dann öffnete sie den Mund der Diakonin und gab ihr durch den Halm aus ihrem Mund zu trinken. Die Diakonin musste husten. Sie öffnete die Augen und starrte Dora an.

»Dorchen!«, flüsterte sie.

Dora strich der alten Frau über die Stirn. Dabei sprach sie ihr tröstend zu: »Ja, Diakonin, ich bin gekommen, Euch gesund zu machen.«

Die Diakonin schüttelte langsam den Kopf. »Es geht zu Ende mit mir, und es ist recht so ...«

Dora wurde ärgerlich. »Sagt so etwas nicht.«

Doch die Diakonin ließ sich nicht beruhigen. »Ich sehne den Tod herbei. Ich habe große Schuld auf mich geladen, und nur du kannst mich davon befreien ... Nimm es an dich, bitte.«

Sie zeigte mit zitternden Fingern zur Wand. Dort hing neben einem Kruzifix die Kette mit dem Amulett von Friederike. Die Diakonin bekam einen Weinkrampf, während sie weiterredete: »Der Diakon hat eine schwere Sünde begangen, und noch schwerer wiegt, dass er sich nicht bekannt hat.«

Dora wollte etwas sagen, aber die Diakonin musste ihr Herz erleichtern.

»Am schwersten jedoch wiegt, dass ich geschwiegen habe

zu alldem, obwohl ich es wusste, alles.« Sie bäumte sich plötzlich auf und griff nach Doras Arm. »Dorchen! Du musst mir im Namen der armen Friederike verzeihen, bevor ich vor den Schöpfer trete. Ich flehe dich an!«

Dora löste sich aus dem Griff der alten Frau. »Ich mag Euch vergeben. Allein, wie kann ich Euch im Namen eines anderen Menschen verzeihen? Dass müsst Ihr mit Gott abmachen und mit der Friederike.«

»Und wenn ich in die Hölle komme, der Sünde wegen? Gott ist im Himmel … und die Friederike sicher auch, denn ihr wurde schlimmstes Unrecht angetan.«

»Ich kenne die Antwort nicht«, erwiderte Dora betroffen.

Die Diakonin atmete schwer. Ihre Stimme wurde leise. »Geh, Dorchen. Und nimm das Amulett an dich. Es möge dir Glück bringen.«

Die Diakonin wirkte fast erleichtert, als Dora zur Wand ging und das Amulett nahm. Dora hörte, wie die Diakonin nur noch flüsterte: »Ruf nach der Äbtissin, bitte …«

Dann schloss sie die Augen.

Dora hatte das Fuhrwerk an einer Wegbiegung angehalten. Von hier aus hatte man einen prachtvollen Blick über die Stadt.

Sie griff in ihre Schoßtasche und holte das Amulett heraus. Sie küsste die Gemme. Meine Friederike, dachte sie, wie allein warst du in deinem Lebensschmerz, wie wenig habe ich mich gekümmert. Warum habe ich nicht erraten können, dass dich etwas Grausames bedrückt? Warum hattest du dich mir nicht anvertraut? Wir hätten es dem wollüstigen, feigen Diakon schon heimgezahlt!

So lange war das nun her, und doch erschien es Dora, als sei es gestern gewesen, dass ihre beste Freundin in den Fluten der Bode wie eine Katze ersäuft wurde.

Dora legte sich die Kette um. Der Diakon hatte Schmerzen gelitten und war erbärmlich gestorben, und auch seine Frau wurde von dem schlechten Gewissen umgetrieben und würde in dieser Stunde von dieser Erde gehen. Im Tod ist Ordnung, hieß es bei Aristoteles. Dora sah hinauf zum Sommerhimmel.

20.

Sophies Schmerzensschreie waren bis auf die Gasse zu hören! Sie warf ihren Kopf wie besessen hin und her. Die junge Frau des Diakons stand kurz vor der Geburt ihres fünften Kindes. Dora saß am Bett ihrer Cousine und strich ihr immer wieder beruhigend über das Haar.

Endlich kam die Hebamme in die Stube und verschloss die Tür vor Sophies Töchtern, die angstvoll auf ihre Mutter starrten. Erxleben war nirgends zu sehen, er hatte sich zu einem stummen Gebet in seine Kirche verzogen.

Die Hebamme untersuchte Sophie eingehend und sagte dann leise: »Ihr habt recht. Man muss einen Schnitt machen, das Kind kommt nicht durch.«

Dora rief nach der Magd. »Berta, schick ein Mädchen nach dem Doktor. Aber geschwind! Und bring Sie heißes Wasser, frische Leintücher und Eimer!«

Die Magd lief nach draußen. Sophie schrie weiter: »Mein Gott! Reißt es mir heraus, ich kann nimmer!«

Dora legte ihrer Cousine die Hand auf die verschwitzte Stirn. »Der Vater wird gleich da sein. Wir müssen dich schneiden ...«

Sophie bäumte sich auf und packte Dora am Arm. »Macht, was ihr wollt. Dorchen! Hilf mir! Ich flehe dich an.«

Dora setzte sich auf das Bett und nahm die Cousine in die Arme. Sie wiegte sie hin und her wie ein Kind. Sophie weinte vor Schmerz und klammerte sich an Dora.

»Du musst jetzt tapfer sein«, sagte Dora leise, »das Kind

liegt nicht gut. Der Vater wird einen Schnitt machen, und schon ist es draußen.«

Wieder kündigte sich eine Wehe an, und wieder bäumte sich Sophie schreiend auf. Es war zum Gotterbarmen.

Nach ein paar Minuten erschien Doktor Leporin. Er hatte noch seine Nachtmütze auf und sah recht komisch aus. Er kramte in seiner Tasche und zog schließlich ein kurzes, scharfes Messer hervor. Er sah Dora an und gab ihr mit einem Blick zu verstehen, Sophie nun festzuhalten.

Die Hebamme schlug das Laken zurück. Dora nahm Sophie wieder fest in die Arme und nickte ihrem Vater zu.

»So, nur noch ein kleiner Schnitt!«, rief Leporin.

Eine letzte Presswehe, ein letzter markerschütternder Schrei, dann zog der Doktor den Säugling ans Tageslicht. Routiniert durchtrennte er die Nabelschnur und machte einen Knoten. Er hielt das Kind mit dem Kopf nach unten, worauf es sofort zu schreien begann. Die Hebamme nahm das Kind, wickelte es in ein Tuch und zeigte es der erschöpften Sophie. Ein fünftes Mädchen.

Sophie versuchte zu lächeln, dann wurde sie von Schüttelfrost gepackt. Die Magd Berta kam mit heißem Wasser, hinter ihr näherte sich Magda, die älteste Tochter, sie hatte Leintücher dabei. Die Hebamme wusch das Neugeborene, und die jüngeren Schwestern stritten bereits darum, den Säugling zu tragen. Während schon eifrig gewischt und getupft wurde, hörte Leporin das Herz von Sophie ab und fühlte ihren Puls. Sie lag bleich mit geschlossenen Augen, ihr Atem ging flach. Dann fiel ihr Kopf zur Seite.

»Sie ist bewusstlos«, sagte Dora, nachdem sie ein Augenlid von Sophie geöffnet hatte.

»Umso besser«, meinte der Doktor, »dann kann ich in Ruhe nähen.«

Er begann mit seiner Arbeit.

Erxleben kam einige Minuten später ins Zimmer. Er trat

ans Bett seiner Frau und schaute fragend auf Dora, die angefangen hatte, die Tasche des Vaters zu packen.

»Was ist ihr?«

»Sie ist ohnmächtig«, sagte Dora, ohne ihn anzusehen.

»Jetzt heißt es warten«, sagte Leporin.

Er hatte seine Arbeit beendet und setzte sich schwer atmend auf einen Stuhl, der in der Ecke stand. Noch war er nicht gesund, jede Tätigkeit strengte ihn an.

»Wollt Ihr Euch etwas ausruhen?«, fragte der Diakon mitfühlend.

»Habt Ihr noch von eurem köstlichen Messwein?«, fragte der Doktor zurück. »Wir sollten ein Gläschen auf den neuen Erdenwurm trinken, meint Ihr nicht?«

»Sofort!«, rief Erxleben und bat Magda, in die Kirche zu laufen, um eine Flasche zu holen.

Der Tag war vergangen, und als der Abend kam, war Sophie erwacht. Sie war bleich und schwach. Sie atmete unregelmäßig, fröstelte und lag im Schweiß.

Der Doktor hatte ihr Chinarinde gegen das Kindbettfieber eingeflößt, und Dora erneuerte die Wadenwickel. Sie hatte den besorgten Blick des Vaters richtig gedeutet: Mit Sophie ging es zu Ende, wenn nicht noch ein Wunder geschah!

Die Mädchen Magda, Sophie und Eleonore standen am Bett der Mutter und sahen angstvoll auf die todkranke Frau. Die Magd kam mit heißem Kamillentee, den sie auf den Nachttisch stellte.

Plötzlich, wie elektrisiert, richtete sich Sophie mit geschlossenen Augen auf und schrie: »Herr Jesus!«

Dora nahm Magda zur Seite und flüsterte ihr zu: »Hol deinen Vater aus der Sakristei, geschwind.«

Während Magda hinauslief und auch Berta das Zimmer verließ, öffnete Sophie die Augen und sagte leise und schwach: »Dorchen ...«

»Ja, Sophie ...« Dora beugte sich zu ihr.

»Der Tod zerrt an mir ...« Als Dora widersprechen wollte, fuhr sie fort: »... du und der Doktor, ihr wisst es genau.«

Leporin stand auf der anderen Seite des Bettes, wollte Sophie beruhigen. »Das weiß nur Gott.«

Sophie krallte plötzlich überraschend kräftig ihre Hand in Doras Arm. »Dorchen! Du musst mir versprechen, dich meiner Kinder anzunehmen. Lass sie nicht im Stich! Ich flehe dich an ...«

Dora schwieg, sie wusste nicht, was sie sagen sollte.

»Schwör's mir, bitte, schwör's! Bei Gott!«

Dora sah zum Vater, der dem Blick nicht standhielt.

Da hörte sie die Schritte des Diakons im Flur und sagte leise: »Du hast mein Wort.«

Sophie lächelte und schloss die Augen. Der Diakon stand bereits hinter Dora, drängte sich an ihr vorbei und kniete sich vor das Bett seiner sterbenden Frau. Er rief: »Sophie! Bitte! Lasst uns nicht allein!«

Sophie versuchte sich noch einmal aufzurichten. »Johannes ...«

Dann sank sie ins Kissen zurück. Sie war tot. Erxleben begann mit einem Gebet, während ihm die Tränen über das Gesicht liefen.

»Unser ewiger Herr, der Du bist im Himmel, nimm hin die Seele Deiner treuen Tochter Sophie Henriette Erxleben ...«

Die Mädchen traten voller Unverständnis und in großer Verwirrung neben ihren knienden Vater, der in lautes Schluchzen ausbrach. Der Säugling begann zu schreien, und Leporin nahm ihn aus dem Korb. Dora hielt es nicht mehr aus. Sie drängte sich durch die Kinder, an der Magd und am Vater vorbei und lief nach draußen. Sie wollte nur fort. Sie stürzte förmlich aus dem Pfarrhaus auf den Hof. Dort verharrte sie für einen Moment, bevor sie zum geöffneten Tor lief. Schluchzend hastete sie durch die nächtlichen Gassen. Sie vermied jede Begegnung und verschwand in Seitenstiegen oder verharrte in Torbögen, sobald ihr jemand entgegenkam. Es war nicht allein der grausame, frühe Tod ihrer Cousine, der sie erschütterte, es war der Schwur. Dieser fatale Schwur! Der Schwur, der ihr Leben radikal verändern würde. Mit einem einzigen Wort, tröstlich und aus Gnade gesprochen, waren ihre eigenen Pläne und ihre Träume dahin! Philippe, das Studium, ihre Zukunft, ihr Leben.

Ihre Schritte wurden langsamer. Sie hatte es nicht bemerkt und war doch am elterlichen Hoftor angelangt. Leise öffnete sie das Tor. In der Küche war noch Licht. Nein, Dora wollte jetzt mit niemandem reden. Sie setzte sich auf die kleine Bank unter der Treppe, kauerte sich zusammen und weinte bitterlich. So sehr, dass ihr Körper von Weinkrämpfen geschüttelt wurde.

Da erschien plötzlich eine Gestalt im fahlen Licht des Mondes, ein großer Schatten kam über sie, und Dora blickte nach oben. Der treue Knecht Valentin war gekommen, er sorgte sich.

»Mademoiselle?«, fragte er leise.

»Ach, Valentin …«, antwortete Dora.

»Sophie ist gestorben?«

»Ja.«

Valentin schlug das Kreuz.

Nach einer Pause sprach Dora weiter: »Und ich mit ihr!«

Valentin bekreuzigte sich nochmals. »Das dürft Ihr nicht einmal denken!«

Er setzte sich neben sie und nahm sie wie ein Bündel in seine starken Arme. Dann zitierte er die alten Zeilen aus Kindertagen: »Vergiss die Trauer und die Wut, bald wird alles wieder gut. Was dich heut auch schmerzen mag …«

Er schaute sie erwartungsvoll an, sie aber schwieg.

Als der Vater mit finsterem Blick zum Hoftor hereinschlurfte, sprang Valentin auf und nahm ihm schweigend die Tasche ab.

Dora versteckte sich im Schatten der Treppe. Sie wollte dem Vater jetzt nicht begegnen. Sie wusste, was auch in ihm vorging und dass ihre Unbedachtheit die Ursache seiner Trübsinnigkeit war.

Leporin sah auf seine Frau, wie sie in der Tür zum Kabinett stand und resolut sagte:

»Leporin! Ein Schwur ist ein Schwur! Und das Dorchen wird sich daran zu halten wissen.«

Bitter meinte der Doktor: »Das steht zu befürchten, leider.«

Die Tür wurde geschlossen, und Leporin blieb mit seinem Kummer allein. Er saß lange reglos in seinem Sessel und sah deprimiert auf Doras Reisegepäck, das noch verschlossen und unberührt in seinem Kabinett stand. In ein paar Tagen sollte nun endlich wieder eine Kutsche nach Halle abgehen ... Er erhob sich mühsam und lief mit schweren Schritten im Raum umher. Wie nah war seine Tochter ihrem Ziel gewesen, und ein einziger emotionaler Augenblick hatte alle Träume zunichtegemacht. Sein Blick fiel auf seine Arzttasche. Mit Wehmut erinnerte er sich daran, wie ihn die kleine Dora auf seinen Krankenbesuchen begleitete. Diesem wissbegierigen, unerschrockenen Kind war keine Anstrengung zu viel. Wie viele Abende hatte er mit seiner Tochter gemeinsam hier in diesem Raum verbracht, wie viele tausend Fragen hatte er ihr beantworten müssen. Schon früh war ihm klar geworden, welch großartiges medizinisches Talent da heranwuchs.

Still und geheim hatte sie das große Latinum gelernt, hatte sich fast spielerisch das Französische angeeignet, konnte es in der Anatomie jedem studierten Arzt gleichtun. Und nach

Rückschlägen und Enttäuschungen stand sie nun davor, endlich das Unmögliche zu schaffen: ein Studium der Medizin, als erste Frau der Welt. Nun war alles umsonst gewesen.

Ein Schwur ist ein Schwur! So hatte es die Mutter treffend bemerkt, und das würde auch Doras Meinung sein, und sie würde sich daran halten. So gut kannte er seine Tochter. Und für ihn, den alten Arzt, der es sich so gewünscht hatte, sie möge eines Tages als ein fertiger Doktor in dieses Kabinett einziehen, war in dieser Nacht die größte persönliche Katastrophe Wirklichkeit geworden. Ein einziges, leichtfertig dahingesagtes Wort und sein Leben war von den Füßen auf den Kopf gestellt.

Nach zwei strammen Tagesritten war Philippe in Quedlinburg eingetroffen und hatte sich sofort zum Haus des Doktors begeben. Hier erfuhr er, dass sich Dora unten am Flussufer befand, um nach Blutegeln zu suchen.

Dora stand mit nackten Beinen im seichten, ruhigen Wasser zwischen den Schilfhalmen und suchte mit Hilfe einer Reuse nach den begehrten Würmern. Sie war überrascht, als plötzlich Philippe hinter ihr stand. Sie kam aus dem Wasser und strich sich den Rock glatt. Sie wollte ihn in die Arme nehmen, aber er entzog sich ihr. Philippe war fassungslos und zitierte aus ihrem Brief, den er in der Hand hielt.

»… das ist der letzte Brief, den Ihr von mir erhalten werdet. Mein Traum, als Ärztin mit Euch zu gehen, wird sich nicht erfüllen. Das Schicksal hat anders entschieden!«

Er wedelte mit dem Brief vor ihrer Nase herum. »Wie darf ich das verstehen, Dora? Oh, ich muss ja wieder Mademoiselle sagen!«

»Philippe, bitte, ich habe es doch erklärt. Ich habe ein Versprechen gegeben und …«

Philippe unterbrach sie. »Und was ist mit unserem Versprechen?«

Dora ließ sich ins Gras sinken.

Philippe setzte sich neben sie. »Dora«, sagt er, »ich dachte, wir seien füreinander bestimmt. Ich muss wissen, woran ich bin.«

Sie sah ihn traurig an. »Es ist mir ernst, aber ich kann den Diakon nicht im Stich lassen, mit seinen vier Kindern und einem Säugling. Ich habe es der Cousine auf dem Sterbebett geschworen. Erxleben ist so hilflos. Wir müssen erst jemanden finden für ihn.«

Philippe sprang auf.

»Mademoiselle! Verlangt Ihr allen Ernstes, dass ich warte, bis sich alles fügt? Bis Monsieur Erxleben eine neue Frau gefunden hat, die ihm und seinen Kindern genehm ist? Und was ist mit Eurem Studium? Wollt Ihr das alles hingeben, wegen eines Schwurs?«

Es zerriss ihr das Herz, ihren Geliebten so zu sehen, ihn zu enttäuschen und zu verletzen. Sie wollte ihn nicht verlieren, aber trotzdem nickte sie. Ja, sie konnte den Schwur nicht brechen.

Philippe ärgerte sich über die Starrköpfigkeit dieser Frau, aber er bewunderte sie auch insgeheim. Soll einer diese Preußen verstehen mit ihrem verdammten Pflichtgefühl und ihrer Prinzipientreue. Er versuchte, Sachlichkeit in seine Stimme zu legen, was ihm spürbar schwerfiel. »Fin bref, ich habe einen Ruf nach Paris. Sagt mir, was ich tun soll.«

Dora sah ihm in die Augen. »Geht und lasst mich hier zurück. Ich benötige Zeit. Wenn das Schicksal es will, wird sich alles zum Guten wenden.«

Er küsste ihr förmlich die Hand. »Mademoiselle Dorothée, ich werde Euch ewig lieben.«

Dann ging er zu seinem Pferd, stieg auf und ritt davon.

Philippe, geh nicht fort! hätte sie ihm am liebsten hinterhergerufen, aber sie blieb stumm. Nur die Tränen schossen ihr in die Augen. War das Band der Liebe zwischen ihnen nun für immer zerrissen? Würde sie ihn je wiedersehen?

Seit vielen Wochen hatte Dora ihr Leben so eingerichtet, dass sie jeden Nachmittag ins Haus des Diakons kam, um mit den Töchtern Erxlebens das Lesen und das Schreiben zu lernen und sie spielerisch auf das Leben vorzubereiten. Es gab darüber hinaus eine gute Magd, die sich um das Haus kümmerte, und eine Milchamme, die das kleine Hannchen stillte und versorgte. Besonders liebten Magda, Eleonore, Sophie und Anna die späten Stunden des Tages in der Küche, wenn Dora sich als Köchin versuchte.

Oft kam es vor, dass Dora zum gemeinsamen Nachtmahl blieb, wenn der Diakon zugegen war und man über die Ereignisse des vergangenen Tages sprach. Es waren diese Momente, in denen Dora erkannte, dass solch ein friedliches Familienleben durchaus auch seine Vorzüge hatte. Besonders dann, wenn sie die Mädchen zu Bett brachte und ihnen noch ein Gute-Nacht-Lied vorsang. Am liebsten hörten sie das alte englische Lied »Greensleeves«, für das Dora selbst einen Text gedichtet hatte.

»Wenn nachts die Sternlein am Himmel stehn,
schau hinauf zu ihnen und du wirst sehn,
sie leuchten dir in dein Herz hinein,
bringen Liebe und Hoffnung und Frieden.
Hell leuchtet der Abendstern,
er erscheint so nah und ist doch so fern,
er leuchtet dir in dein Herz hinein –
und bringt Liebe und Hoffnung und Frieden.«

Immer wieder kam es vor, dass Erxleben leise die Tür öffnete und die friedliche Szene voller Rührung beobachtete.

Es war früh Winter geworden, und das Grab von Sophie Erxleben war weiß. Eine Kinderhand wischte liebvoll den

Schnee vom steinernen Kreuz. Andächtig standen Dora und die vier Mädchen davor. Magda, die älteste der Töchter, hielt das kleine Hannchen auf dem Arm. Dora hatte es sich zur festen Aufgabe gemacht, einmal in der Woche mit den Mädchen ans Grab der Mutter zu gehen

Hier auf dem Friedhof wollte sie die Erinnerung an Sophie wachhalten und den Mädchen erzählen, wer ihre Mutter gewesen war und was sie wohl zu dem einen oder anderen Vorfall gesagt hätte.

Auf dem Rückweg zum Haus des Diakons kam Dora mit den Mädchen am Portal der Kirche vorbei, und plötzlich trat Erxleben vor die Tür. Er bat Dora hinein.

»Dora, auf ein Wort.«

»Gewiss«, antwortete sie und sagte zu den Kindern: »Ich komme gleich. Dann gibt es heißen Früchtetee.«

Die Mädchen gingen artig weiter, und Dora folgte Erxleben in die Kirche. Als sie neben dem Diakon durch den Mittelgang in Richtung Altar ging, wies Erxleben mit einem Mal auf einen Platz in der ersten Sitzbank.

»Bitte, setzt Euch«, sagte er leise.

Dora hatte keine Ahnung, was folgen würde und setzte sich.

»Kennt Ihr diesen Platz?«, fragte er.

Sie war unsicher. Sie sah sich um. »Ich weiß nicht recht ...«

»Das ist der Platz«, sagte er, »an dem ich Euch zum ersten Mal sah.«

Dora lächelte und fuhr mit der Handfläche über den Sitz neben ihr. Dabei sagte sie versonnen: »Euer erstes Amt. Ich erinnere mich jetzt.«

Erxleben räusperte sich. »Ich war ein junger Pastor zu dieser Zeit, ihr ein Mädchen von fünfzehn. Ausgestattet mit Intelligenz, Schönheit, aber auch dem Hochmut der Jugend.«

Dora wollte unterbrechen, doch der Diakon sprach weiter: »Ihr wart besessen zu Studieren, und ich war eng in meinen Gedanken.«

Dora war erstaunt und fragte ihn: »Und wie haltet Ihr es heute?«

»Nun denn, die Zeit ist ein trefflicher Lehrmeister.«

Eine kurze Pause entstand, dann fuhr der Diakon fort. »Kurzum, ich habe erleben dürfen, welch vorzüglicher Mensch Ihr seid, und nachdem Ihr Euch fast ein volles Jahr aufrichtig um meine Kinder gekümmert habt, möchte ich Euch von dem Versprechen, welches Ihr meiner seligen Sophie gabt, entbinden.«

Dora war überrascht, auch ein wenig verunsichert. »Wie darf ich das verstehen, Diakon?«

Erxleben setzte sich scheu neben Dora in die Bank und sagte, ohne sie anzusehen: »Meine Mädchen lieben Euch, sie haben viel durch Euch lernen dürfen.« Jetzt sah er ihr in die Augen, als er weitersprach: »Ihr seid für sie gleichsam eine Mutter geworden. Allerdings, je enger die Bindung ist, desto schmerzlicher wird es für die Mädchen sein, wenn Ihr unser Haus verlassen werdet. Und das werdet Ihr, denn wir wollen Euren Plänen nicht im Weg stehen. Wenn Ihr also tun müsst, zu was Ihr Euch berufen fühlt, dann tut es beizeiten.«

Nach einem kurzen Augenblick des verlegenen Schweigens wandte er sich ab und fügte hinzu: »Auch wenn es Schmerzen bereitet.«

Dora blickte auf das Profil dieses strengen, schönen Mannes.

»Was wollt Ihr, Diakon, dass ich tue?«

Erxleben schluckte. Er konnte ihr nicht ins Gesicht sehen, als er flüsterte: »Dora, ich liebe Euch. Ich habe Euch von der ersten Stunde an geliebt. Ich möchte von tiefstem Herzen, dass Ihr meine Frau werdet!«

Er griff nach ihrer Hand, aber sie entzog sich und stand abrupt auf. Sie ging ein paar Schritte in den Altarraum. Unsicher sah er ihr nach, wie ihre anmutige Gestalt in einer Lichtsäule stehenblieb, in der Millionen von Staubkörnern tanzten.

»Es ist viele Jahre her, da standen wir schon einmal hier. Damals hatte ich mir von Herzen gewünscht, Ihr würdet um meine Hand anhalten. Gedemütigt und enttäuscht verließ ich diesen Ort. Mein Wunsch, Ärztin zu werden, war für Euch nichts weiter als ein Hirngespinst«, sagte sie leise.

»Dorothea, ich ...«, wollte er sie unterbrechen, aber sie sah zu ihm herüber und sprach einfach weiter: »Ihr sollt wissen, dass ich Eure Kinder ins Herz geschlossen habe, ich liebe sie, als wären sie meine eigenen. Euch habe ich als einen Vater erleben dürfen, der mit viel Herzenswärme seine Töchter anleitet. Mehr als einmal habe ich mir die Frage gestellt, was ich täte, würdet Ihr mich bitten, Eure Frau zu werden ...«

Erxleben erhob sich und ging langsam auf sie zu.

»Und ...«, fragte er, »wie wäre Eure Antwort ausgefallen?«

Sie sah ihn ernst an.

»Ich glaube Euch inzwischen gut zu kennen. Ich könnte mir durchaus vorstellen, das Leben mit Euch zu teilen ...«

Er wollte sie in die Arme nehmen, aber sie hielt ihn zurück und sagte: »Aber heute stelle ich die Bedingung, so wie Ihr seinerzeit: Ich werde niemals darauf verzichten, meinen Weg zu gehen. Im Gegenteil: Eure Zurückweisung hat mich noch bestärkt in diesem Wunsch. Wenn Ihr tatsächlich aus tiefstem Herzen wollt, dass ich Eure Frau werde, dann müsst Ihr akzeptieren, dass ich alles Erdenkliche dafür tue, eine Ärztin zu sein.«

Er nahm sie an den Schultern und rief: »Alles dürft Ihr tun, alles, was Euch glücklich macht und erfüllt, Dorothea, Ihr habt mein Wort.«

»Das genügt mir nicht, Diakon.«

Er sah sie erstaunt an, aber sie sprach unbeirrt weiter: »Ich verlange Eure Unterstützung, ich will, dass es auch Euer Wunsch ist. Nur so kann ich mein Ziel erreichen und nur so kann ich Euch eine aufrichtige Gefährtin sein.«

Der Diakon nahm sie in die Arme und sagte: »Ich liebe Euch! Ich schwöre, dass ich alles dafür tun werde, dass Ihr Euren Lebenswunsch erfüllen könnt. Gegen alle Widerstände. So wahr mir Gott helfe!«

Damit sank er auf die Knie und vergrub sein Gesicht in ihrem Schoß.

Die Wintersonne schien durch das Kirchenfenster, und im bunten Lichtkegel war auch Dora vor dem Altar zu Erxleben auf die Knie gesunken. Die beiden küssten sich leidenschaftlich, und es schien, als blickte Jesus Christus am Kreuz mit Sanftmut und Wohlwollen auf das innige Bild zu seinen Füßen.

Das Fuhrwerk verstellte die Zufahrt zum Hof an der Kaplanei. Der gutmütige Valentin zeigte den drei kleinen Mädchen, wie man die Pferde zu führen hatte. Er hob Eleonore hoch, damit sie einen der Holsteiner streicheln konnte. Dann war Sophie an der Reihe, dann Anna und so ging es in einem fort. Der Riese hatte eine Engelsgeduld, denn an Aufhören war nicht zu denken. Aus dem offenen Fenster des Pfarrhauses drangen gedämpfte Stimmen.

Dora saß geschwächt, aber glücklich im Ehebett. An ihrer Brust hatte sie einen Säugling, den kleinen Friedrich. Das Bild glich dem einer Pietà.

Doktor Leporin wusch sich die Hände in einer Schüssel. Die inzwischen drall gewordene Magd Berta reichte ihm ein Tuch. Erxleben und seine älteste Tochter Magda standen voller Ehrfurcht am Bett.

Auf der Bettkante saß Anna Leporin, die stolze Großmutter. Dora sah sich in der Runde um.

»Was ist in Euch gefahren, dass Ihr so andächtig still seid? Man könnte meinen, Ihr hättet noch keine Geburt erlebt.«

Der Doktor sah seine Tochter an. Gewiss, er hatte schon unzählige Geburten gesehen, aber die Niederkunft der eigenen Tochter war doch etwas Besonderes. Leporin versuchte seine Schwermut zu überspielen und drängte zum Aufbruch. Die Mutter versprach, am Abend noch einmal vorbeizuschauen. Die Eltern verabschiedeten sich förmlich und verließen das Pfarrhaus.

Die Leporins kamen die Außentreppe herunter und gingen zum Fuhrwerk. Eines der Mädchen fragte, ob sie denn Mutter und Kind sehen dürften, und Anna Leporin bejahte. Die kleine Bande stürmte voller Erwartung ins Haus. Valentin kam und half Doras Mutter auf den Kutschbock. Schnaufend folgte ihr der Doktor.

»Na, Herr Großvater!«, bemerkte Anna spöttisch.

Der Doktor sah seine Frau nur bitter an.

Valentin war zum Kutschbock aufgestiegen und nahm die Zügel. Er schnalzte mit der Zunge, und die Pferde setzten sich in Bewegung. Die Leporinin blickte zu ihrem Mann, der dumpf vor sich hin starrte.

»Was seid Ihr gar so miesepetrig!«, rief sie. »Anstatt Ihr Euch freut fürs Dorchen.«

Jetzt hatte Leporin genug. Er wurde laut. »Was habe ich mich zu freuen, Frau? Sie ist der Medizin verlorengegangen, versteht Ihr! Soviel Talent vergeudet an einen Pfaffen!«

Aber seine Frau ließ sich die Laune nicht verderben.

»Ich bin's zufrieden«, sagte Anna.

Leporin konnte es nicht glauben. »Bravo! Sie ist es zufrieden! Und wer geht mir zur Hand? Bin alt und siech. Der Herr Sohn folgt einem Ruf nach Hannover, die Tochter ist die Diakonin mit einem Stall voll Bälger, unser Hans will Soldat sein – und ich kann jeden Tag den Arsch zukneifen!«

Valentin grinste, aber die Frau des Doktors war entrüstet.

»Leporin!«, rief sie.

Aber der sagte zu sich: »O tempora, o mores!«

Nur leider verstand ihn dieses Mal niemand. Eine tiefe Trauer und Einsamkeit nahm von ihm Besitz.

21.

Die letzten Strahlen der Herbstsonne fielen in den Garten des Stifts. Während etliche Mägde und Hofdamen in den Beeten hockten und die letzten Salate und Gemüse ernteten, werkelte Dora mit ihrer Stieftochter Magda im Treibhaus. Sie waren dabei, die Pflanzen winterfest zu machen. Eine kleine Schaufel fiel Dora aus der Hand, sie wollte sich rasch bücken. Aber sie schaffte es nicht und bat Magda um Hilfe. Dora war wieder schwanger.

Die Tür öffnete sich, und die Äbtissin Herzogin Maria Elisabeth betrat den Wintergarten. Das Gehen fiel ihr in den letzten Wochen schwer, deshalb nahm sie einen Stock zu Hilfe.

»Hoheit«, sagte Dora und verbeugte sich.

Magda blieb stumm, machte einen gekonnten Hofknicks, so wie es die Stiefmutter sie gelehrt hatte.

»Bonjour, Diakonin«, sagte die Äbtissin schmallippig.

Dora reagierte sofort auf den Seitenhieb. »Herzogliche Hoheit. Lasst uns bei Dora bleiben, s'il vous plaît.«

Die Äbtissin tat so, als nähme sie Doras Einwand nicht zur Kenntnis. Im Gegenteil. Sie legte Magda die Hand auf den Kopf und sagte spitz: »Vortrefflich, wie Eure Stieftochter gelehrig ist. Sie weiß bald so viel über die Pflanzen wie Ihr selbst.«

Magda musste widersprechen: »Mit Verlaub, aber nie werde ich so viel wissen, Hoheit.«

Die Äbtissin gab nicht nach. »Das darfst du nicht sagen,

Magda. Einer kommt nur weit, wenn er sich etwas traut. Deine Stiefmutter hatte Courage und wäre beinahe eine Ärztin geworden.«

Dora hatte mit Unbehagen den nächsten Seitenhieb verstanden, als die Äbtissin auf den Bauch von Dora zeigte und anfügte: »Doch es kommt immer wieder etwas dazwischen.«

Dora und Magda rumpelten auf dem Fuhrwerk die Gasse hinunter. Bevor sie zur Kaplanei einbiegen konnten, sahen sie Valentin, der heftig winkend über den Steinweg gelaufen kam. Er war außer Atem.

»Valentin! Was gibt es?«, rief Dora, die bereits eine schreckliche Vorahnung verspürte, denn sie kannte den Knecht ihr ganzes Leben und wusste daher, dass etwas Dramatisches passiert sein musste, wenn er so aus der Fassung geriet.

Valentin sagte völlig außer Atem: »Kommt schnell! Der Doktor ist im Hof zusammengesackt. Hab ihn zu Bett gebracht. Er ruft nach Euch.«

Dora sprang vom Fuhrwerk und lief los.

Als sie die Schlafkammer betrat und ihren Vater bleich und flach atmend im Bett fand, wusste sie sofort, dass er im Sterben lag.

»Herr Vater«, sagte sie leise und berührte sein Handgelenk, um nach dem Puls zu fühlen. »Was macht Ihr für Sachen?«

Leporin schien ganz ruhig und sagte schwach: »Das Herz … es kann ja nicht ewig tun. Du hast ja den William Harvey gelesen.«

Dora nickte.

»Dann weißt du, dass das Herz nur ein Muskel ist. Nicht der Sitz der Seele, kein Feuerball des Lebens, bloß ein Muskel, der irgendwann erschlafft. Dies ist bei mir der Fall.«

Dora berührte seine Stirn und sah ihn an. »Gebt nicht auf, ich bitte Euch. Lasst mich nach dem Bollmann rufen.«

Das hätte sie nicht sagen sollen. Leporins Stimme wurde noch einmal kräftig. »Der verdammte Hundsfott kommt mir nicht ins Haus!« Er packte Dora am Arm. »Du warst mit fünfzehn schon ein besserer Arzt als der!«

Dora befreite sich aus dem Griff des Vaters und schickte sich an, zu gehen.

»Ich hol das Horchrohr und …«

Er nahm ihr Handgelenk und zog sie wieder zu sich. »Kein Horchrohr … und kein Pfaffe. Und kein salbungsvolles Gewäsch!« Er zog sie nah an sich heran und sagte mit mahnender Stimme: »Du musst dich der Mutter annehmen. Das ist das Wichtigste. Für sie wird es schwer werden ohne mich. Und um unsere Patienten musst du dich kümmern. Sind eh nicht mehr viele. Du darfst sie nicht diesen Scharlatanen überlassen.«

Dora bekam feuchte Augen und nickte.

Leporin lockerte seinen Griff und sagte leise: »Komm. Leg dich zu mir und halte mich.«

Tränen kamen ihr in die Augen, als sie auf das Bett stieg und sich etwas schwerfällig zu ihrem Vater legte. Sie nahm ihn wie ein Kind in den Arm. Langsam entspannte er sich und lächelte sie an, als wollte er sie trösten. Er sah hinauf zur Zimmerdecke und sagte: »Sing mir ein Nachtlied, mein Dorchen.«

Mit zittriger Stimme begann sie zu singen:

»Nun ruhen alle Wälder …
Vieh, Menschen, Städt' und Felder
es schläft die ganze Welt
ihr aber meine Sinnen
auf, auf, ihr sollt beginnen
was eurem Schöpfer wohlgefällt«

Doktor Christian Polycarp Leporin, der honorige Stadtphysikus von Quedlinburg, schloss zufrieden die Augen, als wolle er nur ein wenig ruhen.

Eine imposante Trauergemeinde hatte sich um das Grab des braven Doktors versammelt, und der Kirchenchor sang die letzte Strophe des Liedes, das Dora ihrem Vater am Sterbebett gesungen hatte.

»Der Tag ist nun vergangen,
Die güldnen Sternlein prangen
Am blauen Himmelssaal;
So werde ich auch stehen,
Wenn mich wird heißen gehen
Mein Gott aus diesem Jammertal.«

Gefasst standen Dora, ihre Mutter und ihre Brüder an der Grube, eingerahmt von den Erxlebenkindern. Der schlichte Sarg wurde von vier kräftigen Burschen herabgelassen, während sich der Diakon anschickte, ein paar Worte zu sprechen.

Obwohl Dora ihrem Mann den letzten Wunsch des Vaters übermittelt hatte, in dem er sich jede salbungsvolle Rede verbat, ließ es sich Erxleben nicht nehmen, seinem verblichenen Schwiegervater noch einige ehrenvolle Sätze hinterherzurufen.

»Werte Familie Leporin, verehrte Trauergäste. Es ist auch für mich schmerzvoll, heute von einem Manne Abschied zu nehmen, der wie kein zweiter für Hilfsbereitschaft, Mitgefühl und Herzenswärme stand. Doktor Leporin starb im achtundfünfzigsten Jahr. Er hat sich in herausragender Weise um die Menschen dieser Stadt verdient gemacht. Unermüdlich im Dienste der Gesundheit, hat er seine eigene hintangestellt bis zuletzt und sich rastlos eingesetzt für die Kranken und Siechen. Noch bevor er mein hochverehrter Schwiegervater wurde, sind wir uns so manche Nacht am

Bett eines Schwerkranken begegnet und haben ein jeder seine Pflicht getan. Gern denke ich an die erbaulichen Gespräche, die wir führten und die immer wieder um die Frage nach dem Sitz und dem Verbleib der Seele kreisten. Nun ist seine Seele auf ihrem Weg in den Himmel. Christian Polycarp Leporin war ein aufrechter Mann, und er wird seine verdiente ewige Ruhe im Schoß unseres Herrn Jesus Christus finden ...«

Während der Diakon weitersprach, konnten sich viele dem Schmerz um den Tod des Doktors nicht entziehen, man sah so manche Träne und vernahm so manches Schluchzen. Besonders der treue Valentin konnte ein heftiges Weinen nicht unterdrücken. Am Tor des Kirchhofs erkannte man die Äbtissin, schwarz verschleiert, die ihrer Kutsche entstiegen war und sich bekreuzigte.

Inmitten der vielköpfigen Menge konnte man die Ärzte Bollmann und Ellrich erkennen, deren Trauer sich naturgemäß in Grenzen hielt. Im Gegenteil: Bollmann war davon überzeugt, dass nunmehr er das genuine Anrecht darauf hatte, der kommende Stadtphysikus zu sein. Und er würde vor keiner Intrige zurückschrecken, um dieses ehrgeizige Ziel zu erreichen.

22.

Die eiligen Schritte hallten durch die menschenleeren Gassen. Es war noch früh am Morgen, ein Hahn krähte irgendwo. Der Junge rannte und rannte, bis er atemlos am Pfarrhaus angelangt war. Er zwängte sich durch einen Spalt im Tor und durchquerte den Hof. Erxlebens Hund bellte und kam aus seiner Hütte. Der Junge blieb erschrocken stehen, bemerkte dann die Kette und war beruhigt. Eine der Mägde kam mit einem Wäschekorb an die offene Küchentür, die auf den Hof führte, und sah nach draußen.

»Was willst du?«, fragte sie den Jungen mürrisch.

Im Ehebett lagen Erxleben und Dora nebeneinander. Sie starrte auf die alten, wurmstichigen Balken an der Zimmerdecke und dachte nach. Manchmal, so empfand sie es, wurde ihr alles zuviel. Der Mann, die vielen Kinder, das Haus. Das Amt als Diakonin. Und die Sorge, dass der Traum, je eine Ärztin zu sein, für immer ein Traum bleiben könnte. Gewiss, das Kabinett des Vaters gab es nach wie vor, aber Dora verrichtete täglich lediglich für wenige Stunden pflegerische Dienste. Zu groß war die Gefahr, dass man sie anschwärzen könnte. Dora atmete tief durch und sah zu ihrem Mann. Der Diakon hatte sich aufgesetzt, ein großes Kissen im Kreuz, und las in einem Buch. Am Fußende in einer Kinderkrippe lag ein neuer Erdenbürger, der kleine Christian. Ein heftiges Klopfen an der Tür war zu hören, zur gleichen Zeit rief eine Magd: »Diakonin! Bitte öffnet. Es ist dringlich!«

Dora quälte sich aus dem Bett. Erxleben legte das Buch zur Seite. »Was ist denn los, in aller Herrgotts Früh?«, fragte er unwirsch.

Hinter der Tür rief die Magd: »Die alte Müllerin ist elend.«

Dora ging zur Wiege und nahm den erwachten und weinenden Säugling hoch. Während sie ihn beruhigte, ging sie zur Tür und sagte laut: »Man soll nach dem Bollmann rufen. Was habe ich mit der Müllerin zu schaffen?«

Sie öffnete die Tür.

Auf dem Flur, neben der Magd stand der Junge, noch immer schwer atmend, und sagte schüchtern: »Die Großmutter will nur Euch sehen. Schickt nach dem Fräulein Doktor, hat sie gesagt.«

Dora drückte der Magd den Säugling in die Hand. »Bin kein Fräulein Doktor. Wie heißt du?«

»Peter, mit Verlaub, Diakonin.«

Dora sah sich den Jungen genauer an. »Bist wohl Katrins Jüngster?«

Der Junge nickte. »Ja, Diakonin.«

Dora fragte: »Also, was ist deiner Großmutter?«

»Sie ist elend«, sagte des Junge, »sie hat Schmerzen.«

»Wo?«, fragte Dora.

»In ihrer Kammer!«, antwortete der Junge.

Dora musste lächeln.

Doras Fuhrwerk stand vor der alten Wassermühle. Der Junge kam mit einem Eimer und gab den Pferden zu trinken. Dann vernahm er ein Stöhnen, ging zum Haus und versuchte in eines der Fenster zu schauen.

Die alte Müllerin lag schwach und ausgezehrt im Bett. Sie wimmerte laut, während Dora mit ihrem Horchrohr die Herztöne abhörte.

»Sie ist sehr elend«, sagte sie leise zu Katrin, die hinter ihr stand und sie beobachtete.

Katrin, obwohl nur wenige Jahre älter als Dora, schien bereits eine verhärmte Frau zu sein. Während sich Dora die Augen der Müllerin genauer besah, fuhr sie fort:

»Deine Schwiegermutter trinkt nicht genug. Alte Leute trocknen leicht aus. Das ist gefährlich.«

Katrin lachte höhnisch. »Du hast gut reden. Was soll ich tun? Sie lehnt ja alles ab.«

Die alte Müllerin protestierte. »Nix! Nix krieg ich!«

Katrin unterband diesen Ausruf sofort. »Sie wird langsam toll, die Alte. Will ich ihr was geben, nimmt sie nichts an. Geh ich weg, ruft sie nach mir.«

Die Müllerin warf den Kopf hin und her und rief so kräftig sie konnte. »Verhungern tue ich!«

Katrin schüttelte verständnislos den Kopf. »Siehst du, das sagt sie immer. Vorhin hat sie mir den Teller weggeschlagen ...«

Die alte Frau versuchte sich aufzurichten und schrie: »Lügnerin, elendige! Ein verderbtes Stück ist das!«

Katrin versuchte ruhig zu bleiben und tat das Verhalten ihrer Schwiegermutter mit einer überheblichen Handbewegung ab. »Und jetzt sagt sie, es sei nicht wahr.«

Dora begann in ihrer Tasche zu kramen. Sie entnahm ein Leinensäckchen, öffnete es, zog einige getrocknete Blätter heraus und sagte: »Hier. Benediktenkraut. Lass einen Tee davon machen.«

Katrin rief sofort nach der Magd. »Hedwig! Wo steckt das unnütze Weibsbild?«

Die Magd hatte wohl hinter der Tür gelauscht, denn sie kam umgehend ins Zimmer gelaufen. Dora übergab ihr das Krautbündel.

»Hier, Hedwig. Das ist Benediktenkraut. Da mache Sie einen Tee davon. Das fördert den Appetit.« Dann hob sie drohend ihren Finger. »Aber mehr als fünf Gramm auf einen halben Liter darf man nicht geben. Ihr habt doch eine Waage?«

Hedwig nickte. »Gewiss, Diakonin.«

Dora wiederholte es noch einmal eindringlich, als hätte sie ein begriffsstutziges Kind vor sich.

»Hat sie mich verstanden? Fünf Gramm auf den halben Liter, maximum. Sonst kriegt die alte Müllerin das Kotzen.«

Hedwig nickte, aber wirkte verlegen.

Dora hatte das sichere Gefühl, dass etwas Ungutes in der Luft lag.

»Was ist ihr?«, fragte sie die Magd.

Hedwig schüttelte den Kopf. »Nichts, Diakonin …«

Damit lief sie weinend nach draußen. Katrin sah ihr hinterher und sagte: »Sie hängt halt an der Alten.«

Dora packte ihre Sachen in die Tasche, während Katrin fortfuhr: »Wir alle hängen an ihr …«

Dora strich der alten Frau liebevoll mit der Hand übers silbergraue Haar und lächelte ihr zu. »Trink Sie brav den Tee, Müllerin. Morgen schaue ich wieder nach Ihr …«

Der Hof lag bereits im Dunkeln, nur über der Tür brannte eine einsame Laterne, um dem spät heimkehrenden Diakon zu leuchten. Erxleben fuhr mit seinem Einspänner auf den Hof. Valentin, inzwischen der Hauswart der Pfarrei, kam angelaufen und übernahm das Fuhrwerk. Erxleben, noch im Talar mit Beffchen, wirkte erschöpft, als er vom Kutschbock stieg. Er schaute zum Haus. In der Stube brannte Licht.

Um den Tisch saßen Dora mit dem Säugling, die Mutter mit dem kleinen Friedrich sowie Magda, Sophie, Eleonore, Anna und das Hannchen. Die Suppe in der Terrine dampfte. Alle blickten zur Tür, als Erxleben eintrat und leise »Guten Abend« sagte.

Die Kinder antworteten im Chor: »Guten Abend, Herr Vater!«

Erxleben setzte sich auf den leeren Stuhl am Kopfende. Wortlos gab Anna Leporin jedem eine Kelle Suppe auf den

Teller, während Erxleben zu Dora, die neben ihm saß, sagte: »Habe eben der alten Müllerin die Augen geschlossen.«

Dora war einen Moment still. Ihre Mutter bekreuzigte sich. Dann sagte Dora: »Sie war zu schwach. Gott sei ihrer Seele gnädig.«

Alle schauten auf Erxleben, der sich umsah und dann auf das Hannchen zeigte.

»Hannchen. Zum Abendmahl ...«

Alle falteten die Hände, und Hannchen begann: »Zum Abendmahl sind wir bereit, nimm Platz an unsrem Tische heut ...«

Hannchen wusste mit einem Mal nicht weiter.

Sie schaute ängstlich zu Dora. Die bewegte die Lippen, und das Hannchen sprach erleichtert weiter: »... Herr, gib uns Deinen Segen ...«

Im Pfarrhof hatte sich eine dunkle Gestalt aus dem Schatten gelöst, war zum Haus geschlichen und lief nun auf das erleuchtete Fenster zu.

In der Stube beendete Hannchen das Gebet.

»... auf allen Deinen Wegen.«

Alle sagten »Amen!« und wünschten sich »Gesegnete Mahlzeit!«

Da zerbarst die Fensterscheibe mit lautem Klirren, und ein Stein landete direkt auf dem Tisch! Dora und die Kinder sprangen sofort auf, während Erxleben zum kaputten Fenster eilte. Von draußen hörte man vereinzelte, aggressive Rufe: »Hexe! Mörderin! Brennen soll sie!«

Erxleben verließ die Stube. Dora drückte ihrer Mutter wortlos den Säugling in die Arme und folgte ihrem Mann.

Auf dem Hof des Pfarrhauses hatte sich inzwischen eine Menschenmenge versammelt. Katrin war darunter, ihr Mann, der dicke Müller, zwei der ältesten Söhne, zwei Knechte, Doktor Bollmann und Doktor Ellrich. Und neugieriges Volk hatte sich eingefunden, wie immer, wenn es etwas zu gaffen gab. Einige hielten Fackeln in den Händen, andere Mistgabeln. Der brave Valentin hatte sich mit einer Axt den Knechten gegenüber aufgebaut. Der Hund riss knurrend an der Kette.

»Komm raus, du verfluchtes Weibsstück! Meine Schwiegermutter hast du auf dem Gewissen!«, schrie Katrin wie hysterisch. Und der Müller drohte: »Gottverfluchte Hexe! Wir werden ihr das Handwerk schon legen!«

Als Erxleben auf der Außentreppe erschien, herrschte plötzliches Schweigen, und er sagte ruhig: »Was habt ihr hier herumzublöken wie Schafe, zu nachtschlafender Zeit?«

Der Müller schob sich nach vorn. »Soeben komme ich aus Halberstadt und finde meine Mutter tot!«

Erxleben sah ihn an. »Das weiß ich wohl, Müller. Mein Beileid auch. Ich selber habe Eure Mutter in Gottes Hand entlassen.«

Katrin ging auf den Diakon zu. »Aber warum ist sie tot? Das habt Ihr Euch nicht gefragt, Herr Diakon!«

Von hinten erschien Dora auf der Treppe. Katrin zeigte wie besessen mit dem Finger auf sie und begann zu kreischen: »Eure Frau hat sie umgebracht!«

Bollmann versuchte einen möglichst gelassenen Eindruck zu machen und trat neben Katrin. »Als Mediziner weiß ich, dass sie ihre Kompetenz überschritten hat. Sie hat sich als Doktor ausgegeben und die bedauernswerte Müllerin durch eine falsche Gabe vergiftet!«

Dora lief an ihrem Mann vorbei nach unten. »Was behauptet Ihr da? Seid Ihr noch bei Verstand?«

Bollmann antwortete überheblich, wie es seine Art war: »Ich weiß, was ich weiß. Und ich habe Zeugen. Diesmal werdet Ihr für Euren Frevel büßen, da sei Gott vor.«

Dora ging ein paar Schritte auf ihren Widersacher zu. »Lasst Gott aus den Spiel, Doktor Bollmann. Denn wenn

Ihr ein guter Christ wärt, könntet Ihr nicht an solch einem perfiden Schauspiel teilhaben.«

Katrin wandte sich an die Menge: »Der Doktor hat noch versucht, sie zu retten, aber es war zu spät. Die hat sie umgebracht!«

Sie zeigte wieder auf Dora. Ein Knecht wollte sich einmischen, aber Valentin versperrte ihm den Weg. Katrin schrie weiter: »Mit ihrer falschen Medizin! Eine Ärztin will sie sein. Die Kurpfuscherin! Eine Hexe ist sie!«

Dora war nah auf Katrin zugekommen und versuchte ruhig zu bleiben. Sie sagte scharf: »Katrin! Hüte deine Zunge!« Dann sprach sie leiser weiter: »Dass du dumm und dreist bist, habe ich immer gewusst, allein dass du so teuflisch bist …«

Katrin stürmte wutentbrannt auf Dora zu und spuckte ihr ins Gesicht. Im nächsten Moment aber hatte Dora Katrin ins Gesicht geschlagen.

Die Frauen fingen an zu kämpfen, verkrallten sich ineinander. Erxleben versuchte sie zu trennen. Valentin schob wortlos den Müller zurück in die Menge. Der Diakon rief: »Frau, haltet ein! Seid wenigstens ihr vernünftig!«

Da betrat der neue, zackige Stiftshauptmann von Schellersheim mit zwei Wachsoldaten den Hof und rief: »Auseinander! Aber sofort!«

Die Frauen trennten sich schwer atmend, mit zornigen Blicken. Die Soldaten schoben unterdessen die Schaulustigen in Richtung Hoftor.

»Los, los! Raus, aber flugs!«

Unter Protest verließen die Menschen den Hof. Wie gern hätten sie noch weiter dieses Schauspiel verfolgt.

Der Hauptmann hatte Katrin am Arm gepackt und fauchte: »Sie kommt mit mir, Müllerin. Das wird ein Nachspiel haben.«

Katrin versuchte sich loszumachen und protestierte: »Lasst

mich aus! Die da hat meine Schwiegermutter getötet! Die falsche Ärztin!«

Der Hauptmann ließ sich nicht beirren. »Das kann sie auf der Wache zu Protokoll geben.«

Bollmann kam heran und zog devot seinen Hut. »Halten zu Gnaden, auch unsereiner möchte eine Aussage machen, Hauptmann von Schellersheim.«

Der Offizier schien überfordert zu sein. »Nun denn, Herr Doktor, dann soll ›unsereiner‹ meinetwegen auch eine Aussage machen.«

Katrin drehte sich noch einmal zu Dora um. »Wir sehen uns wieder … Diakonin!«

Von oben kam Anna Leporin die Treppe herunter und ging zu ihrer Tochter, die neben Erxleben stand. Auf der Galerie der Außentreppe lauschten die Mädchen Magda, Eleonore und Sophie.

Dora sah ihren Mann nachdenklich an. »Schon als ich die alte Müllerin aufsuchte, war mir, als wollte sie mir etwas mitteilen, aber getraute sich nicht.«

Anna Leporin war nicht überrascht. »Eine Kabale. Von dem verkommenen Bollmann eingefädelt, diesem niederträchtigen, gottverdammten Hundsfott!«

Erxleben wies erregt seine Schwiegermutter zurecht: »Leporinin!«

Die Mädchen oben an der Balustrade hielten sich die Hand vor den Mund, um nicht laut zu kichern.

Erxleben wechselte rasch das Thema. »Wie dem auch sei. Dora ist in Gefahr.«

Dora war überrascht. »Ihr meint, die werden eine Klage vorbringen?«

Erxleben nahm seine Frau an den Schultern und erklärte ihr: »Die können nicht zurück, nach dem Skandal von eben. Ich schlage vor, dass Ihr erst einmal fortreist, auf ein paar Tage, bis der Rauch verzogen ist.«

Dora machte sich entrüstet los. »Ich werde mich vor denen doch nicht verstecken!«

Meier Jakobsohn half Dora auf den Kutschbock seines vollbeladenen Fuhrwerks, auf dem Holzkäfige mit Hühnern und Enten zu sehen waren. Valentin überprüfte in gewohnter Manier das Geschirr des Pferdes. Erxleben kam heran und reichte Dora den Säugling. Sie war offensichtlich nicht erfreut über die abrupte Abreise. Die halbe Nacht hatte sie mit ihrem Mann über diese Flucht gestritten, die sie als unwürdig empfand. Schließlich aber hatte sie sich schweren Herzens überreden lassen. Jetzt, hier im Hof, machte sie einen letzten Versuch, die Abreise zu verhindern, aber Erxleben bestand darauf.

»Ich bitte Euch, es ist für längstens vier Wochen. Ist es nicht eine Fügung des Schicksals, dass Herr Jakobsohn auf Wolfenbüttel fährt? Dort nehmt Ihr die Post auf Berlin. Euer Bruder Hans wird sich freuen, Euch wiederzusehen. Ich werde ihm heute noch eine Depesche senden.«

Dora nickte gequält.

Jakobsohn mischte sich ein: »Der Diakon hat recht. Hier kann Euch nur Ungemach widerfahren. Es steht geschrieben: Die Dümmsten sind die Schlimmsten.«

Dora musste lächeln.

Jakobsohn sprach weiter. »Denkt an den kleinen Christian hier. Der braucht eine Mutter, die ein frohes, freies Herz hat.«

Dora unterbrach ihn freundlich: »Mon Dieu, Eure Weisheiten, Herr Jakobsohn!«

»Moment, Diakonin. Das sind Eure Worte. Das habt Ihr zu meiner Frau gesagt, damals, als unsere Lea zur Welt kam.«

Dora verzog den Mund. »Auf denn. Oder sollen wir hier festwachsen?«

Jakobsohn grinste, schnalzte mit der Zunge, der Gaul setzte sich in Bewegung. Dora winkte Erxleben kurz zu, der etwas hölzern zurückwinkte und dann rief: »Der Herr segne Eure Wege …«

Valentin stand am Tor und grüßte zum Abschied. Er hatte die Mütze abgenommen. Der alte Hahn war als Letzter erwacht, kam aus dem Stall gelaufen und krähte.

Das Fuhrwerk mit Jakobsohn, Dora und dem Säugling rumpelte durch eine menschenleere Straße. Die Turmuhr schlug fünf. Dann ging das Kopfsteinpflaster in einen Sandweg über, und die letzen Häuser der Stadt waren zu sehen. Jakobsohn ließ das Pferd anziehen. Dora schloss die Augen und atmete die frische Morgenluft ein. Dabei sagte sie: »Fahrt Ihr bis auf Wolfenbüttel, um Federvieh zu verkaufen?«

Jakobsohn schüttelte den Kopf. »Nein, das Geflügel verkaufe ich in Halberstadt, so Gott will.«

Dora schaute Jakobsohn ernst an. »Monsieur Jakobsohn! Ihr fahrt doch nicht etwa allein meinetwegen bis Wolfenbüttel?«

Jakobsohn lächelte. »Und wenn ja? Was ist daran verwerflich? Habt nicht Ihr und Euer Vater selig Euch stets gesorgt um die Familie Jakobsohn. Seid gekommen bei Tag und bei Nacht?«

Dora erwiderte: »Ihr habt uns entlohnt dafür.«

»Nebbich. Wie oft hatte ich nicht zahlen gekonnt? Es steht geschrieben: Gutes Tun ist die edelste Begleichung einer Schuld.«

Dora insistierte. »Lasst mich wenigstens zahlen für die Reise.«

Jakobsohn lenkte ab. »Hab ich Euch schon erzählt, was meinem Oheim Mendel Baruch aus Dessau einmal widerfahren ist?«

Dora lächelte. »Ihr wechselt das Thema.«

Jakobsohn fuhr unbeirrt fort: »Mendel Baruch ist eines Tages auf Berlin gefahren …«

In diesem Moment preschten zwei berittene Soldaten von der Seite auf das Fuhrwerk zu, und zwei kamen von hinten angaloppiert.

Jakobsohn hielt das Fuhrwerk an. »Brrr …«

Der erste Soldat stellte sich mit seinem Pferd und mit gezogenem Säbel quer, die anderen umringten den Wagen.

Der Soldat rief: »Halt! Im Namen Ihro Majestät, Ihr seid arrestiert!«

Dora war aufgebracht. »Was soll das, Soldat? Ich bin die Diakonin!«

Der Soldat reagierte süffisant. »Ihr seid mir wohlbekannt, Madame, ich folge lediglich meinem Befehl, mit Verlaub!« Und zu Jakobsohn noch ein wenig schärfer: »Wende er das Fuhrwerk, Jude, aber auf der Stelle!«

Während Jakobsohn versuchte, das Fuhrwerk zu wenden, rief Dora: »Befleißige er sich eines anständigen Tons, so wie es sich für einen preußischen Soldaten geziemt! Der Jude ist für ihn der Herr Jakobsohn.«

Jakobsohn flüsterte ängstlich: »Lasst es gut sein, Diakonin, ich kenne das Geschäft besser.«

»Was hat er zu flüstern, Jude?«, rief der Soldat.

Prompt sagte Jakobsohn: »Nichts, Herr Soldat.«

Dora war außer sich. »Ich werde mich an höherer Stelle zu beschweren wissen über ihn. Sein Benehmen ist nicht im Sinne Seiner Majestät.«

Der Soldat sagte hämisch: »Eure Verfehlungen ebenfalls nicht, Diakonin, mit Verlaub.« Damit ritt er davon.

Das Fuhrwerk stand vor dem düsteren Gebäude der Stadtkommandantur. Dora war vor wenigen Minuten wie eine Schwerverbrecherin gemeinsam mit Jakobsohn unter strenger Bewachung ins Haus geführt worden. Ein Trupp Soldaten marschierte im Gleichschritt aus dem Portal.

»Ich bedaure, Diakonin, aber man führt zweimal Klage gegen Euch …«

Hauptmann von Schellersheim saß hinter seinem opulenten Schreibtisch. Vor ihm stand Dora mit dem Säugling auf dem Arm, neben ihr Jakobsohn. Links und rechts waren sie von Wachsoldaten flankiert.

»Was soll das heißen, Herr Hauptmann?«, wollte Dora wissen.

Jetzt begann auch noch der Säugling zu schreien.

Der Hauptmann versuchte ruhig zu bleiben. »Nun, primo eine Klage der Katrin Müllerin wegen Tötung und secundo eine Klage der Doktors Bollmann und Ellrich wegen medizinischer Pfuscherei.«

Sie schaute auf Jakobsohn, der eingeknickt neben ihr stand, und sagte: »Eine Infamie! Allein, was hat das mit Herrn Jakobsohn zu tun, der sich freundschaftlich bereit erklärte, mich ein Stück des Wegs mitzunehmen?«

Hauptmann von Schellersheim wurde unsicher. »Der Mann ist ein Jude, mit Verlaub.«

»Ist Jude zu sein eine Missetat per se, Herr Hauptmann?«, fragte Dora mit schneidender Stimme.

Das Schreien des Kindes machte Schellersheim sichtlich nervös. Er sprach einen Soldaten an: »Wache! Der Jude wird freigesetzt!«

Jakobsohn nickte ihm und Dora dankbar zu und ging mit dem Soldaten ab.

Der Hauptmann wandte sich wieder an Dora. »Euch muss ich einstweilen festsetzen, Erxlebin. Je suis désolé. Wir müssen die Ankunft des Bezirksrichters aus Aschersleben abwarten.«

Dora zeigte auf das Kind. »Und er? Der kleine Christian? Wird der auch festgesetzt?«

Der Hauptmann blaffte den zweiten Soldaten an: »Wache! Man möge das Kind abholen, aber plötzlich!«

Es war Nacht geworden. Doras Kerkerzelle lag fast völlig im Dunkeln. Sie kauerte mit angezogenen Knien auf einem Strohsack. Neben ihr war eine kräftige Kette an der Wand befestigt, die lose herunterhing. Vor ihr standen unberührt ein Blechnapf mit Suppe und daneben ein Kanten Brot. Durch eine kleine vergitterte Öffnung war der Widerschein von Fackeln an den feuchten Mauern zu erkennen.

Vor dem Gefängnis grölte die sensationslüsterne Menge. Ab und zu waren Rufe wie: »Brennt sie, die Hexe!« zu hören.

So schnell kann es gehen, dachte Dora. Noch vor ein paar Stunden war sie eine honorige Persönlichkeit der Stadt gewesen, die Frau des allseits geschätzten Diakons. Ihr bisheriges Leben hatte sie den Menschen und ihrer Gesundheit gewidmet, war Tag und Nacht zu den Kranken und Siechen ans Bett geeilt. Und der Vater? Hatte sich der Stadtphysikus nicht aufgerieben und einen viel zu frühen Tod gefunden, im Kampf für die Gesundheit seiner Patienten. Und nun standen sie draußen vor diesen dicken Mauern, die wackeren Quedlinburger, und grölten und forderten Doras Tod. Lupus homo homini est, kam ihr in den Sinn, der Mensch ist dem Menschen ein Wolf, wie es ein römischer Denker einst so richtig erkannt hatte.

Sie schrak auf. Durch die Gitterstäbe an der Kerkertür sah sie Erxlebens besorgtes Gesicht. Sie erhob sich und ging auf ihn zu. Sie sprachen kein Wort, als sich ihre Fingerspitzen berührten.

Dora lächelte ihn dankbar an. »Schön, dass Ihr gekommen seid. Wie geht es den Kindern?«

»Alles in bester Ordnung. Aber ich mache mir größte Sorgen um Euch, Dorothea.«

»Beruhigt Euch, Erxleben, wenn der Richter ein vernünftiger Mann ist, so wird er mich gehen lassen. Diese kläffende Meute hat keinerlei Beweise gegen mich.«

Erxleben sagte mit sorgenvoller Miene: »Sie werden falsches Zeugnis geben. Es ist eine Falle, eine Hinterlist. Sie haben sich munitioniert, davon könnt Ihr ausgehen.«

Dora versuchte ihren Mann zu beruhigen und durch die Gitter sein Gesicht zu berühren. »Ich bin auf alles vorbereitet. Ich werde für meine Ehre kämpfen.«

Erxleben küsste ihre Fingerspitzen und sagte anschließend: »Der Herr in seiner göttlichen Gerechtigkeit wird Euch beistehen.«

Von draußen hörte man das gemeine Volk, das sich offensichtlich nicht beruhigen wollte.

Vor dem Gefängnis hatte der Pöbel inzwischen einen Scheiterhaufen errichtet, mit einem Pfahl in der Mitte, an den eine Strohpuppe gebunden war. Als der Diakon vor die Tür des Gefängnisses trat, wurde unter dem Jubel der Volksmenge der Scheiterhaufen entzündet. Fassungslos schaute Erxleben ins Licht des Feuers. Er wollte rasch verschwinden, aber ein offensichtlich angetrunkener Mensch trat dicht hinter ihn und pöbelte: »Schämt Euch! Mit einer Hexe ist er zusammen!«

Eine Frau kam hinzu, sie hielt eine Fackel, zupfte ihn am Ärmel und lachte ihm frech ins Gesicht. »Seht nur her, Herr Diakon, so wird sie brennen, Eure Eheliebste!«

Der Diakon drängte sich durch die Menschen, die unwillig Platz machten. Von den Müllers aufgestachelt, kamen sie Erxleben mit Fackeln und Mistgabeln bedrohlich nahe.

Doch plötzlich ließen sie von ihm ab, denn eine zweispännige, schwarze Kutsche fuhr mit hohem Tempo auf sie zu. Die Leute rannten zur Seite. Der Kutscher sprang vom Bock, klappte den Fußtritt herunter und öffnete die Tür. Heraus trat der Bezirksrichter Cornelius Freiberg aus Aschersleben, zupfte seinen Rock zurecht, setzte seinen Dreispitz auf und lief schnurstracks in Richtung Stadtkommandantur, gefolgt von einem jungen Assessor, der seine Tasche trug und hinter ihm hertrottete. Die beiden bahnten sich ihren Weg durch die Menge, die sie kaum zur Kenntnis nahmen.

Es war bereits lang nach Mitternacht, als Erxleben immer noch mit seiner Schwiegermutter und den beiden ältesten Mädchen schweigend am Tisch saß. Der Säugling, den Anna Leporin im Arm hielt, ließ sich nicht beruhigen. Er schrie, als wüsste er vom Schicksal seiner bedauernswerten Mutter, die zur selben Stunde im Kerker saß. Irgendwann erhob sich Magda und nahm der Alten das Kind aus den Händen. Sie trug es im Zimmer hin und her und versuchte, es mit leisen Worten zu beruhigen.

»Weil es eine göttliche Gerechtigkeit gibt«, so ließ sich Erxleben plötzlich vernehmen, als wollte er sich selbst Mut machen, »wird unserer Dora nichts Böses geschehen. Davon bin ich in höchstem Maße überzeugt.«

»Wenn es eine göttliche Gerechtigkeit gäbe«, widersprach ihm Anna Leporin, »dann säße das Dorchen nicht in der kalten Zelle, sondern wäre hier bei uns!«

Erxleben schwieg. Gegen solch ein schlagkräftiges Argument war er nicht gewappnet.

Sophie meldete sich zögerlich zu Wort. »Was kann der Mutter denn geschehen? Ich meine, wenn …«

Der Dekan war aufgebracht. »Sophie, an so etwas darfst du nicht einmal denken. Es wird alles gut werden. Wir müssen alle fest daran glauben, verstehst du?«

Sophie nickte. Der Säugling hatte zu schreien aufgehört.

Als die Uhr eins schlug, erhob sich Erxleben und sagte: »Lasset uns zu Bett gehen. Gesegnete Nachtruhe.« Er legte Sophie kurz die Hand auf den Scheitel und verließ das Zimmer.

Erxleben war nicht zu Bett gegangen, sondern in seine Kirche.

Der Diakon schritt langsam auf den Altar zu, sah wehmütig zu dem leeren Platz in der ersten Reihe, dann sank er auf die Knie, faltete die Hände und sprach: »Herr, behüte Deine Tochter Dora. Gib ihr Kraft, ihren Feinden zu widerstehen. In Deiner Hand liegt nun ihr Schicksal ...«

Dann konnte er nicht mehr weitersprechen und brach in heftiges Weinen aus. Er krümmte sich wie unter Schmerzen und ließ sich zu Boden gleiten. Immer wieder schlug er mit der geballten Faust auf den Steinboden, als wollte er Gott aufwecken.

Im Seitenflügel der Kommandantur befand sich in den Kellergewölben der Kerkertrakt, der als Gefängnis diente. Im Erdgeschoss darüber der düstere Gerichtssaal, ein langgezogener, niedriger, rechtwinkliger Raum, der einst in der Zeit Friedrichs I. als Dormitorium einer Kadettenanstalt gedient hatte. Die schmalen Fenster mit den schmutzigen, gelblichen Butzenscheiben ließen wenig Tageslicht herein. Das war Absicht, denn der Saal sollte die Menschen bedrücken, sollte sie klein und demütig machen. Etwa zwanzig Bänke standen nebeneinander, so dass sie in der Mitte einen Gang bildeten. Rechts und links neben der Eingangstür befanden sich hölzerne Barrieren, dahinter waren Stehplätze vorgesehen. Aber auch die reichten nicht aus, so groß war der Andrang an diesem Morgen. Ein jeder im Ort wollte Zeuge dieses sensationellen Prozesses werden, aber beileibe nicht jeder war auf der Seite der Kläger. Es gab eine erkleckliche Anzahl aufrechter Bürger, die erschienen waren, um Dora beizustehen. Darunter erkannte man Magister Werremeier, den ehemaligen Bürgermeister, Advokat Klopstock und weitere zahlreiche treue Patienten des verstorbenen Doktors.

Vorn, direkt dem Pult des Richters gegenüber, saßen die

Kläger Katrin und Lorenz Müller sowie die Ärzte Bollmann und Ellrich. Der Gerichtsdiener legte die Dokumentenmappe, die ihm Hauptmann von Schellersheim übergeben hatte, auf das Richterpult. Auf einer der vorderen Bänke saßen Erxleben, seine älteste Tochter Magda und der Knecht Valentin, daneben stolz und aufrecht Anna Leporin und die treue Magd Liesel.

Im Saal war die Stimmung aufgeheizt, und ein Raunen ging durch die Menge, als Dora in Handketten den Raum durch eine kleine Tür betrat und sich auf die »Armesünderbank« setzte. Hinter ihr ging ein Wachsoldat martialisch in Stellung. Dora warf einen aufmunternden Blick zu ihrer Familie. Dann erhoben sich alle, als der Gerichtsdiener rief: »Ihro Majestät Bezirksrichter Magister iuris Cornelius Freiberg!«

Damit betrat Richter Freiberg den Saal, gefolgt von seinem Assessor.

Der Richter ging gebeugt von der Last der Jahre und seines undankbaren Amtes durch die Reihen, mit starrem Blick geradeaus auf sein Pult zu. Er setzte sich hinter das Pult und hieß mit einer beiläufigen Geste das Publikum Platz nehmen. Der Assessor setzte sich unterdessen an einen kleinen Tisch in der Ecke, von wo er Protokoll zu führen hatte. Es wurde still im Saal. Freiberg würdigte die Angeklagte keines Blicks, sondern blätterte in den Dokumenten, wobei er sich zum Lesen eines Lorgnons bediente. Dora sah ihn sich genau an. Der Richter war ein kranker Mann um die sechzig, mit Säufernase, tiefen Tränensäcken und einer gelblichen Gesichtsfarbe. Ein offensichtlich trauriger, desillusionierter Mensch, so schien es ihr, der es mit der Leber hatte. Er trug eine schmutzige Allongeperücke, Beleg dafür, dass er offensichtlich wenig Wert auf das Äußere legte und entweder Witwer oder unverheiratet war.

Richter Freiberg las noch ein paar quälend lange Minuten

in seinen Unterlagen, als er mit einem Mal kurz und emotionslos zu Dora hinübersah, um dann mit schnarrender Stimme die Anklage zu verlesen: »Im Namen Ihro Majestät des Königs sind wir hier versammelt, um zu befinden, ob die hier anwesende Dorothea Erxleben, geborene Leporin, schuldhaft den Tod der alten Therese Müllerin, geborene Schwingel, verursacht und sich somit einer absichtlichen Tötung schuldig gemacht hat ...«

Katrin sprang auf, zeigte theatralisch zu Dora und schrie: »Seht sie an! Eine Mörderin ist sie!«

Ein Raunen ging durch den Saal. Der Richter klopfte mit seinem Hammer auf das Pult.

»Ruhe! Mäßigt Euch!« Dann las er weiter aus der Anklageschrift: »Und ob sie sich einer weiteren Tat schuldig gemacht hat, so sie sich als Ärztin ausgab und ärztliche Arbeiten verrichtete.«

Nun polterte Bollmann dazwischen. »Seit Jahren macht sie das!«

Richter Freiberg stützte sich demonstrativ auf das Pult und sah den Doktor mit blitzenden Augen an. »Silentium! Oder ich lasse Euch entfernen!«

Sofort trat wieder Stille ein. Bollmann setzte sich wie ein zurechtgewiesener Pennäler zurück auf die Bank.

Der Richter sah Katrin nicht an, als er ihr das Wort erteilte. »Tretet vor, Müllerin, und sagt, was Ihr zu sagen habt.«

Katrin trat vor das Richterpult, hielt demonstrativ ein Taschentuch in den Händen, als sie leise begann: »Die Erxlebin hat meiner geliebten Schwiegermutter absichtlich eine zu starke Arznei verabreicht, die sie zu Tode brachte.«

Dora wollte protestieren, aber der Richter wies sie mit einem scharfem Blick zurecht. Er wandte sich erneut der Klägerin zu. »Welchen Grund sollte die Angeklagte haben, Eurer Schwiegermutter Schaden zuzufügen?«

»Sie experimentiert mit dem Leben anderer. Auch ich bin

eines ihrer frühen Opfer.« Sie zeigte auf ihr Bein. »Dafür und dass sie sich stets als Ärztin ausgibt, muss sie bestraft werden.«

Der Müller rief dazwischen: »Jawohl! Ein für allemal!«

Richter Freiberg wurde ungehalten. »Haltet Euch zurück!« Dann wandte er sich wieder Katrin zu. »Zu Euch, Müllerin. Was war das für eine Arznei?«

»Benediktenkraut war's, Herr Richter. Fünfzig Gramm sollte sie bekommen, auf einen halben Liter …«

Jetzt hielt es Bollmann nicht länger. »Fünfzig Gramm! Herr im Himmel!«

Dora sprang auf! »Das ist nicht wahr! Von fünf Gramm war stets die Rede!«

Wieder klopfte der Richter mit dem Hammer auf das Pult. »Setzt Euch, Angeklagte!«

Dann wandte er sich wieder der Zeugin zu. »Habt Ihr den Tee zubereitet, Müllerin?«

Katrin senkte den Kopf. »Die Hedwig war's, die Magd.«

Dora rief dazwischen: »Man höre die Magd, Herr Richter.«

Mit einer lästigen Handbewegung brachte er Dora zum Schweigen und sah Katrin an. »Ergo?«

»Die Magd, die arme Frau ist ein wenig … wie soll ich es nennen … verwirrt, Herr Richter.«

Dora rief: »Bitte, hört Euch die Magd an, Herr Richter.«

Der Richter schaute Dora böse an. »Schweigt!« Dann wandte er sich an Bollmann: »Doktor, was vermögen fünfzig Gramm Benediktenkraut zu bewirken?«

Bollmann erhob sich. Er genoss offensichtlich seinen Auftritt.

»Nun, das Benediktenkraut, Cnicus benedictus, auch Bitterdistel genannt, ist ein treffliches Mittel gegen die Appetitlosigkeit und die Verdauungsbeschwerden. Allein, es bewirkt in zu hoher Dosierung zuerst starkes Unwohlsein, und dann kotzt man und kotzt und kotzt sich schließlich die Eingeweide aus dem Leib! Mit Verlaub, Herr Richter.«

Katrin sagte mit gespielter Trauer: »Genau so war's bei meiner armen Schwiegermutter.«

Der Richter gab dem Gerichtsdiener einen Wink und sagte: »Man rufe die Magd!«

Katrins Raubvogelaugen wurden schmal. Der Gerichtsdiener lief nach hinten zu den Stehplätzen, wo sich Hedwig befand. Die Leute hielten den Atem an, als die Magd durch die Reihen nach vorn kam. Sie versuchte jeden Blickkontakt mit Dora zu vermeiden, als sie schließlich vor dem Richter stand. Ihre Wangen waren glühend rot vor Aufregung, ihr beachtlicher Busen hob und senkte sich, so stark atmete sie. Der Richter sah sie an und fragte: »Sie ist also die Magd, Hedwig geheißen.«

Die Magd nickte. »Ja, Herr Richter. Jungfer Hedwig Lönnecke, mit Verlaub.«

»Wie lang ist sie in Diensten der Müller?«

»Es geht ins dreißigste Jahr, Herr Richter.«

Richter Freiberg beugte sich vor. »War sie zugegen, als die Erxlebin die Arznei aufgab?«

Hedwig nickte.

»So erinnert sie sich wohl?«

Hedwig fühlte sich sichtbar elend. Sie sah kurz zu Dora, zu den Müllers, zu Bollmann, dann sagte sie leise: »Benediktenkraut war's.«

Der Richter wurde ungeduldig. »Das wissen wir! Wie viel Gramm davon sollte sie auf den halben Liter tun?«

Hedwig sagte leise: »Es waren fünfzig Gramm!«

Ein Aufschrei ging durch die Menge. Und Genugtuung machte sich bei den Klägern breit.

Dora rief: »Hedwig! Wie kann sie so etwas Infames behaupten?« Sie flehte den Richter an: »Lasst sie auf das Kreuz schwören, sie ist eine gute Christin, ich bitte Euch, Herr Richter!«

Der Richter schaute Hedwig lange schweigend an. Dann sagte er langsam und eindringlich: »Jungfer Hedwig, hör sie mir gut zu. Das ist eine schwerwiegende Beschuldigung, die sie hier vorbringt. Die kann die Erxlebin den Kopf kosten …«

Hedwig jammerte. »Mit meinem Gehör steht es nicht zum Besten, Herr Richter.«

Der Richter rümpfte die Nase wie ein alter Jagdhund. »Und wie steht es mit ihren Augen?«

»Die sind noch recht gut«, sagte die Magd.

»Dann sieht sie ja hier das Kreuz«, sagte er süffisant, während er auf das Kruzifix zeigte, das sich hinter ihm an der Wand befand, »schwöre sie beim Leben unseres Herrn Jesu, dass es fünfzig Gramm waren, die ihr die Erxlebin aufgegeben hat!«

Hedwig brach daraufhin in Tränen aus und sagte mit erstickter Stimme: »Fünf Gramm waren es, bei meiner Seele …« Dann zeigte sie mit dem Finger wie wild auf Katrin. »Sie hat mich verhext, die Müllerin!«

Tumultartige Unruhe war aus dem Publikum zu vernehmen. Menschen waren aufgesprungen, es wurde heiß debattiert und geschrien. Der Richter hieb immer wieder mit dem Hammer auf den Tisch und rief: »Ruhe! Sonst lasse ich den Saal räumen!«

Jetzt aber legte die Magd nach, denn sie hatte sowieso nichts mehr zu verlieren, das wusste sie genau.

»Herr Richter, Ihr müsst mir glauben, der alten Müllerin haben sie arg mitgespielt. Sie musste in der kalten Kammer darben.«

Der Müller rief dazwischen: »Sie lügt! In der Schlafstube lag sie!«

Die Magd schüttelte den Kopf. »Nein. Bevor die Erxlebin

eintraf, wurde sie rasch in die warme Stube gebracht, aber sie war schon zu elend.«

Katrin kam zum Pult gelaufen und beschwor den Richter: »Sie spricht wirr!«

Der Richter war aufgesprungen und sagte scharf: »Silentium!«

Das Publikum wurde ruhig. Der Richter nahm wieder Platz und rückte die Perücke zurecht, die sich verschoben hatte. Dann sprach er leise: »Hat sie eine Vermutung, woran die alte Müllerin starb, Jungfer Hedwig?«

Hedwig zögerte. Sie schaute zu Dora, dann zu Katrin. »Ich gab fünf Gramm Benediktenkraut ins Wasser, wie es mir von der Diakonin aufgegeben wurde – mögen andere noch etwas dazugetan haben, das weiß ich nicht …«

Der Richter schaute entsprechend böse zu Katrin, als Hedwig fortfuhr: »… aber gestorben ist sie an gebrochenem Herzen. Das ist gewiss.«

Richter Freiberg ließ den Hammer auf den Tisch schlagen und sagte zu Dora: »Die Anklage wegen der Tötung ist vom Tisch!«

Vereinzelt kamen Zustimmung und Applaus aus dem Publikum, aber auch Pfiffe.

Katrin versuchte ihre Enttäuschung zu überspielen und sagte forsch: »Ich möchte eine weitere Aussage machen, Herr Richter.«

»Nun denn. Sprecht also, Müllerin!«

Katrin kam nah an das Pult heran. »Es ist mir zu Ohren gekommen«, sagte sie dann, »dass die Erxlebin ihr Wissen um die Heilpflanzen nutzt, den Damen des Stiftes bei Aborten zu helfen!«

Wieder entwickelten sich tumultartige Szenen, während Katrin das Gemurmel überschrie: »Jawohl! Man muss nur im Stiftsgarten graben, um auf die Beweise zu stoßen!«

Dora wollte sich losreißen, aber der Wachsoldat hielt sie

zurück. Sie schrie verzweifelt: »Wie lange darf sie weiter so Abscheuliches behaupten? Warum stopft ihr keiner ihr schändliches Maul!«

Da kam von hinten eine kräftige Stimme.

»Man hole Schaufeln!«

Die Äbtissin des Damenstifts zu Quedlinburg hatte sich aus der letzten Reihe erhoben und schritt nun durch die Menge, die ehrfürchtig Platz machte. Der Richter sah einen Moment dem befremdlichen Treiben zu, dann hatte er wieder die Kontrolle über den Prozess und rief: »Wer seid Ihr? Wie kommt Ihr dazu, den Gerichtsfrieden zu stören?«

Die Äbtissin baute sich vor dem Richtertisch auf. »Wir sind Maria-Elisabeth, Herzogin von Holstein-Gottorp, Äbtissin des hiesigen Damenstifts, mit Verlaub. Und mit wem haben wir die Ehre?«

Der Richter war aufgesprungen und verbeugte sich. »Bezirksrichter Cornelius Freiberg, mit Verlaub. Es ist mir eine Ehre, herzogliche Hoheit, Euer Gnaden!«

Und den Gerichtsdiener fauchte er ungeduldig an: »Kerl! Einen Stuhl für Ihro Hoheit, geschwind!«

Der Gerichtsdiener brachte rasch einen Stuhl, und die Herzogin nahm gravitätisch Platz, so dass sie das gesamte Auditorium überblicken konnte. Sie war sich ihrer Wirkung bewusst.

Dann sagte sie ruhig und bestimmend: »Nun, Monsieur le Juge, wir bestehen darauf, dass diese Frauensperson den Beweis antritt für ihre ungeheure Behauptung.« Sie zeigte auf Katrin und fuhr fort: »Man lasse sie graben, bis sie schwarz wird!«

Kein Mucks war zu hören.

Der Richter räusperte sich, nahm den Hammer und rief: »Damit ist auch diese Causa vom Tisch.«

Dora und die Äbtissin lächelten sich an.

Katrin ging zurück auf ihren Platz wie ein geprügelter

Hund. Aus dem Publikum kamen gehässige Bemerkungen. Dora beobachtete mit Interesse, wie dieselben Menschen, die noch vor kurzem ihren Tod gefordert hatten, ihr aufmunternd zulächelten.

Richter Freiberg blätterte in den Dokumenten und ließ sich dann wieder vernehmen: »Ergo, bleibt noch die Einlassung der Doktores Bollmann und Ellrich. Es wird zu klären sein, inwieweit die Erxlebin ihre Kompetenz als Pflegerin überschritt, indem sie ärztliche Arbeiten ausführte. Dies allerdings bedarf nicht nur einer fachlichen juristischen, sondern auch einer medizinischen Überprüfung.«

Die beiden Ärzte nickten.

Der Richter hob den Hammer und sagte: »Im Namen Ihro Majestät bestimme ich hiermit, dass der Dorothea Erxlebin bis zur ultimativen Klärung des Casus bei Strafe keinerlei Heiltätigkeit mehr auszuführen gestattet ist.«

Die Ärzte grinsten sich zu. Der Richter wollte den Hammerschlag ausführen, als die Äbtissin unterbrach.

»Veto, Herr Richter! In Madame Erxleben seht Ihr eine gottesfürchtige Frau. Sie ist ihren zwei eigenen Kindern und den fünf angenommenen eine Mutter comme il faut.

Sie hat im Schlesischen Krieg des Königs verletzte Soldaten aufopfernd gepflegt. Zu unserer besonderen Zufriedenheit betreut sie uns heilerisch. Sie wäre ein besserer Doktor als alle anwesenden Ärzte hier im Saal. En plus, sie ist responsable für unseren jardin médical und kennt sich wie niemand sonst in der Kunst der Heilpflanzen aus. Da gibt es nur ein Wort: Respekt!«

Der Richter sah sie mit einem hilflosen Blick an. »Wie ratet Ihr mir zu entscheiden, herzogliche Hoheit?«

Die Äbtissin erhob sich, schaute zu Dora, dann zu Erxleben und sagte ins Publikum: »Kurzum, wir stellen den Antrag, von einer Bestrafung Dorothea Erxlebens Abstand zu nehmen, wenn diese bereit ist, innerhalb von sechs Monaten ihre Dissertation einzureichen und sich der Examination zum medicus practicus zu stellen.«

Bollmann und Ellrich glotzten fassungslos zum Richter. Dora schaute ungläubig zu Erxleben. Der Richter kratzte sich unter der Perücke, zögerte noch einen Moment, dann sagte er: »So soll es denn geschehen. Das Gericht schließt sich dem Antrag Ihrer herzoglichen Hoheit an. Die Beschuldigte ist freizusetzen. Die Verhandlung ist beendet!«

Der Hammer fuhr zum letzten Mal auf den Tisch.

Applaus und Jubel brandeten auf, viele warfen ihre Mützen in die Luft. Erxleben stürmte zu seiner Frau und nahm sie in die Arme, während der Wachsoldat Mühe hatte, Dora von den Ketten zu befreien.

23.

Der Regen hatte die sandigen Wege aufgeweicht. Die beiden Diener trugen schwer an der Sänfte der Äbtissin. Hinzu kam das glitschige Herbstlaub, das einen sicheren Stand kaum zuließ. So waren sie froh, als die Äbtissin sie mit einem Wink zum Einhalten brachte. Denn der Diakon war auf die Sänfte zugelaufen und winkte mit einem Brief.

»Herzogliche Hoheit, haltet ein!«, rief er leicht außer Atem.

Die Diener setzten erleichtert die Sänfte ab.

Die Äbtissin schaute aus dem Fenster.

Erxleben verbeugte sich. »Einen gesegneten Tag, herzogliche Hoheit.«

»Monsieur le Diacon! Was liegt denn so eilig an?«, fragte die Äbtissin.

Erxleben entfaltete den Brief, ein stolzes Lächeln im Gesicht. »Hier. Ein Schreiben aus Halle. Soeben eingetroffen.«

Er machte eine feierliche Pause, bevor er zu berichten begann.

»Die Medizinische Fakultät der Universität Halle hat sich nach Intervention des Staatsministers und ausdrücklicher Order des Königs bereit erklärt, Dorotheas Dissertation in spätestens sechs Monaten anzunehmen und zu prüfen!«

Die Äbtissin strahlte. »Welch vorzügliche Nachricht. Nun denn also, frisch ans Werk.«

Sie bemerkte, dass Erxleben ernst geworden war. »Eure Freude hält sich in Grenzen, Diakon?«

Erxleben wusste nicht, wie er es sagen sollte, und wand sich. »Nun, Euer Gnaden, es ist … es kommt manchmal nicht so, wie es sich fügen sollte …«

Die Äbtissin runzelte die Stirn und sagte mit zusammengekniffenen Augen: »Hochwürden! Eure Frau ist doch nicht etwa wieder …?«

Erxleben errötete und nickte wie ein ertappter Schuljunge.

Dora hatte kurzerhand das Arbeitszimmer des Diakons okkupiert und sich im wahrsten Sinne des Wortes breitgemacht. Sie saß mit dickem Bauch an seinem Sekretär. Um sie herum stapelten sich etliche Fachbücher in unterschiedlichen Sprachen. Dora schrieb und schrieb, und die Feder kratzte über das Papier. Berta, die Magd, kam mit einem Teller Suppe. Dora freute sich über die Ablenkung. Außerdem hatte sie Hunger.

»Knochenbrühe«, sagte die Magd, »die tut Euch gut, Diakonin.«

Sie stellte die Suppe auf ein Tischchen neben dem Sekretär. In diesem Augenblick kam Magda mit vielen Seiten beschriebenem Papier. Berta verließ die Stube, nicht ohne darauf hinzuweisen, die Suppe nicht kalt werden zu lassen.

Dora schaute ihre Stieftochter fragend an. Magda war voll des Lobes.

»Ich finde, es liest sich vortrefflich und vor allem einleuchtend. Wenn auch die vielen lateinischen Worte mir fremd sind, aber grosso modo …«

Dora lächelte. Sie strich Magda übers Haar. »Danke. Meine Große …«

Magda legte ihrer Stiefmutter die Hand auf die Schulter. »Ich bin so stolz auf Euch.«

Dora antwortete gespielt verärgert: »Nun lass es aber gut sein!«

Anna Leporin betrat den Raum und sah sich fragend um. »Hast du deine Suppe gegessen?«

Dora erhob sich schwerfällig und ging zum Tisch. Anna schob Magda wortlos zur Tür. Ihr Dorchen brauchte Ruhe.

»Aaahhhh!«

Doras Schrei gellte über den Hof. Valentin, im Begriff einen Weidenkorb zu flicken, hielt hilflos inne. Der Hund verkroch sich in seine Hütte. Die alte Hebamme war durch das Tor gelaufen und hetzte in den Hof. Eleonore und Sophie kamen ihr kaum hinterher. Die Hebamme sah hinauf zum offenen Fenster und rief: »O Gott, o Gott ...«

Dora lag im Bett und wand sich vor Schmerzen. Sie schrie: »Herr im Himmel, so arg war's noch nie ...«

Anna Leporin tupfte ihrer Tochter die Stirn trocken, Hannchen und Annchen schleppten einen Bottich mit heißem Wasser in die Schlafstube, Berta brachte frische Tücher herbei, und Magda versuchte, bei den Wehen zu helfen. Lediglich Erxleben stand untätig und hilflos in der Ecke, wagte kaum einen Blick auf seine leidende Frau und betete. Die Hebamme, vor dem Bett kniend, kam unter Decken und Tüchern hervor und sagte: »Die Schulter, es kommt nicht durch, das dicke Kind, Jesusmaria!«

Dora warf den Kopf hin und her und rief: »Dann mach Sie einen Schnitt in Gottes Namen! Ich kann nicht mehr!«

Die Hebamme war dem Weinen nah. »Ihr wisst, dass ich dass nicht darf, Diakonin, so gern ich's täte.«

Anna Leporin legte das Tuch zur Seite und ging zur Tür, während sie sagte: »Ich werde nach einem Doktor schicken!«

Dora stützte sich mit Mühe auf die Ellbogen und rief ihrer Mutter hinterher: »Untersteht Euch! Ich will keinen von diesen Schurken hier sehen!«

Anna blieb in der Tür stehen und drehte sich zu ihrer

Tochter um. Sie sagte ohne Umschweife: »Dein Leben ist mir wichtiger als dein Stolz.«

Damit verließ sie die Kammer.

Dora schaute zu ihrem Mann. »Johannes, holt einen Spiegel! Aber geschwind.«

Erxleben zögerte einen Augenblick, dann ging er los.

Mit einem lauten Stöhnen ließ sich Dora auf ihre Kissen zurückfallen, die Wehen hatten wieder eingesetzt.

Die Hebamme fragte verunsichert: »Was habt Ihr vor?«

Dora versuchte sich wieder aufzusetzen. »Magda wird mich schneiden!«

»Allmächtiger! Ich? Niemals!« Magda schlug die Hände vors Gesicht.

Dora übernahm nun wieder das Kommando. »Willst du mich verrecken lassen? Hol das mittlere Messer aus dem Operationsbesteck!«

Magda blieb wie angewurzelt stehen. »Hol's!«, schrie Dora.

Zwei Mädchen hielten den Spiegel vor Doras angezogenen, gespreizten Beinen.

Verlegen sahen sie sich dabei im Zimmer um.

Dora saß aufrecht im Bett und wurde von Erxleben gestützt. Magda und die Hebamme machten sich zwischen Doras Beinen zu schaffen, während Dora in den Spiegel sah und sich auf den Schnitt konzentrierte.

»Nur ein Säumchen«, rief die Hebamme, »ein winziges Stückchen ...«

Magda war einer Ohnmacht nah.

»Schneide endlich!«, rief Dora. »Es tut nicht weh!«

Magda biss sich auf die Lippen, atmete tief durch die Nase und machte eine entschlossene Bewegung mit dem Messer.

Wieder kam eine gewaltige Wehe, und die Hebamme rief: »Es ist durch!«, und zog das Neugeborene nach oben, das bald darauf zu schreien begann.

Dora ließ sich erschöpft nach hinten fallen. Alle waren erleichtert. Erxleben verdrückte eine Träne und streichelte seiner Frau liebevoll die Wange.

»Es ist wieder ein Junge«, sagte die Hebamme.

Dora schaute Erxleben an und zuckte mit den Schultern.

»Ihr müsst genäht werden, Ihr blutet«, ließ sich die Hebamme vernehmen.

»Ein feines Tuch in einen Liter Wasser getaucht, mit einem Gramm Alaun und auf die Wunde, schnell!«, kommandierte Dora.

Magda, die sich inzwischen von dem Schrecken erholt hatte, lief los, während die beiden anderen Mädchen den Säugling bestaunten.

In diesem Moment betrat Anna Leporin gemeinsam mit Doktor Ellrich die Stube, und Ellrich sagte atemlos: »Gott mit Euch, Diakonin ... bin gekommen, Euch zu helfen.«

»Zu spät, Doktor«, sagte die Hebamme, »der Junge ist bereits auf der Welt.«

Ellrich näherte sich Doras Bett. »Diakonin ... ich ...«

Dora machte eine abwehrende Handbewegung. »Geht, Doktor, es gibt nichts für Euch zu tun.«

Aber Ellrich blieb und sagte weinerlich: »Lasst mich dieses Ungemach wiedergutmachen, es liegt mir schwer auf der Seele. Ich war von Bollmann beeinflusst. Hab mich mit den falschen Leuten gemein gemacht.«

Dora sah ihn giftig an. »Euer Wehklagen ist mir unerträglich, Doktor. Lasst es gut sein.«

Plötzlich fiel der Doktor auf die Knie. »Ihr müsst mir verzeihen, Diakonin!«

Dora wurde ungehalten. »Sei's drum, verziehen und vergeben, aber jetzt geht mir aus den Augen.«

Ellrich richtete sich langsam auf und sagte hölzern: »Alsdann, lebt denn wohl ...«

Er nahm seine Tasche und ging an den schweigenden

Menschen vorbei nach draußen. Kaum war er verschwunden, meinte die Hebamme: »Der Ellrich hätte Euch zumindest nähen können.«

Dora sagte unmissverständlich: »Magda wird mich nähen!«

Magda geriet erneut in Panik. »Allmächtiger. Ich hab das noch nie getan!«

Dora winkte sie zu sich, nahm ihre Hand und sprach leise zu ihr: »Irgendwann wirst du anfangen müssen, wenn du mal eine Ärztin sein willst.«

Dora hatte sich in das vertraute Kabinett ihres Vaters zurückgezogen, um an der Fertigstellung ihrer Dissertation zu arbeiten. Hier fand sie noch wichtige Literatur sowie anatomische Präparate, die ihr nützlich sein konnten. Hinzu kam, dass ihr das Pfarrhaus zu unruhig geworden war. Die Niederkunft hatte sie stark geschwächt, und die Narbe am Damm setzte ihr zu.

Nur Magda durfte mit ihr sein und ihr beim Anfertigen anatomischer Skizzen helfen, während Dora unermüdlich schrieb. Sie lehnte sich immer wieder zurück und hielt sich den schmerzenden Unterleib. Es waren noch drei Wochen bis zur Abgabe. Wie sollte sie das schaffen?

»Ihr habt bisher alles geschafft«, sagte Magda.

Dora blätterte in einem französischen Anatomiebuch. Da erschien ihre Mutter mit dem Säugling. Scheu sagte sie: »Dorchen, der kleine Hannes muss trinken.«

Dora entfernte ihr Brusttuch. »So werde ich nie fertig.«

Aber mit eisernem Willen überwand sie alle Schwierigkeiten, Schmerzen und täglichen Sorgen. Es kam sogar ein Gefühl des Stolzes auf, als sie an einem kalten, aber sonnigen Februartag auf dem Kutschbock saß und hinauf zum Schloss fuhr. Es war ihr ein Herzensanliegen, ihrer Gönnerin zuerst ihre abgeschlossene Doktorarbeit zu zeigen.

Zehn Minuten später befand sie sich im Schlafgemach der Äbtissin. Die saß im Bett, denn sie fühlte sich heute nicht wohl. Trotzdem nahm sie hocherfreut die Dissertation von Dora entgegen, griff sich das Lorgnon und las den Titel laut und vernehmlich vor:

»Quod nimis cita ac quounde curare saepius fiat causa minus tutae curationis.«

Die Äbtissin schaute Dora an und schüttelte den Kopf.

»Mon Dieu«, sagte sie und las dann weiter: »Akademische Abhandlung von der gar zu geschwinden und angenehmen, aber deswegen öfters unsichern Heilung der Krankheiten. Von Dorotheen Christianen Erxlebin.«

Sie wog die gebundenen Papiere in den Händen und fuhr fort: »Welch ein Konvolut! Gott sei's gedankt, dass wir es nicht lesen und nicht verstehen müssen. Félicitation, ma chère. Wir möchten Euch umarmen …«

Dora beugte sich zu ihr und ließ sich von der Äbtissin in die Arme nehmen.

Während die Äbtissin Dora liebvoll über das Gesicht strich, sagte sie: »Obgleich wir elend sind und schwach, so hoffen wir doch, dass der Herr uns den Tag erleben lässt, an dem Ihr als ordentliche Ärztin nach Quedlinburg zurückkehren werdet.«

Dora küsste die Hände der Herzogin. »So wird es geschehen, Hoheit.«

Die Äbtissin hielt Dora am Arm fest und sprach: »Und wie diebisch freuen wir uns, diesen liederlichen Bollmann damit zu demütigen. Quel plaisir!«

Dora wurde nachdenklich und nahm ihre Doktorarbeit vom Bett. Sie schaute auf ihr Werk und sagte dann: »Ich weiß nicht, ob ich ihm noch gram bin. Ohne die Intrige des Doktors hätte ich nicht mehr die Kraft aufgebracht, diese Arbeit zu schreiben und zu vollenden.«

24.

Es war ein sonniger Tag im Mai, als zwei Gestalten verstohlen vor dem Gebäude der altehrwürdigen Universität zu Halle zusammenstanden. »Suum Cuique«, Jedem das Seine, stand in Stein gemeißelt über dem Portal, der Lieblingsspruch des Großen Kurfürsten, des Gründers dieser Alma Mater. Wie Hohn klang dieses Wort wohl in den Ohren der beiden Männer, die sich in subversiver Weise aneinanderdrängten. Es waren dies Professor Caspar Siebert und dessen Schwager Doktor Ferdinand Bollmann. Dieser hatte Siebert soeben ein Büchlein überreicht. Siebert sah sich das Buch an, klopfte darauf und sagte: »Dank Euch, werter Schwager. Das wird uns vortrefflich von Nutzen sein.«

Bollmann war aufgeregt. »Ihr denkt, es wird sich alles fügen, wie es sich denn fügen soll?«

Siebert legte Bollmann die Hand auf die Schulter und sagte im Brustton der Überzeugung: »Gewiss, mon cher ami. Verlasst Euch auf mein Wort. Eher geht ein Kamel durch ein Nadelöhr, als dass dieses Weib je ein Doktor sein wird!«

Bollmann zog seinen Dreispitz, machte eine unterwürfige Verbeugung vor seinem Schwager und ging dann seiner Wege.

Von den zahlreichen Gemälden an den Wänden blickte eine Galerie ernster Männer mit Allongeperücken auf die vier Anwesenden, die um einen langen Tisch Platz genommen hatten. Am Kopfende saß, wie es sich gehörte, der Dekan der Medizinischen Fakultät, Professor Johann Juncker, ein sechzig Jahre alter, freundlich dreinblickender Mann. Er las noch einmal aus dem Brief des Staatsministers: »… ersuchen wir Euch, im Namen Ihro Majestät des Königs, besagte Dorothea Erxleben zum Examen zuzulassen …«

Vor ihm lag die Doktorarbeit von Dora. Um den Tisch saßen die Professoren Bremer, Gregori und Fricke.

Die Männer trugen Alltagsperücken, unter denen man, wenn noch vorhanden, das echte Haar sehen konnte. Der Dekan fuhr fort: »… sofern Ihr nichts gegen die Qualität ihrer Dissertation einzuwenden habt.« Er schaute sich um und legte den Brief zur Seite. »Messieurs, werte Kollegen, soweit der Brief Ihro Exzellenz, des Staatsministers.«

Die Männer schwiegen einen Moment. Bremer, ein rothaariger feister Mann, räusperte sich und sagte: »Mit Verlaub, haben wir denn überhaupt eine Wahl?«

Professor Fricke, ein hoch aufgeschossener Mensch mit gepflegtem Bart und besten Manieren, lehnte sich zurück und meinte: »Nach meinem Dafürhalten nicht. Es ist nolens volens der Wunsch Ihro Majestät.«

Der selbstgefällige Professor Gregori lächelte süffisant. »Höre ich ›Wunsch‹? Collegae, es ist dies eine Order des Königs! Ich meine …«

Der dröge Bremer unterbrach ihn einfach. »Wie kann es nur angehen, dass ein Weibsbild zu diesem Privileg kommt?«

Der Dekan wurde ungeduldig. Er klopfte auf die Doktorarbeit. »Mag es sein, wie's will. Dies hier entspricht, nach unser aller Lektüre und gewissenhafter Überprüfung, dem männlichen Niveau und den Kriterien unseres Standes. Oder etwa nicht?«

Er schaute mit erhobenen Augenbrauen in die Runde. Die gelehrten Herren hatten keinerlei Einwände. Nein, dies war eine vorzügliche Arbeit, da war man sich einig.

Der Dekan schaute zur Tür, als Professor Siebert den Raum betrat. Mit einem überheblichen Grinsen schritt er zum Tisch und reichte demonstrativ dem Dekan das Buch, das ihm sein Schwager vor wenigen Minuten übergeben hatte.

»Herr Dekan, zu Eurer Verwendung, wenn's beliebt ...«

Juncker nahm das Buch verunsichert an sich und las laut den Titel vor: »Gründliche Untersuchung der Ursachen, die das weibliche Geschlecht vom Studieren abhalten. Von Dorotheen Leporinin.«

Die Männer schauten sich bestürzt an, und Gregori sagte: »Das ist die Person! Skandalös!«

Siebert hatte sich gesetzt und raunte: »Ein gefährliches Machwerk.«

Fricke schloss sich an. »Ein infames Buch mit umstürzlerischen Elementen, sans doût!«

»Mit einem Wort: Schweinkram!«, rief Bremer und erhob sich aufgeregt.

Dekan Juncker blieb gelassen, sah den Kollegen an und fragte: »Habt Ihr es denn gelesen, Monsieur?«

Bremer errötete. »Nein. Nicht direkt. Aber man hat viel reden hören darüber.«

Und Fricke bestätigte dies lautstark. »Freilich! Das kann man wohl sagen.«

Nun also schlug die Stunde des verschlagenen Siebert, denn er sagte in relativ sanftem Ton: »Messieurs, mein werter Schwager Dr. Bollmann, Euch gewiss bekannt als der zukünftige Stadtphysikus zu Quedlinburg, kennt besagte Madame zur Genüge. Diese Person ist schon seit geraumer Zeit auffällig. So hat sie, par exemple, jüngst wegen ...«

Der Dekan unterbrach. »Kollege Siebert! Mit Verlaub! Das steht hier und jetzt nicht zur Debatte! Wir haben über den Fortgang dieser Eingabe zu befinden!«

Fricke ergriff das Wort. »Um nicht ad ultimo darüber zu

debattieren, schlage ich vor, diese Arbeit zu akzeptieren und die Dame persönlich in Augenschein zu nehmen. Dies ist mein Votum.«

Juncker blickte zu Gregori, der atmete tief durch und sagte: »Sei's drum. Wer solch eine Dissertation vorzulegen vermag, hat es verdient, angehört zu werden. Ich schließe mich dem Votum des Kollegen an.«

Der Dekan blickte nun auf Bremer, der immer noch im Zimmer umherging. Der nahm wieder Platz, räusperte sich verlegen und erklärte dann: »Diese Frauensperson ist zweifellos protegiert, von ganz oben. Wir sollten einen Teufel tun, uns gegen die Order seiner Majestät stellen zu wollen. Von mir aus soll man sie anhören.«

Es richteten sich sodann die Blicke auf Siebert, von dessen Zustimmung nun alles abhing. Das wusste er, und er nützte dies weidlich aus. Er reagierte überheblich.

»Nun, werter Dekan, ich denke, wir sollten es der Kandidatin nicht zu leicht machen.«

Der Dekan wurde neugierig. »Was meint Ihr damit?«

Siebert beugte sich nach vorn, und um seinen Worten noch mehr Gewicht zu verleihen, klopfte er mit dem Finger auf Doras Doktorarbeit und sagte dabei voller Bösartigkeit: »Bevor wir diesem Frauenzimmer den Doktortitel geben, soll es erst einmal zeigen, dass es zu Männerarbeit imstande ist. Und wo lässt sich das besser unter Beweis stellen, als ...« Er machte eine lange künstliche Pause, bevor er sagte: »... im Krieg!«

25.

Es regnete in Strömen. Überall Matsch, Blut und Dreck. Heftige Kanoneneinschläge ließen die Erde erbeben. Französische und preußische Infanteristen waren vor wenigen Minuten mit furchterregendem Schreien und aufgepflanzten Bajonetten aufeinander zu gestürmt. Leichen von preußischen und französischen Soldaten lagen herum, herrenlose Pferde irrten wiehernd durch den Geschütznebel. Die blaue Fahne mit den drei gelben bourbonischen Lilien flatterte im Wind. Eine Kanone wurde abgefeuert. Ein Pferd bäumte sich auf. Der preußische Kavallerist stürzte zu Boden. Schon seit Stunden feuerte die französische Feldartillerie von der Höhe ins Tal, es gab kein Entrinnen für die tapfere preußische Infanterie, die sich nach ersten schweren Verlusten hinter die eigenen Linien zurückzogen hatte und auf den Befehl zum Angriff auf die Anhöhe wartete.

Wie aber sollte es möglich sein, gleichzeitig die französischen Linien weitläufig zu umgehen? Zweiundzwanzigtausend Preußen standen über vierzigtausend Franzosen gegenüber, achtzig Kanonen gegen einhundertfünfzig! Wo blieben die Husarenregimenter von Szekely, deren Ankunft Generalmajor von Seydlitz angekündigt hatte? Die Moral der Truppe war auf dem Tiefpunkt, zumal bekannt geworden war, dass sich die Franzosen mit der deutschen Armee des Prinzen von Hildburghausen verbündet hatte. So musste auch deren Aufmarsch unterbunden werden. Ein nahezu unmögliches Unterfangen.

Der Regen prasselte unaufhörlich auf das große Krankenzelt. Dora befand sich inmitten von schreienden, verletzten Soldaten. Mit ihr gemeinsam half eine ältere Nonne die Verletzten zu versorgen. Beide wurden sie angeleitet von dem Arzt Doktor Lazarus Heidland, einem freudlosen, zynischen Mann, der frühmorgens bereits betrunken war. Und das, obwohl der Branntwein eigentlich für die Schwerverletzten vorgesehen war, um sie vor den Operationen zu beruhigen.

Alle Strohlager waren belegt, viele der Verletzten lagen auf dem schlammigen, blutgetränkten Boden. Das Schreien, das Wimmern, das Jammern der Männer waren kaum auszuhalten. In viele der Schusswunden war der Brand eingedrungen, nicht wenige hatten ihr Augenlicht verloren oder litten an der Kanonentaubheit.

Mitten im Zelt, neben einem Bollerofen mit dampfenden Töpfen voll heißem Wasser, befand sich der Operationsbereich. Er bestand aus einem blutverschmierten Tisch, auf den von überforderten Sanitätern immer wieder Verletzte geworfen wurden. Darauf lag jetzt ein Gefreiter, der einen Bajonettstich in den Oberarm bekommen hatte und nun versorgt wurde. Dora wusch die Wunde aus, gab eine Tinktur darauf und begann, den Arm zu verbinden. Da kam Doktor Heidland hinzu, er schwankte bereits. Überheblich schaute er Dora bei der Arbeit zu, als der Gefreite ihn ansprach.

»Wie lange soll das noch gehen?«

Der Arzt nahm einen Schluck Schnaps aus einer Flasche und sagte: »Frag er mich was Leichteres.«

Der Gefreite ließ nicht locker. »Seit Stunden werden wir von französischer Artillerie beschossen, und es gibt kein Entrinnen.«

Auf eine Krücke aufgestützt, näherte sich ein verletzter Korporal und mischte sich ein. »Wie auch? Das 3. Infanterieregiment eingekesselt unter Dauerfeuer, und die Kavallerie ist völlig abgeschnitten.«

Ein weiterer Soldat meldete sich zu Wort. »So einen Fuchs wie den General de Soubise könnten wir jetzt gut brauchen!«

Heidland wurde ungehalten. So betrunken er auch war, auf die preußische Armeeführung ließ er nichts kommen. »Halt er sein schändliches Maul, Kerl! Das ist Hochverrat! Ich könnte ihn füsilieren lassen!«

Der Soldat grinste abfällig, damit konnte man ihm nicht drohen. Er zeigte auf einen Priester, der einem jungen Soldaten, fast ein Kind noch, die letzte Ölung gab.

»Bei uns, da hilft nur noch das Beten«, sagte der Mann bitter.

Der Priester schlug das Kreuz über dem Sterbenden und murmelte dabei: »Dulce et decorum est per patria mori!«

Daraufhin meinte der vorlaute Soldat sarkastisch: »Jawohl! Süß und ehrenvoll ist es, für das Vaterland zu verrecken!«

Da rief die Nonne nach dem Doktor, aber der winkte gelangweilt ab und gab Dora ein Zeichen. »Wohlan, das übt!«

Dora ging zurück zum Tisch. Darauf lag jetzt ein sterbender Infanterist, der einen Musketenschuss in den Brustkorb bekommen hatte.

Der Mann stöhnte. »Bitte, so helft mir, holt die Kugel heraus.«

Dora sah den Mann mitleidsvoll an. Wie gern hätte sie ihm geholfen, aber es war verboten, am Herzen zu operieren, das angeblich der Sitz der Seele war. Wie viele Menschenleben würde dieser fatale Irrglaube wohl noch kosten?

So versuchte sie die tiefe Wunde mit in Johanniskrautöl getränkten Tüchern zu verstopfen. Sie schaute zum Priester und hätte gern gewusst, wie der darüber dachte. Sie nahm den Kopf des Sterbenden hoch und schaute in das schöne, bleiche Gesicht. Noch einmal wollte er etwas sagen, er bewegte seine Lippen, aber sie blieben stumm. Der Kopf fiel zur Seite, die Augen wurden starr.

»Hochwürden ...«, sagte Dora leise.

Der Priester kam gelaufen und rutschte beinah aus. Der lehmige Boden war voller menschlicher Abfälle, Exkremente, Urin, Gedärm und Blut. Es stank erbärmlich.

Plötzlich ging ein Raunen durch das Zelt!

Jemand rief laut und begeistert: »Der König kommt! Ihro Majestät!«

König Friedrich II. kam mit forschem Schritt durch das Zelt gelaufen, in seinem blauen, abgerissenen Offiziersrock, gebeugt, die Hände hinter dem Rücken verschränkt. Er schaute kaum nach links und rechts, wo selbst die Schwerverletzen noch den Versuch machten, ihren Oberbefehlshaber militärisch korrekt zu grüßen.

Dicht hinter Friedrich gingen Generalmajor von Seydlitz, der Kommandant, und Heinrich von Falkenberg, inzwischen Oberst der Kavallerie.

Dora hatte ihn bereits von weitem entdeckt und konnte eine gewisse Aufregung nur schwer verbergen. Der königliche Tross bewegte sich auf die Zeltmitte zu, wo sich Dora befand. Als der König vor ihr stand, machte sie einen gekonnten höflichen Knicks, senkte den Kopf und sagte: »Majestät ...«

Falkenberg lächelte Dora kurz zu und wurde dann wieder dienstlich. »Darf ich Majestät Madame Erxleben präsentieren. Sie wird bald Preußens erster weiblicher Doktor sein.«

Der König sah sie aufmerksam und interessiert an. »Voilà, nun sehen wir Euch endlich von Angesicht, Madame.« Er schob Seydlitz nach vorn und stellte ihn Dora vor. »Generalmajor von Seydlitz.«

Seydlitz schlug die Hacken zusammen und salutierte. »Madame.«

Inzwischen hatte auch Heinrich von Falkenberg die Hacken zusammengeschlagen und gab Dora die Hand.

Falkenberg und Dora sahen sich lange schweigend an. Das verwunderte den König ein wenig, so nahm er Dora vertraulich zur Seite und sagte leise: »Wir wären Euch lieber unter angenehmeren Konditionen begegnet, Madame.«

Dora blieb ernst, als sie sagte: »Ich muss bekennen, dass ich ebenso empfinde, Majestät.«

Diese Antwort schien den König ein wenig zu irritieren, denn er schaute sich flüchtig um. Mehr aus Verlegenheit sagte er: »Bon. Es gibt viel zu tun, Madame, für Euch und für das alte Schlachtross Heidland …«

Heidland machte im Hintergrund eine verunglückte Verbeugung und versuchte die Contenance zu wahren. »Stets zu Diensten, Ihro Majestät!«

Es entstand eine peinliche Pause. Dann wandte sich der König wieder an Dora.

»Wir haben das nicht gewollt. Der Krieg ist die ultima ratio, n'est ce pas?«

Dora stimmte zu. »Gewiss, königliche Hoheit.«

Der König ging daraufhin um Dora herum, als wolle er sie taxieren.

»Wir tun alles, den Krieg von den Städten fernzuhalten. Unser Credo lautet: Die friedlichen Bürger sollen es nicht merken, dass die Nation sich schlägt.«

Dora nahm ihren ganzen Mut zusammen und zeigte zu den Toten auf dem Tisch.

»Und doch merken sie es, mit Verlaub, Majestät. Es sind die Söhne des Volks, die hier ihr Leben lassen.«

Noch bevor sie den Satz zu Ende gesprochen hatte, wurde ihr klar, dass es wohl ein Fehler gewesen war, Friedrich auf diese vorlaute Weise zu widersprechen. In der Tat wurde der König auf der Stelle schmallippig, er holte hektisch ein Spitzentaschentuch aus dem Ärmel und tupfte sich die Nase.

Dann sah er missvergnügt zu Falkenberg und rief: »Falkenberg!«

»Majestät?«

Der König flüstert Falkenberg zu: »Gibt es … Wünsche?«

Heinrich von Falkenberg löste sich und sprach Heidland an. »Doktor Heidland, seine Majestät fragen, ob seine Majestät etwas für Euch zu tun imstande ist?«

Heidland rief: »Alles bestens, Majestät. Alles!«

Dora ging sofort dazwischen. »Mit Verlaub, Majestät, es wäre ein vordringlicher Wunsch, dass man eine Feuerpause aushandeln möge, um eine Triage durchführen zu können. Viele der Verletzten liegen seit Stunden im Feld.«

Friedrich nickte kaum merklich, überlegte einen Moment und wandte sich dann erneut an Falkenberg. »Oberst, man sende toute suite Parlamentäre aus und recherchiere beim Feind, ob diese Option possible ist!«

Falkenberg salutierte und machte sich auf den Weg.

»Merci, Majestät«, sagte Dora und verneigte sich vor ihrem König.

»Elle est une femme tellement courageuse«, stellte Friedrich fest und sah sie dabei lange an.

Die Kohorte marschierte bei strömendem Regen hinter dem Fähnrich her, der tapfer die Flagge mit dem Preußischen Adler und einem weißen Band der Neutralität an der Spitze vor sich trug. Nach einem Marsch von einigen hundert Metern in das Zentrum des Schlachtfeldes waren Dora, Heidland, die Nonne, der Priester, Sanitäter und weitere Helfer schließlich ausgeschwärmt, um Verletzte zu bergen.

Eine Stunde hatten die Befehlshaber der Kriegsparteien ausgehandelt, nicht mehr.

Überall lagen verwundete oder tote Soldaten. Dazu kamen Pferdekadaver ohne Zahl. Dazwischen die zerstörten Dreipfünder der Bataillonsartillerie, die sich im aufgeweichten Gelände festgefahren hatten. Der Boden war tief, die Suchtrupps kamen nur mühsam voran. Aus allen Richtungen waren Jammern, Weinen, Hilferufe und vereinzelte Schreie zu hören. Die sogenannte »Triage« wurde für Dora das entsetzlichste Erlebnis ihres bisherigen Lebens.

Heidland hatte mit dem Fuß einen Toten umgedreht, dann stolperte er weiter. Im Hintergrund näherte sich der Priester. Die Nonne kniete nieder und sprach mit einem Schwerverletzten. Ein Sanitäter kam angelaufen. Er stand ratlos und fragte: »Franzosen auch?«

Heidland antwortet angewidert: »Nein! Ist er noch bei Sinnen?«

Dora verbesserte ihn umgehend. »Doch. Wir helfen allen!«

Mit Abscheu bemerkte Heidland, wie sich die Sanitäter um einen verletzten französischen Infanteristen bemühten.

Dora lief zum nächsten Soldaten. Sie kniete nieder und besah seine Wunden. Sie sprach ihn an: »Versuch er aufzustehen!«

Gerade als Dora dem Mann auf die Beine half und nach den Sanitätern rief, kam Falkenberg auf sie zugeritten. Er stieg ab und half beim Auswählen der Verwundeten. Er ging zu einem Verletzten, warf nur einen Blick auf ihn, während der Mann rief: »Wasser, bitte, gebt mir Wasser!«

Falkenberg reagierte nicht. Er ging zum Nächsten weiter und fragte den: »Was ist mit ihm? Kann er laufen?«

Der Soldat versuchte sich aufzurichten und brach zusammen. »Nein, Herr Oberst, mein Rücken …«

Falkenberg drehte den Mann um und schaute auf dessen blutigen Rücken.

»Wir können ihm nicht helfen«, sagte Falkenberg und rief nach hinten: »Der Kerl lohnt nicht die Mühe!«

Dora war Zeugin dieses Vorfalls geworden, ging auf Falkenberg zu und packte ihn am Arm. Sie war wütend und schrie: »Was maßt Ihr Euch an? Hat nicht dieser … Kerl einen Namen, eine Mutter, Familie, Recht auf ein Leben?« Sie ließ Falkenberg stehen, wandte sich an die Sanitäter: »Schnell! Mitgenommen, die zwei!«

Falkenberg war Dora hinterhergelaufen und versuchte ihr zu erklären, dass eine Selektion zwar unmenschlich sei …,

»… doch der Einzelne hat nun, verdammt noch einmal, die Pflicht, sich der Gemeinschaft zu opfern!«

Dora blickte ihm ins Gesicht. »Und die Gemeinschaft – was hat die für Pflichten dem Einzelnen gegenüber?«

Er hielt sie am Arm fest. »Dora, Ihr müsst lernen …«

Sie riss sich los und unterbrach ihn. »Meine Zeit gehört den Soldaten, Durchlaucht!«

Damit marschierte sie los. Falkenberg rief ihr hinterher: »Ihr werdet begreifen müssen, das Kriegshandwerk kennt keine Sentimentalität!«

Dora war immer weiter ins Schlachtfeld gelaufen und versuchte inzwischen, das Bein eines verletzten Kürassiers unter einem toten Pferd hervorzuziehen, was ihr schließlich gelang. Rasch sagte sie zu dem Mann: »Bleib er liegen, ich lass ihn holen.«

Sie winkte zwei Sanitäter herbei, die sich auf den Weg zu dem Verwundeten machten. Dann lief sie weiter, immer nach Verletzten Ausschau haltend. Sie stolperte über einen jungen, toten, französischen Soldaten, der über einem toten Preußen lag, den er wie umschlungen hielt.

Was ist der Krieg nur für ein irrwitziges Geschäft, dachte sie. Da gebären Mütter Söhne, ziehen sie mit Mühe und unter schwersten Entbehrungen groß, damit sie eines Tages aufeinander losgehen, um sich zu töten, ohne den anderen zu hassen, geschweige denn, ihn zu kennen. Wie viele Millionen wertvollster Menschen waren auf diese Weise schon in den vergangenen Jahrhunderten gestorben. Elendig verreckt, weil es den hohen Herren so gefiel. Um ihre Kassen zu füllen und ihre Gier zu stillen, wurde den armen Soldaten der flüchtige Traum von Ruhm und Ehre eingeredet.

Sie musste an den Vater denken. Wenn der sie hier sehen könnte! Mein Gott, der Doktor Leporin. Mit welcher Hingabe, Sorge und Kunstfertigkeit hatte er sich um das Überleben seiner Patienten gekümmert.

Und mit welchem Frevel hier das Leben missachtet wurde. Sollte sie diesen Krieg überstehen, so sagte sie sich, würde sie über diese Gräuel berichten, auf dass die Menschen sich ein Bild machen könnten vom wahren Ausmaß dieser verdammenswürdigsten aller Sünden. Und während sie das dachte, hatte sie Verletzte um Verletzte gefunden, mit ihnen gesprochen, sie beruhigt, getröstet und dafür gesorgt, dass sie in Sicherheit gebracht wurden.

Wie sie nun hinter einem kleinen Waldstück auftauchte, um auch hier nach Opfern zu schauen, entdeckte sie im Qualm eines brennenden Pulverfasses die französische Sanitätskohorte, vorneweg ein Musketier mit der Flagge der Bourbonen und dem weißen Wimpel. Und sie sah mit einem Mal inmitten des Trupps einen Mann, den sie zu kennen glaubte. Auch er hatte sie ausgemacht, und wie zwei Schlafwandelnde gingen die beiden aufeinander zu und standen sich schließlich gegenüber.

»Dorothée!«, sagte Dokor Deronne ungläubig.

»Philippe!« brachte sie leise über die Lippen.

Sie standen wie erstarrt vor einander.

»Welch ein unglücklicher Ort für ein Wiedersehen. Seid Ihr denn Armeearzt?«, fragte der Franzose, und Dora antwortete: »Nein. Das ist mein Praktikum, meine Feuerprobe. Wenn ich sie denn überlebe.»

Einer aus seiner Kohorte mahnte ihn zur Eile. »Docteur …«

»Uns bleibt nicht mehr Zeit, aber Ihr sollt eines wissen«, sagte Philippe leise, »auch wenn wir heute zu verfeindeten

Nationen gehören, so trage ich Euch stets in meinem Herzen.«

Dora schossen die Tränen in die Augen. Sie konnte sich nicht dagegen wehren.

»Schweigt, bitte«, sagte sie mit tränenerstickter Stimme.

Aber Philippe fuhr fort. »Wie kann ich schweigen? Ich habe Euch geliebt und liebe Euch noch. Kein Tag ist vergangen, an dem Ihr nicht in den Gedanken bei mir wart. Ich habe mir so sehr gewünscht, Euch das zu sagen. Überall, nur nicht hier. Aber das ist das Schicksal.«

Dora machte einen Schritt zurück.

Philippe war ihr nachgegangen. »Madame, ich bewundere Euren Mut inmitten dieser Hölle.«

Er nahm ihre Hand und hielt sie fest. Als er ihre Hand küssen wollte, zog sie zurück.

»Nicht, Monsieur, diese Hand hat heute schon oft den Tod berührt!«

»Was ist der Tod gegen die Liebe«, sagte Philippe und küsste Doras Hand. Was für ein Bild! Mitten zwischen toten Menschen und toten Pferden, im Rauch und Feuer, im Schlamm und Dreck standen eine Frau und ein Mann und wünschten sich in eine andere Welt.

Jäh wurden sie aus ihren Träumen gerissen, als ein Hornsignal die letzten fünfzehn Minuten der Feuerpause ankündigte.

»Die Pflicht, Madame, au revoir«, murmelte Philippe, verbeugte sich und ging davon, ohne sich noch einmal umzudrehen.

Dora schaute ihm nach, besann sich dann ihrer Aufgabe, atmete tief durch und rannte los, mitten in die grausame Szenerie.

Der nächste Hornstoß kündigte die letzten fünf Minuten an. Dora war zurück bei ihren Leuten und rief laut: »Los, los, die Verletzten müssen weg.«

Die Helfer trugen die Verwundeten, die in eine Reihe gelegt worden waren, einzeln davon oder halfen ihnen beim Gehen. Einige lagen auf primitiven Tragen oder wurden einfach in groben, grauen Leintüchern weggeschleppt.

Dora war verzweifelt. Fast war die Zeit abgelaufen, und es waren noch so viele, die gerettet werden mussten.

Heidland kam schwankend, stolperte und fiel über einen Verletzten. Als er sich aufrichtete, sah er Dora. »Allez! Wir müssen weg von hier!«

Dora war gerade im Begriff dem Doktor zu folgen, als sie plötzlich ein erbärmliches Schreien vernahm.

»Hilfe! Lasst mich nicht sterben!«, schrie von irgendwo jemand.

Dora rannte in die Richtung des Verletzten, während ein Helfer noch versuchte sie aufzuhalten. Die Nonne rief: »Bleibt, um Himmels willen, jede Sekunde ist die Feuerpause zu Ende!«

Aber Dora hörte das nicht mehr, denn sie war zwischenzeitlich an einem Graben angelangt, in dem ein junger Soldat lag. Sein Knie war zerschossen.

»Helft mir!«, wimmerte er kläglich.

Dora beugte sich über ihn und versuchte ihn anzuheben. Es war kaum möglich.

»Kann er aufstehen, wenn ich ihm helfe?«

»Ich probier's«, sagte der Soldat und krallte sich an Dora fest.

Unter Schmerzen versuchte er aufzustehen. Als er ein paar Meter gehumpelt war, vernahm man das Horn, welches das Ende der Feuerpause signalisierte.

Auf dem Hügel flatterte die bourbonische Fahne im Novemberwind. Ein französischer Major sah kurz zu einer Sanduhr, die sein Adjutant in der Hand hielt. Die Uhr war abgelaufen. Der Offizier nickte. Ein Kanonier ging mit einer brennenden Fackel in der Hand zu der ersten mächtigen Kanone, die am Anfang der Feldbatterie stand. Es war eine Vierundzwanzigpfünder, die den Feind bei der Wiederaufnahme der Kampfhandlung entsprechend einschüchtern sollte. Unweit davon stand Doktor Deronne und sah durch ein Fernrohr ins Tal und erschrak! Er rannte wie wild zur Kanone hin, um den Abschuss zu verhindern. Aber es war zu spät! Mit lautem Krachen wurde die mächtige Eisenkugel ins Tal geschossen, während die Kanone auf ihrer Lafette durch den starken Rückstoß zurückrollte und Philippe Glück hatte, nicht umgerissen zu werden.

Dora war einige Schritte gelaufen und hielt den jungen Soldaten umklammert, der sich schwer auf ihre schmale Schulter stützte. Da erfolgte in etwa fünfzig Metern Entfernung eine gewaltige Detonation! Der Geschosseinschlag wirbelte tonnenweise Erde auf, die als Dreckschwaden alles verdunkelte.

Dora und der Soldat flogen wie Puppen durch die Luft, bevor sie im Gras aufschlugen. Dora blieb reglos liegen. Einige Sekunden später richtete sie sich auf und rieb sich den Schmutz aus den Augen.

Sie sah den Soldaten in einer Entfernung von etwa zwanzig Metern liegen und rief ihm zu: »Es war nur die Druckwelle!«

Der Mann zeigte keine Reaktion, und Dora kroch zu ihm hin.

Bei ihm angekommen, sah sie zu ihrem Entsetzen, dass der junge Bursche tot war. Sein Hinterkopf war voller Blut, er war gegen einen Felsbrocken geprallt!

Voller Verzweiflung schrie sie auf: »Nein!«

Sie rüttelte den Soldaten heftig, als würde ihn dies ins Leben zurückbringen.

Sie erhob sich schnell, als sie einen Reiter auf sich zukommen sah. Baron von Falkenberg preschte in eiligem Galopp heran und zog sie gekonnt zu sich aufs Pferd. In hohem Tempo ritt er weiter, während die Geschosse einschlugen. Er hielt sie sicher in seinen Armen, und sie klammerte sich an ihm fest. Sie schloss die Augen, um nichts mehr sehen zu müssen. Was hätte sie dafür gegeben, jetzt zu Hause sein zu dürfen.

Vor dem Lazarettzelt lagen die verwundeten Soldaten in Reihen nebeneinander. Heidland ging mit den Sanitätern die Reihen ab, warf immer nur kurze Blicke auf die Männer und legte die Folge der Dringlichkeit fest. Die leicht Verletzten hatten gefälligst zu warten. Alle hielten inne, als Falkenberg mit Dora angeritten kam. Helfer waren ihnen aufgeregt entgegengelaufen und halfen Dora vom Pferd. Kaum war sie auf den Beinen, sank Falkenberg in sich zusammen und drohte vom Pferd zu fallen, aber die Helfer konnten ihn gerade noch halten.

Gemeinsam ließen sie den Oberst ins Gras sinken. Dora beugte sich über ihn, sein linker Ärmel war voller Blut.

Es war Abend geworden, die meisten der Verletzten waren notdürftig versorgt, etwa ein Dutzend war gestorben, und einige würden auch die Nacht nicht überleben. Doktor Heidland kniete und verband einen Verletzten. Heinrich von Falkenberg lag mit nacktem Oberkörper auf dem Tisch. Der Baron schwitzte stark, sein Atem ging schwer, er hatte offensichtlich Fieber. Dora hielt seine Hand in ihren Händen, während sie leise mit ihm sprach: »Baron, Ihr habt einen Granatsplitter unterhalb des Ellbogens in den Arm bekommen, der hat den Knochen zerfetzt. Wir müssen Euch den linken Unterarm amputieren. Habt Ihr das verstanden?« Falkenberg nickte. »Wir werden versuchen, so viel vom Arm zu erhalten, dass Ihr später eine Prothese tragen könnt.«

Falkenberg versuchte ein Lächeln. »Ihr werdet es schon richten, Dora.«

Sie strich ihm voller Mitgefühl über die nasse Stirn und gab dann zwei kräftigen Sanitätern, die im Halbdunkel gewartet hatten, ein Zeichen. Die kamen an den Tisch und banden Falkenberg fest.

Dora ließ sich von einem Helfer ein Glas mit einer Opiumlösung reichen. »Das wird Euch ruhig machen, Baron.«

»Ein Schluck Branntwein wäre mir lieber«, sagte Falkenberg.

»Den sollt Ihr auch noch haben.«

Nachdem er getrunken hatte, atmete er tief durch und flüsterte: »Also dann ...«

Ein Sanitäter steckte ihm einen Lederknoten in den Mund. Falkenberg schloss die Augen. Dora gab Heidland ein Zeichen, nahm ein Skalpell und zeigte auf den Unterarm des Barons. Ein Sanitäter legte oberhalb der Amputationsstelle die Aderpresse an.

Doktor Heidland hatte sich mit der Säge hinter Dora gestellt. Geschickt führte Dora ihr Messer im Zirkelschnitt um den Unterarm, durchtrennte so Haut, Muskeln und Gefäße, bis der Knochen sichtbar wurde. Falkenberg stöhnte auf und krallte sich mit seiner gesunden Hand an der Tischkante fest. Heidland reichte Dora die Säge.

»Voilà, Madame, damit Ihr Eurem König Plaisir macht. Ihr habt ja genug geübt.«

Sie zögerte nur kurz und nahm dann wortlos die Säge. Sie hätte sich gern etwas anderes gewünscht, als hier nun dem Mann, den sie einst geliebt hatte, den Arm abzuschneiden, aber sie wollte eine Ärztin sein. Sie setzte die Säge in der Mitte des Unterarms an. Sie zog die Säge mit aller Kraft durch den Knochen. Falkenberg versuchte sich aufzubäumen und biss schmerzverzerrt auf den Knoten.

Es war bald Mitternacht. Eine seltsame Ruhe war eingekehrt. Kein Gefechtsfeuer war mehr zu hören. Auch im

Zelt war es ruhig geworden. Nur noch vereinzelt konnte man Stöhnen vernehmen, auch wirres Gerede aufgrund des Fiebers. Dora kniete neben Falkenberg, der die Augen noch geschlossen hatte, und tupfte ihm die Stirn. Leise sprach sie beruhigende Worte. Dann versuchte sie ihm eine Flüssigkeit einzuflössen. »Trinkt das, es wird helfen, das Fieber zu senken.«

Er trank in schnellen Schlucken. Dann sah er Dora an und sagte mit brüchiger Stimme: »Dommage, jetzt kann ich Euch nie mehr in meinen Armen halten.«

Dora lächelte. Da spürte sie plötzlich eine Gestalt hinter sich und drehte sich um. Im Halbdunkel stand Philippe! Er muss wohl die Worte des Barons vernommen haben, denn er sagte: »Lieber den Arm ab, als das Herz entzwei.«

Der Baron sah verwundert drein, aber dann übermannte ihn die Müdigkeit, und er schloss wieder die Augen. Dora erhob sich und fragte Deronne: »Docteur, was wünscht Ihr?«

Sie gefiel sich nicht zwischen den beiden Männern und ging in Richtung Ausgang, so dass Philippe ihr folgen musste. Dabei sagte er: »Madame, ich wollte mich für die Pflege bedanken, die Ihr meinen Männern habt zuteil werden lassen.«

»Das ist doch eine selbstverständliche Pflicht.«

Sie gingen vor das Zelt, wo im Licht der Fackeln einige preußische Soldaten herumstanden oder lagen, die Deronne mitgebracht hatte.

»Dank auch Euch«, sagte Dora und rief nach den Sanitätern. »Hierher!«

Philippe stand noch einen Moment etwas unentschlossen neben seinem Pferd. Dora ging zu ihm. Er bemerkte, dass ihr kalt war, zog eine Decke aus seinem Sattelgurt und legte sie Dora um die Schultern.

»Wenn morgen früh die Sonne aufgeht«, sagte er leise, »werde ich nicht mehr hier sein. La bataille est fini.«

»Was sagt Ihr da?«

»Die Schlacht ist vorbei, Dora. Wir ziehen uns zurück!«

Dora konnte es nicht glauben.

»Vor einer Stunde ist unsere halbe Armee desertiert!«

Wie konnte das sein, dachte Dora, bevor es dunkel wurde, hatte man noch das Schlimmste befürchtet, und nun?

Philippe verbeugte sich und wünschte ihr viel Glück. »Leben Sie wohl, Dorothée, beaucoup de bonheur!«

Doktor Deronne stieg auf sein Pferd, er winkte seinen Adjutanten heran, der mit seinem Pferd und einer Sturmlaterne seitwärts gekommen war, griff sich militärisch korrekt an seinen Dreispitz und gab dem Pferd die Sporen, um in der Dunkelheit zu verschwinden. Dora wusste, dass sie ihn niemals mehr wiedersehen würde.

»Adieu, mein liebster Philippe«, sagte sie leise.

Sie streckte sich, atmete tief die kühle Nachtluft ein und ging aufrecht zwischen den verletzten Soldaten, die ihr ehrfürchtig Platz machten, zurück zum Zelt. Sie wollte weiterhin am Lager des Barons wachen. Immerhin hatte er für sie sein Leben riskiert. Diese Nacht musste er überstehen.

Tausende von preußischen Soldaten standen am Rande des Schlachtfelds in loser Ordnung Spalier, als Friedrich II. an einem nebligen Novembermorgen seiner tapferen Armee die Ehre erwies, die sich in beeindruckender Weise der Übermacht der Franzosen erwehrt und dem Feind eine vernichtende Niederlage beigebracht hatte. Diese Schlacht sollte in die Geschichte eingehen und hatte zur Folge, dass man Friedrich von diesem Tag an »den Großen« nannte.

Neben dem König ritt General von Seydlitz in seinem gelben Galarock durch die Menge, die immer wieder in Hurrarufe ausbrach. Den meisten erschien es wie ein Wunder, dass es den Preußen gelungen war, die zahlenmäßig überlegenen Feinde zu schlagen. Dazu kam, dass durch eine strategische

Meisterleistung des Königs die mit den Franzosen alliierte deutsche Armee aufgehalten und durch kleine wendige Kürassiereinheiten aufgerieben wurde.

Dora stand zusammen mit Heidland, der Nonne, dem Pastor, einigen verletzten Soldaten und den Sanitätern vor dem Lazarettzelt und schaute von weitem dem Schauspiel zu. Sie freute sich für die verletzten Männer um sie herum, die diesen Tag erleben durften. Von ferne hörte sie die Bekanntmachung des Königs, die von einem Offizier verlesen wurde.

»... So schmerzhaft auch der Tod vieler tapferer Soldaten ist, ihr Opfer war nicht umsonst, denn sie haben ihr Leben gegeben für diesen großen Tag der preußischen Nation, für diesen gewaltigen Triumph.«

Als Dora wieder das Zelt betrat, stand plötzlich Heinrich von Falkenberg da, mit seinem verbundenen Armstumpf. Blass und geschwächt sah er aus, aber offensichtlich auf dem Weg der Besserung.

»Baron«, sagte sie lächelnd, »Ihr habt den Sieg verschlafen!«

26.

Als Dora des Nachts in Quedlinburg eintraf, empfand sie die merkwürdige Stille, die über der Stadt lag, als bedrohlich. Auf dem Heimweg entdeckte sie im Schnee Scherben, Kleidungsstücke, zerstörte Möbel, zerfetzte Körbe, leere Truhen. Dann vernahm sie von irgendwo heiseres Männerlachen, spitze Schreie von Frauen und dumpfe Schläge. Plötzlich rannte sie so schnell sie konnte zum Pfarrhaus.

Dora bog atemlos um die Ecke in die Jüdengasse ein und stieß beinah mit Jakobsohn zusammen, der sich aus der dunklen Hofeinfahrt gelöst hatte und verängstigt auf sie zutrat. Er flüsterte: »Versteckt Euch, Diakonin! Freischärler sind in der Stadt und preußische Söldner! Sie marodieren, greifen sich alles. Geld, Essen und Weibsleute!«

Dora sah den Juden beunruhigt an. »Wo ist Eure Frau?«

»Hab sie versteckt, mit der Tochter, auf dem Dachboden. Da sind sie sicher. Die Räuber haben sich nur für mein Federvieh interessiert, gottlob.«

Als plötzlich Schüsse zu hören waren, verzog sich Jakobsohn ängstlich wieder ins Dunkle, und Dora überquerte rasch die Gasse.

Leise schlich sie ins Haus und folgte dem Lachen und den Stimmen, die aus der Stube zu hören waren. Nun stand sie im Flur. Mit einem Schlag öffnete Dora die Tür!

In der Stube saßen vier Soldaten, die preußischen Uniformröcke geöffnet.

Einer hatte die Stiefel auf dem Tisch liegen und den Arm

um Magdas Hüfte gelegt, die ihm Wein nachschenken musste. Ein zweiter fraß gierig einen Schinken, den er in den fettigen Händen hielt. An der Wand stand Erxleben wie erstarrt, ein Soldat richtete seine Muskete mit aufgepflanztem Bajonett auf ihn. Der vierte Mann war aufgesprungen und hatte seinen Säbel gezogen.

»Hereinspaziert, schöne Frau!«, rief er frech.

Dora zeigte keinen Moment der Schwäche und sagte laut: »Verschwindet hier, sofort!«

Einer der Soldaten wischte sich den Mund mit dem Ärmel ab und erhob sich.

»Na, wer wird denn so dreist sein? Pass Sie auf, dass ich Ihr nicht eine Lektion erteile!«

Erxleben mischte sich ein. »Dora, macht es nicht noch schlimmer, ich bitte Euch!«

»Ja, hör Sie nur auf den Pfaffen«, ließ sich der Soldat vernehmen, »sonst müssen wir Ihr den hübschen Arsch versohlen!«

Die Männer lachten.

»Ihr seid erbärmlich«, sagte Dora, »soeben komme ich aus Rossbach, wo ich Ihro Majestät Soldaten gepflegt und verbunden und so manchem Burschen, wie ihr es seid, die Augen zugedrückt habe. Sollen sie darum gestorben sein, dass ihr hier über friedliche Bürger herfallt? Über Menschen, die ihre Söhne opfern und für euren Krieg zahlen?«

Ein weiterer Soldat sprang erbost auf und hieb auf den Tisch. »Das ist nicht unser Krieg, Madame, wir holen uns nur, was uns zusteht. Seit Monaten ist man uns den Sold schuldig!«

Dora ließ sich nicht beirren. »Das ist gewiss Unrecht, aber warum sollen wir dafür zahlen?«

»Weil ihr …«

Dora unterbrach ihn. »Ja, weil wir die Schwächsten sind,

die Wehrlosesten. Da habt ihr auf einmal den Mut, der euch in der Schlacht fehlt!«

»Jetzt ist es genug! Noch ein Wort …«

Mit wenigen Schritten war ein großer, kräftiger Soldat bei Dora und baute sich gefährlich drohend vor ihr auf. Erxleben und Magda schauten voller Entsetzen und erwarteten das Schlimmste.

Dora jedoch sah dem Mann in die Augen und sprach ihn an. »Ich habe diese Uniform oft gesehen, voller Blut, Dreck und Schlamm, durchlöchert, verbrannt und zerrissen … aber so entehrt und verschmutzt, wie ihr sie habt, habe ich sie noch nie gesehen!«

Der Mann schluckte, wusste nichts zu sagen. Er sah fast hilflos zu seinen Kumpanen. Dora nutzte diesen Moment und öffnete die Tür. Sie rief laut nach der Magd, dann sagte sie leise: »Man wird euch Proviant geben und Decken. In dreißig Minuten habt ihr unser Haus verlassen!«

Ungläubige Stille war eingekehrt. Keiner sagte ein Wort, als die Männer sich anschickten, aus dem Zimmer zu gehen.

Die Familie starrte ungläubig auf Dora und wunderte sich über ihren Mut. Doch die Unerbittlichkeit eines grausamen Kriegs hatte sie gelehrt, ihre Angst zu überwinden.

Es glich tatsächlich einem Wunder, dass die Männer diszipliniert abzogen und auch später keine marodierenden Söldner mehr das Haus der Familie Erxleben betraten, obwohl die Stadt noch einige Male von Freischärlern heimgesucht wurde und anschließend von den Franzosen besetzt war. Für die hatten die Plünderer allerdings kaum etwas übriggelassen.

27.

An einem heiteren Frühlingsnachmittag des folgenden Jahres hielt die Postkutsche am Marktplatz zu Halle, und Dora Erxleben, gekleidet in ihr graues Reisekostüm, stieg aus dem Wagen, wobei ihr der Postkutscher höflich die zwei hohen Stufen herunterhalf. Sein Gehilfe hatte inzwischen die Reisetasche vom Dach geholt und bot sich an, sie für Dora zum Gasthof zu tragen, der lediglich ein paar Minuten von der Poststation entfernt war. So spannte Dora ihren Sonnenschirm auf und ging hinter dem Mann her, der den Weg zum »Ackerbürgerhof« kannte. Vor dem mächtigen gotischen Gebäude angekommen, gab Dora dem Burschen ein gehöriges Trinkgeld, nahm ihre Tasche und betrat das Gasthaus.

Es herrschte wenig Betrieb in der Herberge, und sogleich kam der Wirt auf Dora zu, um sie willkommen zu heißen. Die Universität hatte den Besuch der Kandidatin angekündigt und ein schmuckes Zimmer im ersten Obergeschoss reserviert. Nachdem es sich der Wirt nicht hatte nehmen lassen, ihr mit dem Gepäck zu helfen und das Zimmer verließ, legte sich Dora, noch in ihrem Reisekleid, auf das Bett, um ein wenig zu entspannen. Die lange Fahrt in der Postkutsche war nicht sonderlich bequem gewesen und hatte ihrem Rücken arg zugesetzt. Überhaupt waren die letzten Wochen zu Hause recht anstrengend gewesen, denn als sie aus dem Kriegsdienst offiziell entlassen worden war, begann Diakon Erxleben ernsthaft zu kränkeln. Der harte

Winter hatte ihn sehr mitgenommen. Aber nicht nur ihn. Ständig war irgendeines der Kinder erkrankt. Ebenso ihre Mutter Anna, nun über sechzig, war von angegriffener Gesundheit. Dora hatte alle Hände voll zu tun, ihre Familie gesund zu machen.

Deshalb hatte sie Magda nach Halberstadt gesandt, um dort ausreichend Chinarinde zu kaufen. Es über die hiesige Apotheke zu beziehen, schien ihr zu riskant, denn leicht hätte man ihr ärztliche Konsultationen unterstellen können. Sie wollte ihren Feinden auf keinen Fall Argumente liefern.

Die Äbtissin schickte oft nach ihr, weniger ihrer diversen Zipperlein wegen, sondern weil ihr der Sinn nach Gesellschaft stand. Immer wieder musste Dora ihrer Gönnerin vom Krieg berichten, denn solch ein Ereignis, mit den Augen einer kritischen Frau gesehen, bekam eine gänzlich andere menschliche Erzählweise, als wenn ein Mann seine Heldentaten schilderte.

Vor zwei Monaten war es, als Dora wieder einmal zur Äbtissin gerufen wurde. Sie solle sich fein kleiden, hieß es, eine Überraschung warte auf sie. So machte sie sich voller Erwartung auf den Weg zum Stift. Die Äbtissin empfing Dora in ihrem Bureau und verlas bewegt einen Brief des Königlich-Preußischen Oberkommandos, in dem Dora als erste Frau und dazu als Zivilistin für den Tapferkeitsorden »Pour le Mérite« vorgeschlagen wurde. Die Äbtissin war verwundert, dass Dora sich nicht darüber freute, im Gegenteil, sie war nicht willens, diese Ehrung anzunehmen.

Sie habe weder im Kampf ihr Leben riskiert, noch irgendeine außergewöhnliche Leistung erbracht, die solch eine Auszeichnung rechtfertigen würde. Sie habe nur ihre Pflicht getan, wie alle anderen auch. Wenn Ihro Majestät sie dennoch ehren wolle, so möge der König sich für Doras umgehende Promotionsexamina an der Universität zu Halle einsetzen, deren Termin seit geraumer Zeit und ohne Zweifel in bewusster Absicht verzögert wurde.

Der Doktortitel sei für sie die einzige angemessene Ehre, von der sie glaubte, dass sie ihr zustehe.

Die Äbtissin reagierte nicht überrascht. So kannte sie ihre Dora: ehrlich, aufrecht und unbestechlich.

Ein heftiges Klopfen an der Tür weckte Dora aus dem Schlaf, in den sie schließlich gefallen war. Die Nacht dämmerte bereits herauf, die Kirchturmuhr hatte acht geschlagen. Dora erhob sich rasch und öffnete noch schlaftrunken die Tür. Davor stand Heinrich von Falkenberg! Sie war hocherfreut über diesen überraschenden Besuch. Der Baron war in Zivil und soeben in Halle eingetroffen. Er hatte die weite Reise von Potsdam gern auf sich genommen, wie er betonte, denn er wollte es sich nicht nehmen lassen, an Doras großem Tag dabei zu sein. Falkenberg schlug Dora vor, gemeinsam unten in der Gaststube zu dinieren. Das Restaurant, so wusste er zu berichten, genoss einen ausgezeichneten Ruf. Dora nahm begeistert die Einladung an und versprach, gleich hinunterzukommen. Sie sah dem Baron hinterher, wie er über den Korridor zur Treppe ging. Selbst mit einer Armprothese war seine Haltung tadellos.

Sie saßen sich in einer der holzgetäfelten Nischen gegenüber. Dora hatte ein köstliches Mahl genossen, das aus einer Möhrensuppe und einer frischen Brasse aus der Saale mit Kraut und Kartoffeln bestand. Als der Baron ihr zum Dessert eine Tasse heißer Schokolade offerierte, war sie entzückt, denn Dora genoss die Köstlichkeit zum ersten Mal! Heiße Schokolade war ein so unvergleichliches und teures Getränk, das in den eher bescheidenen preußischen Bürgerkreisen noch nicht verbreitet war. Der Baron hatte nach der Suppe den Kaninchenbraten genommen und war dankbar, dass ihm Dora das Fleisch schnitt. Sie tat dies mit den Worten: »Schließlich bin ich es schuld, dass Ihr den Arm verloren habt.«

Der Baron griff nach ihrer Hand. Dabei sagte er: »Um Euch zu retten, hätte ich selbst mein Leben gegeben.«

Sie lächelte ihn an. Dann zog sie ihre Hand zurück.

»Berichtet mir von Euch«, sagte sie.

Heinrich von Falkenberg schien über diese Aufforderung dankbar zu sein, denn endlich konnte er sich offenbaren. Mit Katharina Freifrau zu Görlitz war er eine standesgemäße Vernunftehe eingegangen. Während die Eheleute in rascher Abfolge zwei Kinder bekamen, zuerst eine Tochter, Alexandra-Elisabeth mit Namen, dann den Sohn Karl-Heinrich, flüchtete sich Falkenberg in seine militärische Karriere. Er wurde rasch befördert und lebte bei Hofe, nah dem König.

Irgendwann zog sich seine Gemahlin auf ihre Besitztümer im Osten zurück, das höfische Leben in Potsdam wurde ihr langweilig und die Eheleute entfremdeten sich. Die Tochter wurde bereits mit siebzehn einem ostpreußischen Junker versprochen, Sohn Karl-Heinrich, ein musisch begabter Knabe, musste zu den Kadetten nach Berlin, um das Kriegshandwerk zu erlernen. Falkenberg war nicht wohl bei dieser Schilderung, denn er hatte seinen Kindern ein selbstbestimmtes Leben versagt.

»Wie soll es jemals gelingen, eine selbstbewusste, emanzipierte Generation heranzuziehen, wenn immer wieder die gleichen Fehler weitergegeben werden?«

Diesen Vorwurf konnte Dora dem Baron nicht ersparen.

Er hörte ihr betreten zu, während sie über das Duckmäusertum, dem Mangel an Zivilcourage und die Angst vor der Obrigkeit sprach.

»Das zu beenden sollte das Ziel einer Gesellschaft sein«, sagte sie erregt, »wenn sie sich denn je frei nennen will.«

Wie immer war der Baron von ihrer Klugheit fasziniert, und er konnte ihr nur zustimmen.

Aber auch sie musste gestehen, dass sie ihre intimsten Wünsche und das Verlangen, sich von den konventionellen Zwängen zu befreien, aus Pflichtgefühl der Familie und der Gesellschaft gegenüber verleugnet hat. Hier trafen sie sich beide, in dieser Stunde waren sie Verbündete geworden.

Aber eines unterschied sie doch: Dora war nie ihrem Ziel, Ärztin werden zu wollen, untreu geworden. In ihrem Innersten brannte dieses idealistische Feuer bis heute. Und nur deshalb saßen sie sich jetzt hier an diesem Abend gegenüber, in Erwartung des morgigen Tags, welcher der wichtigste ihres Lebens werden sollte.

Der Baron hob sein Glas und stieß mit Dora an. Beide tranken und der Baron meinte: »Nun solltet Ihr besser auf Eure Stube gehen. Ihr wollt Euch sicher noch für die morgige Prüfung präparieren.«

Dora lachte. »Baron, wenn Ihr in die Schlacht zieht, lernt Ihr dann erst am Vortag das Reiten?«

Sie hatte sich auf den Weg zur Universität gemacht und lief frohen Mutes durch die mittelalterlichen Gassen der schönen Stadt Halle. Wenn man Dora so sah, hätte man nicht glauben können, dass sie eine schwere Aufgabe vor sich hatte, denn sie war sich ihrer Sache sicher. Die Erfahrung durch ihr jahrelanges praktisches Tun vermittelte ihr Selbstvertrauen. Es gab kein Gebiet, so sagte sie sich, wo sie Schwächen hatte. Im Gegenteil. Sie hatte sich in den letzten Wochen durch die Lektüre aktueller Bücher auf den neusten Stand der Heilkunde gebracht.

Das eindrucksvolle Werk von Jean-Baptiste Helmont, welches in aller Munde war, hatte sie gelesen und sich mit den Theorien über das Fluidum spirituosum befasst. Sie hatte durchs Mikroskop des Vaters geschaut und sich mit den Kleinorganismen beschäftigt, in denen man ursächliche Verbindungen zu den Krankheiten sah. Trotz dieser logischen Erkenntnisse war sie nicht gewillt, sich mit einem vermutlich konservativen Gremium anzulegen, um ihre Promotion nicht zu gefährden. Sollten die gelehrten Herren doch weiter an Miasmen glauben.

Dora blieb vor dem Gebäude der Universität mit seinen drei Eingängen stehen und sah hinauf zur Inschrift »Suum Cuique«.

Links und rechts strebten Studenten die breiten Steinstufen hinauf und betraten das Gebäude durchs mittlere Portal. Einige sahen sich nach Dora um, die in ihrem hellen Kleid und dem bunten Schal wie ein Fremdkörper inmitten der dunkel gekleideten jungen Männer wirkte. Es war offensichtlich, dass die Studenten wussten, wer diese Frau war, die sie vor sich sahen, aber von keinem kam ein freundlicher, aufmunternder Blick, geschweige denn auch nur ein scheuer Gruß. Zu verwirrend war wohl für sie alle Doras Ansinnen. Sie musste schmunzeln, als sie zuversichtlich die Stufen hochging.

Das Auditorium Maximum der medizinischen Fakultät war bis auf den letzten Platz mit sensationslüsternen Studenten gefüllt, darüber hinaus gab es noch einige Dutzend Stehplätze, die ebenfalls besetzt waren. Es mögen so an die zweihundert Zuhörer gewesen sein, die sich hier eingefunden hatten, darunter in einer der hinteren Reihen Heinrich von Falkenberg, unauffällig im dunklen Gehrock.

Es war ein vielstimmiges Gerede und Gemurmel zu hören, das augenblicklich verstummte, als die Prüfungskommission den Saal und anschließend das Podium betrat. Alle Anwesenden erhoben sich und setzten sich erst, als auch die fünf Mitglieder der Kommission an einem langen Tisch Platz genommen hatten. Die Professoren trugen Ornat und dunkle Allongeperücken. In der Mitte saß Dekan Juncker, links und rechts neben ihm die Herren Gregori, Bremer, Fricke und Siebert.

Als alles zur Ruhe gekommen war, sagte Juncker laut: »Pedell! Man rufe die Kandidatin!«

Der Saaldiener verbeugte sich kurz mit einem »Sehr wohl« und lief nach oben. Es verging etwa eine halbe Minute, dann ging ein Raunen, Zischen, Flüstern und auch Kichern durch die Reihen, als Dora den Hörsaal betrat und langsam und sicher die Stufen hinunterging, bis sie schließlich vor der Kommission Halt machte.

»Silentium!«, rief Juncker und blickte in den Hörsaal.

Es trat augenblicklich Stille ein. Juncker sah mit einem nicht unfreundlichen Blick kurz zu Dora hin und sprach dann feierlich zu den Anwesenden: »Im Namen Ihro allergnädigster Majestät haben wir uns heute hier versammelt, die Kandidatin Dorothea Erxleben, geborene Leporin aus Quedlinburg, zu hören und darüber zu befinden, ob sie sich wohl eignet, in Zukunft den ehrenvollen Titel eines Doktors der praktischen Medizin zu führen.«

Ein paar unverständliche Zwischenrufe waren zu vernehmen, aber der Dekan ließ sich nicht ablenken und sprach zu Dora: »Etes-vous prête, Madame? »

Dora war bereit, lächelte freundlich und sagte mit fester Stimme: »Je suis prête, Monsieur le Professeur. »

Der Dekan sah zu seinen Kollegen und sprach danach Dora auf Latein an.

»Kandidatin, tragt uns bitte die Gründe vor, die Euch bewegen, den Beruf des Arztes ergreifen zu wollen.«

Dora antwortete in tadellosem, flüssigen Latein. »Schon von frühester Jugend an war es mein Bestreben, den Kranken zu helfen. Ich habe mich in allen Sparten der Medizin gewissenhaft gebildet und fühle mich, obwohl ich weiblichen Geschlechts bin, berufen, ein Doktor der Medizin zu sein.«

Alle Anwesenden waren verblüfft über diesen selbstbewussten Vortrag. Vereinzelte äußerten Missfallen, aber von anderen wiederum gab es bereits anerkennendes Klopfen.

Der Dekan erteilte Professor Gregori das Wort.

»Kandidatin!«, rief dieser. »Ihr verwendet in Eurer Dissertation den Begriff ›dosis facit venenum‹. Wie ist das zu verstehen?«

Das war eine leichte Übung für Dora, und sie antwortete weiterhin lateinisch.

»Der Begriff ›dosis facit venenum‹ geht auf Paracelsus zurück, der klarmachen wollte, dass allein die Dosis ausschlaggebend dafür ist, dass eine Arznei heilsam, aber auch gefährlich, ja sogar tödlich sein kann.«

Sofort ging Bremer dazwischen, um Dora zu überrumpeln, und rief in mäßigem Latein: »Nennt uns derlei Pflanzen und ihre Grenzwerte!«

Dora begann: »Solanum dulcamara, 22 Gramm, hedera helix, 15 Gramm, papaver rhoeas, 100 Gramm, Cnicus benedictus, 10 Gramm. Chelidonium majus, 2,5 Gramm ...«

Der Dekan unterbrach sie. »Lasst es gut sein.«

Aber Dora fügte noch der Ordnung halber hinzu: »Alle Einheiten gemessen auf einen Liter Wasser.«

Der Dekan schaute in die Runde und meinte: »Ich denke, wir können in deutscher Sprache fortfahren.«

Die Professoren nickten dankbar. Juncker blinzelte Dora anerkennend zu und fügte an: »Zumal die Kandidatin das Lateinische besser spricht als manch einer hier.«

Ein vielstimmiges Lachen war aus dem Saal zu hören.

Nachdem eine Stunde vergangen war und zahlreiche Krankheiten, deren Verlauf und Ursachen, ihre Heilung und die dazu nötigen Methoden abgehandelt worden waren, ergriff Siebert das Wort. Er machte ein verbissenes Gesicht und sagte mit inquisitorischem Unterton in der Stimme: »Kandidatin! Nennt uns die natürlichen Gesichtsverformungen.«

Dora zählte sie mühelos auf. »Frons quadrata, caput quadratum, vertiefte fossa canina, Atrophie, Adenoide Vegetalis, facies abdominalis, facies leontina, Anenzephalie.«

Da grinste Siebert überheblich und fragte arrogant: »Sind das alle?«

»Ja«, antwortete Dora.

Er schlug mit der Hand auf den Tisch und meinte hämisch: »Die Progenie habt Ihr vergessen, Madame, die Pro-ge-nie!«

Dora blieb gelassen. »Mit Verlaub, Eure Frage betraf die natürlichen Verformungen. Nicht die nach Krankheiten wie der Syphilis par exemple, die in der Tat unter bestimmten Konditionen auch die Progenie zur Folge haben kann.«

Der Dekan nickte wohlwollend, und Siebert schaute verärgert drein.

Wieder verging eine halbe Stunde mit kniffligen Fragen, die aber alle in beeindruckender Weise von Dora beantwortet wurden. Sie zeigte nicht einen Moment der Unsicherheit oder der Schwäche. Ihr Auftreten war das einer Person, die um ihre Qualitäten wusste und sich nicht scheute, dies auch öffentlich zu demonstrieren.

Dann meldete sich Professor Fricke zu Wort, der ein Spezialist für die inneren Organe war. »Nun, Madame, kommen wir zum Organismus.« Er hielt ein Glas mit einem Präparat hoch und fragte: »Um was handelt es sich hierbei, Kandidatin?«

Dora hatte kein Mühe damit. Sie sah Fricke mit klarem Blick an. »Es ist die Pankreas.«

»Was wisst ihr uns über dieses Organ zu sagen?«, fragte Fricke weiter und strich sich über seinen Bart.

Er glaubte wohl, Dora verunsichern zu können, denn die Bauchspeicheldrüse war vor nicht allzu langer Zeit erst als ein eigenständiges Organ entdeckt und klassifiziert worden.

»Nun«, begann Dora, »Sie befördert die Produktion des Bauchspeichels, ist cirka 17 cm lang und wiegt grosso modo 75 Gramm. Anatomisch unterscheidet man den caput pancreatis, der im Dudenal liegt, und den corpus pancreatis, der bis zum primären und sekundären Lendenwirbel führt. Das Ende, der cauda pancreatis, reicht bis zum Milzhilum. Der ductus pancreaticus mündet mit dem ductus choledochus …«

Der Dekan unterbrach sichtlich begeistert. »Vortrefflich, Madame. Lasst es dabei bewenden. Von mir aus gibt es keine Fragen mehr an die Kandidatin.«

Er sah in die Runde und erwartete Zustimmung, aber Siebert hatte noch nicht genug, er wollte nachlegen und Dora verunsichern. Deshalb rief er: »Pedell!«

Der Pedell kam angelaufen.

Siebert fuhr fort: »Stell er sich neben die Kandidatin!«

Der Mann nahm neben Dora Aufstellung. Er war unsicher, wohin das führen sollte. Aber Dora blieb gelassen und lächelte ihm aufmunternd zu.

Siebert hatte sich erhoben und rief: »Nennt mir alle Muskeln seines Körpers und zeigt sie uns!«

Aus dem Publikum waren nun Buhrufe zu hören und auch Pfiffe.

Der Dekan reagierte irritiert und meinte: »Professor Siebert, ich denke, wir sollten langsam …«

Aber Siebert war wie besessen. »Herr Dekan, ich bestehe darauf, dass die Kandidatin antwortet!«

Wieder kam ein Raunen aus dem Auditorium.

Dora ließ sich nicht aus der Fassung bringen und begann: »Musculus deltoideus …«

Sie zeigte auf das Schultergelenk.

»Biceps brachii …«

Sie zeigte auf den Oberarm des Pedells.

»Musculus ancoinaeus …«

Sie zeigte auf den Unterarm.

Die Studenten begannen heftig im Takt zu klopfen.

»Abductor digiti minimi manus …«

Sie zeigte auf den kleinen Finger

»Abductor digiti minimi pedis …«

Der Saal tobte. Die Studenten klopften wie wild auf ihre Pulte.

Die Veranstaltung schien außer Kontrolle zu geraten und der Dekan rief verzweifelt: »Silentium! Studiosi!«

Der Saal kam langsam zur Ruhe.

»Musculus abdominis …«

Dabei zeigte Dora auf den Bauch des Pedells.

Der Dekan wischte sich mit einem Tuch den Schweiß von der Stirn und sagte zu Dora: »Madame, bitte, Ihr könnt einhalten.«

Er schaute zu seinen Kollegen, die sich bis auf den verkniffenen Siebert allesamt erhoben hatten.

»Die Kommission zieht sich zur Beratung zurück«, rief der Dekan in den Saal.

Dora verbeugte sich zum Gremium, das im Begriff war, das Podium zu verlassen. Dann bedankte sie sich höflich beim Pedell. Als sie die Stufen nach oben ging, hörte sie Klopfen und Applaus und fühlte sich auf einer Welle der Zuneigung getragen. Sie hatte ein gutes Gefühl. Sie hatte alle Fragen richtig beantwortet und ihre hohe fachliche Kompetenz unter Beweis gestellt.

Im Rektorat herrschte dicke Luft. Der Dekan und seine Kollegen waren eingetreten. Die Herren ließen sich erschöpft in die Stühle fallen, manche warfen ihr Perücken auf den Tisch, andere griffen nach einer Karaffe mit Wasser. Endlich hatten alle Platz genommen, und Professor Juncker sagte voller Anerkennung: »Mon Dieu, diese Person ist superb!«

Selbst der knorrige Bremer konnte sich ein Kompliment

nicht verkneifen. »Was für ein gescheites Frauenzimmer, Respekt!«

»Und diese Sicherheit, bewundernswert«, ließ sich Gregori vernehmen.

Fricke schüttelte ungläubig den Kopf. »Collegae, ich sage es frei heraus: Mir ist keiner meiner Doktoranden präsent, der so etwas zustande gebracht hat. Sie war auf jedem Gebiet überragend. Formidable.«

Das wollte der listige Siebert so nicht stehen lassen. »Da bin ich gänzlich anderer Meinung, werte Kollegen. In der Medikamentenkunde waren wir höchst nachlässig.«

Der Dekan hatte nun genug von der ständigen Nörgelei dieses Mannes und entschloss sich, endlich ein Machtwort zu sprechen. Er fauchte Siebert an: »Professor Siebert! Diese Madame betreut sei über zwanzig Jahren den Heilpflanzengarten Ihro herzoglichen Hoheit, der Äbtissin zu Quedlinburg! Habt Ihr das etwa vergessen?«

Siebert sah sich auf der Verliererstraße und meinte: »Gewiss, aber ...«

Der Dekan schlug auf den Tisch. »Kein Aber! Wer ist für die Ernennung?«

Vier Arme gingen spontan hoch.

Alle schauten erneut zu Siebert, der sich zurückhielt, und Gregori fragte erstaunt: »Was ist mit Euch, Siebert? Was zögert Ihr noch? Wir brauchen ein einstimmiges Votum.«

Siebert lehnte sich zurück und sagte: »Der wahre Geist der exakten Naturwissenschaften und sein Einfluss auf das Denken und Handeln des Arztes wird diesem Weib stets verschlossen bleiben.«

»Genug geschwätzt!« Der Dekan wurde jetzt ungehalten. »Euer Votum!«

Dem verschlagenen Siebert war plötzlich ein interessanter Gedanke gekommen und er sagte gefährlich leise: »Messieurs, mit Verlaub, darf ich noch einmal die Order des Staatsministers einsehen?«

Im Saal war es ruhig geworden, nachdem der Dekan sich auf dem Podium erhoben und zur Ordnung gerufen hatte. Er wirkte fahrig und war von bleicher Gesichtsfarbe. Auch vermied er den direkten Blick zu Dora, die dies zwar registrierte, aber auf den feierliche Ernst der Stunde zurückführte. Dann griff Juncker nach einem Blatt Papier und begann den Inhalt laut zu verlesen: »Die Doktorandin Dorothea Erxleben hat eine ausgezeichnete Dissertation geliefert. Sie hat darüber hinaus im Kriege chirurgisch vortrefflich gewirkt. Ebenso hat sie uns heute ihre umfassenden theoretischen Kenntnisse auf den wichtigsten Gebieten der Medizin eindrucksvoll dargelegt. Die Prüfung haben Madame glänzend bestanden. Respekt!«

Die Studenten klopften begeistert auf ihre Pulte.

Dora lächelte, sie war voller Vorfreude.

Als sie nun endlich den erlösenden Satz erwartete, sagte der Dekan: »Da es jedoch ein casus novissimus an unseren Universitäten wäre, dass eine Frauensperson Doktor würde, können wir es uns nicht erlauben, uns über eine Order Ihro Majestät hinwegzusetzen …«

Dora schaute ungläubig. Was hatte das zu bedeuten? Sie versuchte ihre Enttäuschung zu verbergen, während der Dekan weitersprach: »… denn der ausdrückliche Wunsch des Königs war es lediglich, Madame zur Prüfung zuzulassen! Diesem Wunsche sind wir gefolgt.«

Es herrschte plötzlich Totenstille.

Der Dekan verneigte sich vor Dora. »Désolé, Madame.«

Siebert lehnte sich zurück und konnte sich ein hämisches Grinsen nicht verkneifen. Er hatte sein Ziel erreicht. Diese Person würde niemals ein Doktor werden. Dafür hatte er gesorgt.

Einige Studenten begannen zu buhen und laut zu pfeifen.

Dora wollte sich keine Blöße geben. Sie wollte Haltung bewahren, obgleich sie das Gefühl hatte, der Boden würde sich unter ihren Füßen auftun und sie verschwände in einem Höllenspalt.

Sie verbeugte sich höflich vor dem Gremium und ging langsam nach oben, man sollte sie nicht in einem Zustand der Schwäche erleben. Sie hörte »Bravo!« und »Chapeau!«, als sie zum Ausgang schritt. Die meisten der Zuschauer waren spontan aufgesprungen und klatschten Beifall. Aufrecht und erhobenen Hauptes verließ Dorothea Erxleben den Saal.

Sie lief weinend durch die Gassen der Stadt. Manche der Passanten machten verwundert Platz, andere wurden von ihr angerempelt und sprangen entrüstet zur Seite. Dora war alles egal, sie wollte nur fort von hier, fort aus dieser Stadt und den Menschen, die ihr so böse mitgespielt hatten. Vor wenigen Stunden noch war sie stolz und selbstbewusst hier entlangspaziert, voller Überzeugung, ihre Aufgabe sicher lösen zu können, und nun hatte sie das Gefühl, dass ihr Leben zu Ende sei.

Seit sie denken konnte, war ihr gesamtes Streben auf den Moment ausgerichtet, an dem sie ein Doktor der Medizin wäre, ein gleichwertiges Mitglied dieser männlich geprägten Zunft. Und dies nicht durch List, nicht durch Intrige oder die Gewährung von Gefälligkeiten, sondern einzig und allein durch ihre wahrhaftige und ehrliche Leistung.

Sie war so nah daran gewesen, die verkrusteten Strukturen aufzubrechen und einen neuen Weg zu beschreiten. Genau diese Mechanismen, die ihr Gymnasium und Studium versagten, waren es letztendlich, die ihr den Lebenstraum zerstörten. Diese feige und so offensichtlich vorgeschobene Begründung der Kommission empfand sie als die schmerzvollste Schmach ihres Lebens.

Zuerst hatte man sie eine Doktorarbeit schreiben lassen, an der es nichts zu mäkeln gab. Danach wurde sie von diesen feinen Herren in den Krieg geschickt, in der Hoffnung, sie würde ihn nicht überleben. Doch sie war zurückgekehrt, gestärkt und aufrecht. Und heute hatte man sie einer stundenlangen Prüfung ausgesetzt, die sie mit Bravour bestanden hatte.

Als es keine Ausrede mehr gab, musste eine unglückliche Formulierung in einem königlichen Schreiben den Grund dafür liefern, ihr die verdiente Ehre vorzuenthalten.

Sie war vor dem »Ackerbürgerhof« angekommen und rannte atemlos auf ihr Zimmer, wo sie sich laut schluchzend aufs Bett warf.

Sie wusste nicht mehr, wann und wie der Baron ins Zimmer gekommen war. Als sie aus ihrem Kissen hochkam und sich ihm mit müde geweinten Augen zuwandte, saß er jedenfalls auf der Bettkante und hatte seine Hand zärtlich auf ihre Schulter gelegt. Sie nahm wortlos seine Hand und drückte sie schweigend an ihr Gesicht. Wieder musste sie weinen.

Heinrich von Falkenberg strich ihr über das Gesicht. »Ihr dürft jetzt auf keinen Fall aufgeben. Diese Genugtuung solltet Ihr Euren Gegnern nicht gönnen.«

Sie legte sich auf den Rücken und starrte an die Decke des Zimmers. Nach einer Weile sagte sie leise: »Ach, Heinrich, ich habe keine Kraft mehr. Meine gesamte Energie habe ich in diesen Moment gelegt. Es ist vorbei.«

»Das dürft Ihr nicht sagen. Dora, ich beschwöre Euch. Macht eine Eingabe an den König. Am besten noch heute. Ich werde sie Ihro Majestät persönlich überbringen«

Sie lachte bitter. »Ihro Majestät wird entzückt sein. Schon wieder dieses närrische Weib mit ihrem Doktortitel!«

Erneut brach sie in Tränen aus. Falkenberg zog mit den Zähnen ein weißes Spitzentaschentuch aus dem Ärmel und gab es ihr. »Danke«, sagte sie leise und schnäuzte sich. Dann setzte sie sich abrupt auf.

»Nein, lieber Baron, ich fahre morgen nach Quedlinburg zurück. Ich möchte zu meiner Familie. Man hat mich gebrochen und gedemütigt. Ich werde mein Leben auch zu Ende bringen, ohne ein Doktor zu sein!«

Falkenberg war enttäuscht. »Ist das Euer letztes Wort?«

»Mein vorletztes, Baron. Mein letztes ist: Adieu!«

28.

An einem grauen, nieseligen Tag rumpelte die Postkutsche über die aufgeweichte Landstraße in Richtung Quedlinburg. Dora war der einzige Fahrgast. Sie hatte die Beine hochgelegt und angezogen. Sie kauerte in einer Ecke, so dass sie immer mal wieder den Vorhang zur Seite schieben und in die triste Landschaft schauen konnte. Das Wetter passte ideal zu ihrer Stimmung. Sie war traurig und enttäuscht. Anders wäre es gewesen, hätte sie sich etwas vorwerfen können, hätte sie in Halle versagt. Aber sie hatte alles richtig gemacht, jedoch die antagonistischen Kräfte waren stärker. Es hatte nicht sein sollen. Sie würde sich jetzt wieder intensiv ihrer Familie annehmen, ihre Kinder brauchten sie. Sie würde Magda weiter in der Heilkunde und im Lateinischen ausbilden, auf dass diese vielleicht eines Tages eine Ärztin würde. Denn Talent hatte das Mädchen fraglos. Dora erinnerte sich des Vaters, des großen und wunderbaren Doktors, und daran, wie liebevoll er sie von Kindesbeinen an zur Medizin geführt hatte. Wahrscheinlich saß er irgendwo da oben und hatte das erbärmliche Schauspiel gesehen. Dorchen, auch wenn du keinen Titel hast, so bist du doch der beste Doktor. Das hätte er gewiss gesagt. Lass die Säue sich an der Eiche wetzen. Das Leben würde weitergehen.

Dora schloss die Augen.

Sie wollte nur noch schlafen.

Kaum war Dora am Gasthaus »Zum Bären« der Postkutsche entstiegen, waren Annchen, Hannchen, Christian und

Hannes auf sie zugelaufen und hatten sie umringt. Ihre Depesche war also rechtzeitig eingetroffen. Sie hatte gestern ihrer Familie vorsorglich geschrieben, damit die sich keine falschen Hoffnungen machte und ihr womöglich noch einen großen Empfang bereiten würde.

Dora hatte ihre geliebten Kinder ans Herz gedrückt. Dann aber bemerkte sie Traurigkeit in ihren Augen und fragte das fünfzehnjährige Hannchen, ob denn etwas vorgefallen sei.

»Dem Vater ist nicht wohl«, sagte das Mädchen. Und Christian fügte hinzu: »Er spricht so komisch.«

Dora richtete sich auf, und Hannes nahm ihre Tasche.

»Dann wollen wir mal nach dem Rechten sehen und den Vater wieder rasch gesund machen«, sagte sie, und die fünf zogen los.

Sie liefen zur Ecke des Marktplatzes an der Apotheke vorbei, als sich die Tür öffnete und wie auf ein Zeichen Doktor Bollmann in der Tür erschien. Er lüftete seinen Hut und grüßte heuchlerisch, aber Dora und die Kinder gingen vorbei, ohne ihn zu beachten.

Von hinten kam der Apotheker und sah Dora um die Ecke verschwinden.

»Le matin est plus sage que le soir«, meinte Bollmann und grinste.

Hopf hatte wieder einmal kein Wort verstanden.

»Der Morgen ist klüger als der Abend«, belehrte ihn der Doktor.

Als Dora mit den Kindern das Pfarrhaus erreichte, kam ihr bereits ihre Mutter aufgeregt entgegengelaufen.

Sie nahm ihre Tochter zur Seite und flüsterte: »Es ist vor zwei Stunden passiert. Ich glaube, es ist ein Hirnschlag!«

Dora war erschüttert und rannte ins Haus.

Sie betrat die Schlafstube. Magda erhob sich von einem

Stuhl, der am Bett des Vaters stand und auf dem die Zwanzigjährige Krankenwache gehalten hatte. Dora nahm ihre Stieftochter in den Arm und drückte sie ganz fest. Beide sprachen kein Wort. Dann wischte sich Magda eine Träne aus dem Gesicht und verließ das Zimmer.

Dora setzte sich auf Erxlebens Bett und sah ihn an. Er versuchte zu lächeln, aber sein Mund war schief, er hatte ganz offensichtlich einen Schlag erlitten. Sie wusste, dass es nicht gut um ihn stand und dass es keine Hilfe gab. Mit Pech würde er gelähmt sein.

»Könnt Ihr Euch erheben?«, fragte sie.

Der Diakon schüttelte den Kopf.

»Ihr habt einen Hirnschlag erlitten. Warum habt Ihr keinen Arzt gerufen?«, fragte Dora ihren Mann.

Der antwortete sehr mühsam und kaum verständlich: »Ihr seid der Arzt. Auch wenn die hohen Herren das nicht wollen.«

Dora nahm seine Hand. »Ein Hirnschlag muss nicht das Ende sein. Ihr müsst kämpfen.«

Er versuchte ein Lächeln. »Ihr auch.«

Dora strich ihm über das Gesicht. Sie erhob sich, zog die Decke weg. »Lasst mich Euch untersuchen.«

Erxleben schüttelte den Kopf und brachte leise den Satz heraus: »Möge der Herr mich rasch erlösen.«

»Hört auf mit diesen Torheiten. Das könnte Euch so gefallen, mich allein zu lassen mit all den Bälgern!«

Erxleben wurde unruhig. Er klopfte auf das Bett, damit Dora sich wieder setzte. Die Worte kamen stockend. »Dora, hört mich an, ich will, dass Ihr den Doktortitel bekommt. Verfasst eine Eingabe an Ihro Majestät.«

»Zuerst kommt Ihr. Das ist das Wichtigste«, erwiderte Dora energisch.

Erxleben schüttelte wieder den Kopf. »Hiob sprach: Ein jeder muss lernen, mit den Sorgen des Nächsten zu leben.«

Sie legte ihren Kopf auf seine Brust, als er unter größten Anstrengungen und mit etlichen Pausen weitersprach.

»Man hat Euch aus Kleinmut um den verdienten Erfolg gebracht. Ein Leben lang habt Ihr dafür gestritten. Auch mit mir. Ihr wärt nicht meine Dorothea, Tochter des aufrechten Doktors Leporin, würdet Ihr jetzt kapitulieren. Es ist mein innigster, letzter Wunsch. Den sollt Ihr mir nicht verwehren.«

Sie nahm seine Hände und küsste sie. In seinen Armen war keine Kraft mehr.

»Verlasst mich nicht«, sagte sie leise.

Erxleben versuchte erneut ein Lächeln. »Ich bin stets bei Euch … Dora.«

Gegen Mitternacht schloss Diakon Erxleben für immer die Augen. Er wurde sechzig Jahre alt.

Durch den mächtigen Kirchenraum schwebte die Trauermusik, die sich der Diakon zu seiner Totenfeier gewünscht hatte: der berührende Kanon in D-Dur von Johann Pachelbel, den der alte Organist Theopold noch nie so inbrünstig gespielt hatte.

Erxleben lag aufgebahrt unter dem Kirchenschiff vor dem Altar. Durch das Fenster fiel buntes Tageslicht auf die Szenerie.

Angeführt von den Honoratioren, defilierten die Bürger der Stadt ehrfürchtig am offenen Sarg vorbei, an dessen Seiten die Familie des Toten stand: Dora, ihre Mutter, die Kinder.

Dora sah nach oben, verfolgte mit den Augen das einfallende Licht. Hier hatte sie Erxleben zum ersten Mal geküsst. Hier waren sie auf den heiligen Boden gesunken vor Leidenschaft. Sie musste trotz ihrer Trauer lächeln.

Am Nachmittag erschien wie angekündigt die Äbtissin, nachdem das Portal von Sankt Nicolai bereits geschlossen war.

Sie wollte allein und in aller Stille vom Diakon Abschied nehmen, den sie geschätzt hatte, obwohl er anfangs Doras Karriere im Wege stand. Nach einer Viertelstunde der Einkehr ließ sie sich von Magda zu Dora führen. Die saß in der Sakristei und versuchte sich zu beschäftigen. Sie war verzweifelt und wusste nicht, wie das Leben weitergehen sollte. Um nur irgendetwas zu tun, ordnete sie die Dokumente und Aufzeichnungen ihres verstorbenen Mannes.

Sie begrüßte die Äbtissin und bot ihr ein Glas Likör an, das diese gern annahm. Nachdem sie eine Weile über den Verstorbenen gesprochen und ihn recht gelobt hatten, kam die Äbtissin auf das Examen in Halle zu sprechen.

Sie hatte in der Zwischenzeit über den Baron von Falkenberg von den skandalösen Vorfällen erfahren und wollte Dora ermuntern, nicht aufzugeben. Aber die Diakonin befand sich in einer argen Lebenskrise, sie war Witwe geworden, hatte die Verantwortung für ihre alte Mutter, fünf Stiefkinder und vier eigene. Gewiss, sie würde eine kleine Rente von der Kirchengemeinde erhalten, aber die Hoffnung, als Ärztin zu arbeiten und ordentliches Geld zu verdienen, war dahin.

Die Äbtissin bot sich an, jederzeit finanzielle Unterstützung zu leisten, doch Dora lehnte das Angebot dankbar, aber bestimmt ab. Nein, es würde ihr schon irgendwie gelingen, die Familie durchzubringen.

Die Äbtissin erhob sich und nahm Dora liebevoll in den Arm.

»Dora, wir haben Euch schon vor sehr langer Zeit unserer Zuneigung versichert, und wir sagen Euch nunmehr als Eure gute Freundin: Schreibt dem König! Ihr seid kurz vor Eurem Lebensziel. Niemals würdet Ihr Euch das vergeben, diese Chance nicht genutzt zu haben. Und wenn Ihr es schon nicht tut um Euretwillen, so tut es für all die Menschen, die an Euch glauben und die große Hoffnung in Euch gesetzt haben. Und tut es für Euren wunderbaren Vater, dem Ihr so viel zu verdanken habt. Eure Zeit muss sich erfüllen, Dora. Welchen Sinn hätte sonst Euer Leben gehabt?«

Die Äbtissin küsste Dora auf die Stirn und sagte dann: »Gott schütze Euch.«

Zum ersten Mal sah Dora Tränen in den Augen dieser hohen Frau. Die Äbtissin, sichtbar gerührt, löste sich von ihr und verließ rasch die Sakristei.

Dora war aufgerüttelt. Sie starrte zur offenen Tür, durch die Ihre Hoheit soeben verschwunden war. Die Worte klangen noch nach: Welchen Sinn hätte sonst Euer Leben gehabt? Die Zeit soll sich erfüllen!

»Ja, so sei es!«

Dora nahm Papier, eine Feder und Tinte und begann zu schreiben.

Es war dunkel geworden, als die Kinder ehrfürchtig in der Sakristei standen und die letzten Zeilen aus Doras Brief an den König hörten, den Magda verlas, während Dora mit geschlossenen Augen im Sessel des Diakons saß.

»… und möchte ich aus den vorgenannten Gründen Ihro allergnädigste und langmütigste Majestät untertänigst bitten, um einer ultimativen Entscheidung willen, meinen Casus wohlwollend prüfen zu lassen. In Demut und hochachtungsvollster Verbundenheit, Dorothea Erxleben.«

Es gab kein Halten mehr. Die Kinder umringten die Mutter, und eine hoffnungsfrohe Stimmung machte sich breit, während der Diakon immer noch aufgebahrt einige Meter weiter in der Kirche lag. Sein letzter Wille war erfüllt worden.

29.

Der König von Preußen saß in seinem großen Bureau in Sanssouci in einem Sessel an seinem Schreibtisch, neben ihm hatten sich wie üblich Windspiele auf dem Boden ausgestreckt. Friedrich war sichtlich nervös und trommelte mit den Fingern, während Falkenberg vor ihm stand. Der hielt ein Schreiben in seiner Hand, aus dem er vorgelesen hatte.

»Genug der Präliminarien, Falkenberg«, trieb der König zur Eile, »die Quintessenz! Was sagt der Dekan, das für uns von Belang wäre?«

Falkenberg las weiter: »*Die Kandidatin hat in einer zweistündigen diffizilen examine alle quaestiones theoreticas et practicas zum Teil in vorzüglichstem Latein, als wäre sie eine leibhaftige Römerin, mit solcher Accuratesse und Sinnesschärfe beantwortet, dass alle Anwesenden außerordentlich zufrieden waren. Wer, wenn nicht besagte Kandidatin, hätte ein summa cum laude redlich verdient!*«

Der König sprang wütend auf. Die Hunde ebenso.

»Mon Dieu!«, schrie er. »Was haben diese törichten Herren noch zu zögern, wenn denn diese Madame so superb ist?«

Er ging auf den langen Baron zu, sah zu ihm hoch und stach ihm mit dem Finger vor die Brust.

»Falkenberg! Wir befehlen, dass sie endlich doktert!«

Und damit verließ er das Bureau.

Das Rektorat der medizinischen Fakultät der Universität zu Halle bildete den angemessenen Rahmen, Dorothea

Erxleben zu ehren, um ihr den Titel eines medicus practicus zu verleihen. Stolz, aber äußerlich gelassen nahm sie die Glückwünsche der Kommission entgegen. Der Dekan hatte ihr die Hand geküsst, und so taten es die anderen drei Professoren ihm gleich.

»Kollege Siebert lässt sich entschuldigen«, sagte der Dekan, »er fühlt sich unwohl.«

Dora schmunzelte und fragte: »Soll ich ihn mir mal ansehen?«

Ein herzliches Lachen war die Folge, und Fricke rief: »Touché! Famos pariert, Frau, äh, Madame Doktorin!«

Ja, wie war denn ein weiblicher Doktor überhaupt anzureden? Es gab ja noch keinen derartigen Fall.

»Sei's drum«, meinte der Dekan, »Lasst uns denn zum Eid schreiten. Soll ich ihn verlesen oder …?«

Dora lächelte. »Nein, Herr Dekan, ich weiß, was uns Hippokrates zu tun aufgibt.«

Alle stellten sich feierlich auf, Dora hob die Hand zum Schwur und sagte: »Ich schwöre bei Apollon dem Arzt und bei Asklepios, Hygieia und Panakeia sowie unter Anrufung aller Götter und Göttinnen als Zeugen, dass ich nach Kräften und gemäß meinem Urteil diesen Eid und diesen Kontrakt zu erfüllen bereit bin.Die heilbringenden Maßnahmen werde ich nach Kräften und gemäß meinem Urteil zum Nutzen der Kranken einsetzen, Schädigung und Unrecht aber ausschließen. Ich werde niemandem, nicht einmal auf ausdrückliches Verlangen, ein tödliches Medikament geben, und ich werde auch keinen entsprechenden Rat erteilen; ebenso werde ich keiner Frau beim Abortus helfen. Lauter und gewissenhaft werde ich mein Leben und meine Kunst bewahren. Auf keinen Fall werde ich Blasensteinkranke operieren, sondern werde hier stets den Handwerkschirurgen Platz machen, die darin erfahren sind. In wie viele Häuser ich auch kommen möge, zum Nutzen der Kranken will ich eintreten und mich von jedem vorsätzlichen Unrecht und jeder Widernatürlichkeit fernhalten, auch von unsittlichen Handlungen mit Frauen und Männern, sowohl Freien als auch Leibeigenen. Über alles, was ich während oder außerhalb der Behandlung im Leben der Menschen sehe oder höre und das man nicht nach draußen tragen darf, werde ich schweigen und es geheimhalten. Wenn ich diesen meinen Eid erfülle und ihn nicht antaste, so möge ich mein Leben und meine Kunst genießen, gerühmt bei allen Menschen für alle Zeiten; wenn ich ihn aber übertrete und meineidig werde, dann soll das Gegenteil davon geschehen.«

Der Dekan nickte anerkennend und übergab Dora ihre Ernennungsurkunde.

»Madame le Docteur«, sagte er mit einem Lächeln.

Wie auf Stichwort erschien der Pedell mit einem Tablett, auf dem fünf volle Weingläser standen. Jeder nahm sich eines, man trank auf das Wohl der frischgebackenen Ärztin. Juncker hob sein Glas und lächelte Dora freundlich an.

Es war ein Treiben, wie es Quedlinburg seit vielen Jahren nicht erlebt hatte. Hunderte von Bürgern hatten sich auf dem mit Blumen und Girlanden geschmückten Marktplatz eingefunden, und die Postkutsche aus Halle hatte Mühe, sich den Weg durch die begeisterte Menschenmenge zu bahnen. Schließlich kam sie zum Halten, und Dora verließ die Kutsche. Sie blieb auf der untersten Stufe der Einstiegstreppe stehen und winkte mit einer Pergamentrolle.

Überschwänglicher Jubel brandete auf. Die Stadt war stolz auf ihre berühmteste Bürgerin, die nicht nur die erste Ärztin Preußens, sondern auch der erste weibliche promovierte Doktor der Medizin weltweit war! Dora wurde von ihren Kindern, ihrer Mutter und den Nachbarn beglückwünscht. Zu ihrer großen Freude waren auch ihre Brüder zum Empfang erschienen, Christian, inzwischen selbst Professor in Hannover, Hans, Bataillonskommandant eines Artillerieregiments zu Berlin. Der alte Knecht Valentin ragte aus der Menge, hatte den zuletzt geborenen, dreijährigen Heini auf dem Arm und weinte vor Glück. Nach ein paar Minuten bildete die Menge eine Gasse, und Dora ging mit ihrer Mutter, gefolgt von ihren Kindern und den Brüdern hinüber zum Rathaus. Immer wieder hielt sie an, um Hände zu schütteln und Glückwünsche in Empfang zu nehmen. Vor dem Rathaus angelangt, wurde sie am Eingangsportal vom Bürgermeister und den Herren des Magistrats der Stadt begrüßt und beglückwünscht. Inzwischen hatte sich neben der Treppe eine Musikkapelle in Stellung gebracht und spielte den Hohenfriedberger Marsch. Danach brach wieder Jubel aus. Hüte flogen in die Luft, Doras Name wurde skandiert, und sie bekam langsam müde Arme vom Winken.

Im großen Festsaal war ein Empfang vorbereitet worden. Dora durfte sich ins Goldene Buch der Stadt eintragen. Danach setzte man sich an eine lange Tafel. Viele Reden wurden gehalten – Lobreden auf den Doktor Leporin und auf den Diakon, und so mancher brüstete sich damit, alles vorhergesehen zu haben, denn Dora sei bereits als Kind etwas ganz Besonderes gewesen. Der Magistrat hatte sich nicht lumpen lassen, und es wurde reichlich Deftiges aufgetischt. Dazu trank man das herzhafte Altmärker Bier. Zu vorgerückter Stunde gingen die Reden in kräftigem Gesang unter, und so manch schwerer Kopf sank auf die Tischplatte.

Es war bereits nach Mitternacht, als sich Dora mit ihren Kindern, der Mutter und den Brüdern auf den Heimweg machte. Sie war glücklich und atmete tief die kühle Nachtluft ein. Ihr Lebenstraum hatte sich erfüllt. Sie war Doktor Dorothea Erxleben. Während alle um sie herum noch aufgeregt plauderten, sah sie hinauf zu den Sternen und dachte an den Vater, der gewiss voller Stolz auf sie herabblicken würde. Ohne dass es jemand wahrnahm, sprach sie leise ein Gebet.

Der nächste Sonntag stand ganz im Zeichen des offiziellen Empfangs im Damenstift, wo es sich ihre herzogliche Hoheit, die Äbtissin, nicht nehmen ließ, Dora zu ehren. Etwa zweihundert Gäste waren geladen und hatten sich im Stiftssaal eingefunden. In aufgeregter Erwartung blickten sie immer wieder auf die große zweiflügelige Tür, die sich jeden Moment öffnen würde.

Unter den Gästen sah man die Hofdamen, die Herren vom Magistrat, den Polizeihauptmann mit einigen seiner Offiziere, zahlreiche Bürger der Stadt und natürlich die Mitglieder von Doras Familie. Selbst die Ärzte Bollmann und Ellrich sowie der Apotheker Hopf waren zugegen.

Dora war nach ihrer Ankunft vor dem Schloss vom inzwischen gebeugten und ergrauten Majordomus Albert in die privaten Gemächer gebeten worden, wo sie von der Herzogin herzlich empfangen und sogleich in den Arm genommen wurde.

»Madame le Docteur!«, rief die Äbtissin beglückt und küsste Dora auf die Wangen. Sie nahm wortlos einen prachtvollen Brillantring von ihrem Finger und steckte ihn Dora an die Hand.

»Hoheit! Das ist zu viel …« Dora wand sich verlegen.

»Ihr habt uns etwas viel Schöneres geschenkt, Dora.«

Dora machte einen vollendeten Hofknicks und küsste die Hand ihrer Gönnerin.

Die Äbtissin vollführte eine einladende Geste zu einem Tischchen, auf dem Likör und Gebäck standen. Die beiden Frauen setzten sich.

»Wir sind sehr stolz auf Euch«, sagte die Äbtissin. »Par

contre, nun können wir Euch jeden Tag zu uns bitten – als unsere Leibärztin. Welch ein Pläsir!«

Dora legte den Kopf schief und sagte: »Hoffentlich nicht. Das würde bedeuten, Ihr wäret permanent krank, Hoheit.«

Die Äbtissin lachte. »Das sind wir auch. Wir haben uns die Malaisen nur aufgespart, bis Ihr Euren Titel habt!«

Die beiden stießen mit den Gläsern an und schlürften genüsslich das Likörchen. Und anschließend noch eines. Als die Äbtissin noch einmal nachgießen wollte, sagte Dora: »C'est trop, Hoheit.«

»Papperlapapp! Uns kann ja nichts geschehen, solange Ihr bei uns seid«, bemerkte die Äbtissin amüsiert.

Die goldene Standuhr schlug die volle Stunde. Die Äbtissin erhob sich.

»Kommt, Madame le Docteur, lassen wir die braven Leute nicht allzu lange warten.«

Die Flügeltüren wurden geöffnet, und die Äbtissin betrat, begleitet von Dora, den Saal. Begeistert wurde Beifall gespendet. Die Äbtissin hatte sich bei Dora untergehakt, das Gehen fiel ihr nicht mehr so leicht. So schritten die beiden Frauen durch ein Spalier von Offizieren, hinter denen sich die Gäste reckten und streckten, um einen Blick auf die Damen zu erhaschen. Am Ende des Saals standen zwei Sessel, in denen die Herzogin und Dora Platz nahmen.

Kaum hatte sich die Aufregung gelegt, gab die Äbtissin dem Kapellmeister ein Zeichen, und ein kleines Kammerorchester spielte zu Beginn der Feier ein launiges Menuett von Händel.

Als die Musik verklungen war, erhob sich Ihro herzogliche Hoheit, und die Äbtissin hielt ihre lange erwartete Ansprache und begann mit den Worten: »Mesdames, Messieurs, wir sind erfreut zu sehen, wie zahlreich Sie unserer Einladung zu dieser Fête Surprise Folge geleistet haben. Bevor wir über den Anlass dieses Zusammenseins sprechen, lassen sie uns unserem allseits geliebten König huldigen. Gott der Herr schütze Ihro Majestät. Friedrich der Große lebe hoch, hoch, hoch!«

Die Gäste im Saal hatten brav dreimal »Hoch!« gerufen, wie es sich schickte, dann setzte die Äbtissin ihre Rede fort: »Chers amis, wir haben uns heute hier versammelt, um einer Frau zu huldigen, die wie keine zweite Ehre, Ruhm und Anerkennung in unsere geliebte Heimatstadt getragen hat. Begrüßen Sie mit uns den ersten weiblichen medicus practicus: Madame le Docteur, Dorothea Christiana Erxleben!«

Viele Hochs und Bravos waren unter dem spontanen Applaus zu hören. Dora erhob sich kurz aus ihrem Sessel und verbeugte sich vor den Anwesenden. Die Äbtissin berührte freundlich kurz Doras Arm, als die wieder Platz nahm, und sprach weiter:

»Wir können uns mit Recht stolz schätzen, dass wir von Anbeginn zu denen gehörten, die keinen Zweifel an der hohen Qualifikation der Dorothea Erxlebin hatten, zu einer Zeit, als sie noch ihren seligen Vater, unseren geschätzten Leibarzt und Stadtphysikus Doktor Leporin auf seinen Konsultationen begleiten durfte.

Bereits als junges Mädchen war ihre außerordentliche Begabung zu erkennen, und es ist ihrem famosen Vater zu danken, dass er seine Tochter so klug und gütig an die Medizin heranführte, was man nur als exzeptionell bezeichnen kann. Aber auch ihr schulden wir Dank, verehrte Madame Leporin, die sie sich überwand und letztlich ihrer talentierten Tochter den Weg jenseits des Althergebrachten ermöglicht hat.«

Dora suchte mit den Augen nach ihrer Mutter im Publikum und hatte sie schließlich entdeckt. Tränen der Freude und der Rührung liefen Anna Leporin über die Wangen. Die Äbtissin hob die Stimme an, als sie fortfuhr: »Unser innigster Dank und unsere Bewunderung allerdings gilt Euch, verehrte Frau Doktor Erxleben, dass Ihr trotz schwerster Schicksalsschläge und bitterster Anfeindungen Euer Lebensziel erreicht habt und von nun an allen Frauen Preußens, ja, allen Frauen der Welt ein leuchtendes Beispiel seid, was Frauen zu leisten imstande sind. Ihr habt uns Frauen mit Eurem Titel gekrönt.«

Frenetischer Beifall kam aus dem Saal, aber die Äbtissin wollte noch etwas anfügen und bat mit einer Geste um Ruhe. Zu Doras Überraschung trat Baron von Falkenberg aus der Menge, nickte ihr zu und übergab seiner Großtante ein Dokument, welches von der Äbtissin entrollt wurde. Sie sagte: »Bevor wir dieses Dokument verlesen, möchten wir bekunden, dass Madame le Docteur in Zukunft unsere Leibärztin sein wird.«

Sie nickte Dora zu, die sich stumm bedankte. Dann verlas die Äbtissin das Dokument.

»Im Namen Ihro Majestät des Königs, ernennen wir Madame Doktor Dorothea Christiana Erxleben mit dem heutigen Tage zum Stadtphysikus der Gemeinde Quedlinburg …«

Die weiteren Worte gingen im allgemeinen Jubel unter. Nur einem war überhaupt nicht zum Jubeln zumute. Doktor Bollmann, totenbleich, verstand die Welt nicht mehr. Jahrelang hatte er mit den verwegensten Mitteln auf seine Ernennung hingearbeitet, hatte alle Register gezogen und unterlag am Ende schmählich einer Debütantin. Als sein Kollege Ellrich ihn verwundert ansah, versuchte er gute Miene zu machen und Haltung zu bewahren, was ihm aber sichtlich schwerfiel. Dora hatte sich inzwischen erhoben und war in der begeisterten Menge verschwunden. Die Türen öffneten sich, und Diener erschienen mit Tabletts voller Champagnergläser.

30.

Vier Jahre waren vergangen. Dora praktizierte im Kabinett ihres Vaters. Die Familie war in das Leporin'sche Anwesen im Steinweg gezogen, da der neue Diakon mit seiner Familie das Haus in der Kaplanei beansprucht hatte.

Magda, Sophie und Eleonore waren aus dem Haus. So sehr es Dora bedauerte, dass Magda nun doch nicht den Weg einer Medizinerin gegangen war, sosehr freute sie sich für die älteste Stieftochter, dass die einen anständigen Mann gefunden hatte. Magda war durch die Vermittlung der Äbtissin in den kirchlichen Pflegedienst gegangen, hatte einen Diakon geheiratet und leitete nun in Halberstadt ein Altenstift. Sophie, die Zweitälteste, war auf dem Markt einem tüchtigen französischen Bäckerburschen begegnet, es war Liebe auf den ersten Blick. Sophie und ihr Michel waren nach dem Osten gezogen, um dort eine Biskuitmanufaktur zu eröffnen. Eleonore, Doras Patenkind, war schwanger und musste deshalb Anton, den Sohn eines Bauern, heiraten. Sie lebte nun bei der Familie ihres Mannes auf deren Hof außerhalb der Stadt.

Dora hatte die kleine Stube neben dem Kabinett bezogen, ihre verbliebenen Stieftöchter Hannchen und Annchen teilten sich ihre ehemalige Kammer. Die vier Söhne Friedrich, Christian, Hannes und Heini hatten auf dem Dachboden ihre Betten.

Während Anna Leporin trotz ihrer siebzig Jahre mit nicht enden wollendem Elan das Haus organisierte, den alten

Knecht und die Mägde antrieb, sich um das Essen, die Kinder und die Hauswirtschaft kümmerte, ging Dora in ihrer Aufgabe als Ärztin auf. Sie war eine Ärztin aus Leidenschaft. Die Kranken waren für Dora keine lästigen Bittsteller, sondern Menschen, die ihre Hilfe benötigten, und sie tat alles, sie ihnen zu geben.

Neben ihren arbeitsreichen Stunden im stets gut besuchten Kabinett ließ sie es sich nicht nehmen, bis tief in die Nacht noch Hausbesuche zu machen. Anschließend saß sie oft lange über Gazetten oder Büchern, bildete sich weiter und verfolgte die neuesten Erkenntnisse und Entwicklungen auf dem Gebiet der Medizin mit größtem Interesse.

Als Stadtphysikus hatte sie Berichte zu verfassen über die unterschiedlichen Krankheiten in der Gemeinde, über die Hygiene, über Geburten und Todesfälle. Zu diesem Anlass gab es regelmäßige Treffen mit den Ärzten Bollmann und Ellrich, die ihr zu berichten hatten. Längst hatten die Ärzte erkannt, dass Dora ihnen in allen Belangen überlegen war, eingestehen würden sie es sich aber niemals. Im Gegenteil, Neid und Eifersucht sorgten weiterhin für Spannungen.

Auf Doras Bestreben hin war vor einigen Wochen ein Hospiz gegründet worden, um den einsamen Alten und Siechen einen Platz zu geben, an dem sie in Würde sterben konnten.

Auch hier machte Dora regelmäßige Besuche, denn oft war es nicht allein die Gesundheit, sondern vielmehr ein liebendes Wort, dessen die alten Menschen bedurften.

Einmal im Monat fand ein jour fixe statt, an dem Dora für einen Tag ihr Kabinett in der Stadt gegen ein Konsultationszimmer auf dem Stiftsberg eintauschte, um die Hofdamen zu untersuchen und ihnen Arzneien zu verschreiben. Von diesem Angebot machten die Damen regen Gebrauch, denn es brachte Abwechslung in ihr ansonsten eintöniges und bescheidenes Leben. Das betraf insbesondere die Herzogin, die nun auf die achtzig zuging und die oft nur ein Unwohlsein vorgab, um Dora zu sehen und sich mit ihr über die Neuigkeiten aus der Gemeinde austauschen zu können.

Nicht selten passierte es, dass Ärzte aus anderen Bezirken Preußens oder auch aus anderen Regionen nach Quedlinburg fuhren, um die einzige Fachkollegin zu bestaunen. Dann kam es vor, dass auf dem Flur zwischen all den hustenden und jammernden Patienten ein vornehmer Herr stand, der sich später als Doktor Soundso aus Berlin, Königsberg oder Hamburg vorstellte mit dem Ziel, mit Dora zu fachsimpeln oder ihr auf den Zahn zu fühlen.

Ein besonders hartnäckiges Exemplar dieser Gattung war Doktor Greif aus Hannover, ein gutaussehender Witwer, der nach zwei Stunden intensiver Diskussion über die Behandlung der Inkontinenz plötzlich um Doras Hand anhielt. Dora war verblüfft, aber Greif meinte beruhigend, sie müsse ihre Entscheidung nicht übers Knie brechen, er habe im »Bären« ein Zimmer genommen und werde bis morgen früh ihrer geschätzten Antwort mit Zuversicht entgegensehen.

Wesentlich ernsthafter und aufwühlender war dagegen das Bemühen des Barons Heinrich von Falkenberg, seinem Leben doch noch die ersehnte Wende zu geben und Dora zu seiner Geliebten zu machen. Er schrieb seitenlange Briefe und schwärmte darin von einem Leben zu zweit. Es war für ihn selbstverständlich, dass er sich Doras Karriere unterordnen und nach Quedlinburg umziehen würde. Er erhielt ein bescheidenes Ruhegehalt, nachdem er aufgrund seiner Invalidität im Rang eines Generaloberst pensioniert worden war.

In einem seiner letzten Briefe hatte er darüber lamentiert, dass es der König sicher nicht gestatten würde, dass er sich von der Freifrau scheiden ließe, aber er sei zuversichtlich, dass man ein »Arrangement« finde, mit dem alle gut leben könnten. Es dauerte seine Zeit, bis der Baron zu begreifen begann, dass Dora an einer über die Freundschaft hinausgehenden Beziehung zu ihm nicht mehr interessiert war. Ihre ganze Liebe galt ihrem Beruf und ihren Kindern, da gab es keinen Platz mehr für einen Mann. Sie bat den Baron, ihr weiterhin als redlicher Freund nah zu sein, falls er das aber nicht könne, so sei sie eher bereit, ihn nie mehr wiederzusehen.

Endlich verstand der Baron. In seinem Brief, der vor ein paar Tagen eingetroffen war, hatte er Dora gebeten, ihr weiterhin und ausschließlich ein guter Freund sein zu dürfen.

Der Kreis hatte sich geschlossen. Wieder war, wie in alten Zeiten, ein »Doktorzug« unterwegs. Diesmal schritt Dora vorneweg, gefolgt von Hannchen, der achtzehnjährigen Stieftochter und dem Sohn Friedrich, inzwischen fünfzehn Jahre alt. Beide trugen die Taschen ihrer Mutter. Sie begab sich mit ihren jungen Helfern in das Haus des alten Magisters Werremeier, der vor ein paar Monaten Witwer geworden war.

An der Pforte wartete bereits die Magd Hedwig, die nach dem Prozess gegen Dora hier untergekommen war.

»Ich habe Euch einen Kuchen gebacken, Frau Doktor«, sagte sie.

Dora strich der Frau über die Wange. »Das tut doch nicht not, dass Sie uns jedes Mal etwas zukommen lässt«, meinte sie.

»Doch«, ereiferte sich die Magd, »dass ich hier im Haus des Magisters bin, ist Euer Verdienst, und dafür bin ich Euch ewig dankbar.«

Dora und ihre Kinder gingen ins Haus.

»Was macht denn der alte Mann?«, fragte Dora.

»Das Zipperlein, wie stets, und er isst kaum was«, meinte Hedwig und ging voraus.

In der Schlafstube angekommen, riss Dora erst einmal die Fenster auf.

»Mon Dieu, Magister, Ihr erstickt ja noch! Frische Luft ist die beste Medizin.«

Der schwerhörige Magister saß in seinem Bett und hatte drei Kissen im Rücken. Er jammerte. »Ja, ja, Frau Doktor, die Gicht bringt mich um.«

Dora kam an ihn heran und sagte laut: »Ihr müsst Euren Brennnesseltee trinken, und vor allem müsst Ihr essen!«

Der Magister schüttelte den Kopf. »Warum holt mich der Herr nicht? Sagt es mir!«

Während Dora dem alten Mann das Nachthemd auf der Brust öffnete, sagte sie: »Ihr seid noch nicht an der Reihe, Magister.« Sie setzte das Horchrohr an. »Tief einatmen.«

Hannchen nahm den Puls. Der Alte starrte dabei lüstern auf das Mädchen, dann meinte er: »Euer Töchterlein ist ein anmutiges Ding geworden. Einen richtigen Busen hat sie schon, die kleine Magda. Oder ist es die Lore?«

Dora war bei einigen ihrer greisen männlichen Patienten aufgefallen, dass die mit den Jahren zu unverfrorenen Obszönitäten neigten. Selbst honorige Männer wie der Magister begannen mit einem Mal schlüpfrige Bemerkungen von sich zu geben. Vorbei war es mit Anstand und der Etikette. Waren das Lüste, die ein Leben lang zwar vorhanden, aber unterdrückt worden waren, oder hing es mit einer Konstellation im absterbenden Hirn zusammen, eine Art von Hirnseuche, die plötzlich innere verborgene Triebe freigab? Auf jeden Fall überhörte Dora die Bemerkung des Magisters geflissentlich.

Während sie ihm half, das Nachthemd zuzuknöpfen, sagte sie: »Magister, Ihr habt das Herz eines jungen Hengstes ...«

Der Magister kicherte. Das schien ihm zu gefallen.

»Wenn ich morgen wiederkomme, will ich Euch nicht mehr im Bett vorfinden. Und esst, was die Hedwig Euch zubereitet.«

»Ihr seid unerbittlicher als Euer Vater, Dorchen.«

»Das will ich wohl meinen. Ich bekomme vier Taler, zwölf Groschen von Euch.«

Der Magister zeigte auf seine Nachttischschublade. »Nehmt es Euch heraus.«

Hannchen ließ sich nicht lange bitten. Sie öffnete die Schublade und entnahm das Geld.

Herr Jakobsohn saß mit nacktem Oberkörper auf einem Hocker. Er sah aus dem Fenster des Kabinetts auf den Hof, während Dora hinter ihm stand und sich aufmerksam seine Schulterblätter besah. Sie sagte nach einer Weile: »Es ist ein Furunkel, welches Ihr da auf dem Rücken habt.«

»Seid Ihr sicher, Frau Doktor?«

Während sie zum Schrank ging und ihre Instrumente vorbereitete, beschwichtigte sie ihn. »Absolut. Eine bösartige Geschwulst sieht anders aus. Ich werde es Euch entfernen.«

Jakobsohn sah sie ängstlich an. »Tut es weh?«

»Es ist auszuhalten. Stellt Euch nicht so an. Ihr seid doch ein Mann, oder?«

Jakobsohn protestierte. »Darf ein Mann keinen Schmerz empfinden?«

Dora lachte und stellte sich mit einem Messer hinter ihn. »Doch. Aber nicht mehr als ein Weib.«

Jakobsohn biss die Zähne zusammen. Im Nu hatte Dora das Furunkel geschickt aufgeschnitten. Mit einem Tuch entfernte sie den Eiter und das Blut. Dann gab sie eine Tinktur drauf, und Jakobsohn zischte vor Schmerz: »Schma Israel, tut das weh!«

Nachdem Dora ihn verbunden hatte, warf sie ihm sein Hemd zu. »Da sag noch einer, Ihr Juden seid nicht tapfer.«

Jakobsohn grinste. Er erhob sich und zog sein Hemd über den Kopf.

»Kommt morgen wieder vorbei, ich will mir die Wunde ansehen.«

Mit diesen Worten setzte sie sich hinter ihren Schreibtisch und begann in einer Kladde Notizen zu machen. Dabei sagte sie: »Wie geht es Eurer Lea in Frankfurt? Ist sie glücklich?«

Jakobsohn kam heran und erzählte stolz: »Und ob! Sie hat einen wunderbaren Mann gefunden. Er ist fromm und kommt aus einem wohlhabenden Haus. Und die Kinder sind wohlgeraten. Wir haben keinen Grund zu klagen. Nur, Frankfurt ist weit, und das Reisen strengt an.«

Dora sah ihn an. »Wisst Ihr noch, wie wir mal gemeinsam gereist sind?«

Er grinste. »Nu, sehr weit sind wir nicht gekommen.«

»Aber die Festnahme hatte auch ihr Gutes.«

»Das sage ich auch immer«, meinte Meier Jakobsohn nachdenklich, »in jedem Unglück steckt ein Glück.«

Sie wurde dienstlich. »Einen Taler bekomm ich von Euch.«

Jakobsohn holte seinen Geldbeutel heraus und legte eine Münze auf den Tisch.

»So soll es sein«, sagte er.

Soeben hatte Dora die Privatgemächer der Äbtissin betreten. Obwohl es bereits zur Vesperstunde schlug, lag die Herzogin noch im Bett. Sie hatte verlangt, dass Dora umgehend heraufkommen möge. Dora trat an das Bett der Äbtissin und fragte nach ihrem Befinden.

»Wir haben eine Verhärtung in der linken Brust, welche uns besorgt«, sagte die Äbtissin und setzte sich auf.

Dora half ihr, das Negligé zu öffnen, und tastete die Brust ab. Sie schloss die Augen und erspürte die Stelle. Sie nickte.

»In der Tat, Hoheit, erfühle ich ebenso wie Ihr eine verhärtete Stelle. Das hat per se noch nicht viel zu bedeuten.«

Die Äbtissin reagierte erbost. »Dora, bisher seid Ihr stets redlich mit uns umgegangen. Wir haben bereits eine stattliche Reihe von Stiftsdamen am Brustkrebs sterben sehen. Alors, la verité!«

Dora reagierte außerordentlich professionell, indem sie sagte: »Noch zeichnen Eure Brustvenen nicht das für den Krebs typische Bild, Hoheit. Die Verhärtung kann eine Milchdrüse sein, die, da Ihr niemals gestillt habt, entzündet ist. Dagegen mache ich Euch gleich einen Tee aus der Marienrose. Ihr könnt Euch meiner Aufrichtigkeit sicher sein: Wenn ich es vermutete, dass Euch der Krebs befallen hätte, so würde ich es Euch unumwunden sagen.«

Die Äbtissin glaubte Dora und zog das Negligé mit einer Schleife zu. Dora schloss ihre Tasche und sagte: »Ich lasse Euch ein Schüsselchen vom Saft der Aloevera bringen. Damit reibt Ihr die Brust des Morgens und des Abends ein. Und trinkt die Marienrose. In zwei Tagen bin ich wieder bei Euch, und dann werden wir sehen, ob das Gewebe weicher geworden ist. Hoheit, macht Euch keine dunklen Gedanken.«

»Habt Dank für Euer Erscheinen, Madame le Docteur.«

Dora machte einen höflichen Knicks und verließ das Zimmer.

Einige Wochen später erreichte Dora die Nachricht, dass ihr Bruder Christian zum ersten Mal Vater geworden war. Während die kleine Christiane sich gut entwickelte, litt Isolde, die junge Mutter, unter den Folgen der Geburt. Dora wäre gern sofort nach Hannover gereist, um sich der Schwägerin anzunehmen, aber schließlich konnte sie ihre Praxis und ihre Kranken nicht ihrem Schicksal überlassen. Zum Glück war es ihrem Bruder gelungen, das gefürchtete

Kindbettfieber erfolgreich zu behandeln, und Isolde gesundete. Dora musste an die vielen Frauen denken, die dieser Krankheit zum Opfer fielen. Welche Geißel war diese Krankheit! Vielleicht, so dachte Dora, hatte ihr Vater recht gehabt: »Ich kann mich doch nicht am Arsch kratzen und dann einen Zahn ziehen«, hatte er oft launig gesagt und sie immer wieder vor jeder Untersuchung zum Händewaschen angehalten.

31.

Es war einer dieser Abende, die Dora liebte. Hannchen und Annchen zählten das Geld, während Anna Leporin neben den Mädchen saß und das Kassenbuch führte. Dabei wurde auch festgelegt, welche Ausgaben getätigt und welche Schulden beglichen werden mussten.

Dora machte gemeinsam mit Friedrich und Christian Ordnung im Kabinett. Die Familie war beieinander, jeder hatte seine Aufgabe. Alle hielten zusammen. Es war ein guter Tag gewesen, und sie war zufrieden. Überhaupt konnte sie sich nicht beklagen. Seit sie Ärztin war, verdiente sie gutes Geld, das ihr ein sorgenfreies Leben ermöglichte. Sie war wirtschaftlich sogar erfolgreicher, als es der Doktor Leporin je gewesen war, denn die Preise waren gestiegen, und die Tatsache, dass sie ein weiblicher Arzt war, kam ihr zugute. Es gab viele Frauen, die lieber zu einer Doktorin kamen, um ihre gesundheitlichen, aber auch zwischenmenschlichen Probleme mit ihr zu besprechen und sich Rat zu holen. Diese Sprechstunden waren sehr zeitintensiv, und Anna Leporin hatte ihre Tochter des Öfteren darauf hingewiesen, dass in diesen Stunden viel schönes Geld verplappert wurde. Aber es war Dora wichtig, mit den Frauen zu reden. Das war ein wesentlicher Teil des Heilungsprozesses. Deshalb kamen die Patienten manches Mal noch bis zehn Uhr abends ins Kabinett. Sie wussten genau, Frau Doktor Erxleben würde ihnen nicht die Tür weisen.

An jenem Abend klopfte auch der dicke Lorenz Müller an die Tür …

Dora war noch im Kabinett und packte ihre Tasche, denn sie hatte morgen früh nach Hahnenschrei bereits einen Hausbesuch zu machen. Da betrat Hannchen das Zimmer, gefolgt vom Müller.

»Frau Mutter«, sagte Hannchen, »hier ist …«

Dora wandte sich um und sah zu ihrer Überraschung den Müller in der Tür. Er drehte verlegen seinen Hut in der Hand.

»Was ist ihm?«

Der Müller stotterte herum. »Nun, es ist so, also Frau Doktor, vergebt mir die späte Stunde, aber die Katrin schickt nach Euch. Sie ist krank, sehr krank, sie hustet arg.«

Dora war kurz angebunden. »Mach er ihr einen Kamillentee!«

Der Müller gab nicht auf. »Bitte. Seht sie Euch an.«

»Warum ruft er nicht nach dem Bollmann?«, fragte Dora.

Der Müller schüttelte den Kopf. »Die Katrin will nur Euch sehen, Frau Doktor.«

Dora stand auf. »Hat er das Fuhrwerk draußen?«

Der Müller nickte erfreut. »Gewiss, Frau Doktor, gewiss!«

»Gut«, sagte sie, »geh er vor.«

Mit einem »Vergelt's Gott« verbeugte sich der Müller unterwürfig und ging rückwärts aus der Tür. Dabei stieß er fast mit Anna Leporin zusammen, die ihn keines Blickes würdigte und ins Kabinett ihrer Tochter stürmte.

Während Dora ihre Tasche schloss, legte die alte Leporinin los: »Dorchen! Du bleibst mir hier! Das ist doch bloß wieder so eine Hinterlist. Diesen fürchterlichen Menschen ist nicht zu trauen. Hast du vergessen, was sie dir angetan haben?«

»Beruhigt Euch, was können die mir schon wollen?«

Anna strich ihrer Tochter liebevoll übers Haar. »Ich habe kein gutes Gefühl. Bitte. Bleib hier.«

»Frau Mutter, ich habe einen Eid geschworen, ich habe keine Wahl.«

Damit nahm sie ihre Tasche und ging rasch nach draußen, während ihr die Mutter sorgenvoll nachsah.

Als sie einige Minuten durch die stockdunkle Nacht gefahren waren, begann der Müller plötzlich zu sprechen.

»Frau Doktor, was damals geschehen ist, das treibt uns heute noch um.«

Dora sah zu ihm hinüber. »Das soll es auch, Müller.«

Der Müller nickte. »Gott hat uns dafür gestraft. Der Peter ist uns gestorben und die Katrin ist nur noch elend seither.«

Dora sah ihn an. »Müller, hör er mir gut zu: Ich bin mit ihm gekommen, weil es meine Pflicht ist, seiner Frau ärztlich zu helfen. Bleib er mir aber vom Leib mit seinem Gejammer.«

Für den Rest der Fahrt saßen sie schweigend nebeneinander. Von irgendwo vernahm Dora das Rufen des Waldkauzes. Sie musste lächeln. Ihre Mutter hätte sich jetzt bekreuzigt. Wenn der Kauz rufe, hieß es im Volksmund, so warte der Tod.

Das Fuhrwerk stand vor der dunklen Wassermühle. Nur das Klappern des Mühlrades war zu hören. Ein Zimmer am Ende des Gebäudes war schwach erleuchtet. Daraus hörte man plötzlich Doras Stimme: »Raus – alle raus hier!«

Der Müller, zwei seiner Kinder und die Magd huschten nach draußen, während Dora das Fenster öffnete, um die frische Nachtluft hereinzulassen. Dann warf Dora einen Blick auf Katrin, die schwitzend zu Bett lag, mit starkem

Auswurf hustete und sich im Fieber wälzte. Sie hatte eine veritable Influenza, wie Dora feststellte, als sie sich den Auswurf näher besah. Die Kranke hatte die Augen geschlossen. Sie bewegte die rauen, aufgesprungenen Lippen und flüsterte unverständliche Worte. Dora sah auf Katrin herab. Wie sehr hatte ihr diese garstige Person in ihrem Leben zugesetzt! Sie dachte an den skurrilen Doktor Eisenbart und wie Katrin vom Seil gestürzt war. Wie ihr Vater sie operiert und gerettet, wie man sie aufgenommen und gepflegt und wie wenig dieses hinterhältige Weibsstück das gedankt hatte.

Im Gegenteil, sie hatte wohl ein halbes Leben damit verbracht, ihr Mütchen zu kühlen und Rache zu üben. Der Höhepunkt war die niederträchtige Anklage, die Dora beinah das Leben gekostet hätte.

Und nun stand sie als Ärztin am Bett dieser Patientin und fühlte ihr den Puls, als Katrin die Augen aufschlug, zu Dora hochsah und zu weinen begann.

»Dorchen ... ich werde sterben, und ich will Abbitte leisten ...«

Dora sagte geschäftsmäßig: »Es sind die schwarzen Gedanken, die dich krank machen, Katrin.«

Dora nahm den Schlauch und die Glaskugel ihres Fieberthermometers und kalibrierte das Gerät. Dann steckte sie Katrin die Glaskugel in den Mund und bat sie, für eine Minute still zu liegen. Nach dieser schier endlosen Zeit sah Dora, dass Katrin hohes Fieber hatte.

»Man möge dir kalte Wadenwickel machen, am besten mit etwas Essig«, sagte die Ärztin.

Katrin griff nach Doras Hand. »Du musst mir verzeihen. Ich habe solche Angst vor der Hölle!«

Dora löste ihren Arm aus Katrins Umklammerung und sagte gelassen: »Du sprichst im Fieber, Katrin.«

Wieder griff die Kranke nach Doras Arm. »Ich habe große

Schuld auf mich geladen. Ich habe dir Unrecht getan, und nun erhalte ich meine gerechte Strafe!«

Dora verzog den Mund. »Hör zu, Katrin, du hast die schwere Influenza. Wenn du dich schickst, bist du in ein paar Tagen wieder gesund.«

Doch Katrin bäumte sich auf und zog Dora fest an ihre Brust. Dabei hustete sie stark und röchelte. »Sag, dass du mir vergibst. Sag es!«

Dora sagte mit erstickter Stimme: »Ja. Ich vergebe dir ...«

Katrin kam mit ihrem fiebrigen Gesicht nah an das von Dora heran. »In Gottes Namen?«

»Ja«, sagte Dora entnervt, »in Gottes Namen. Nun lass es aber gut sein!«

Sie drückte die röchelnde und hustende Katrin zurück in die Kissen. Dora machte sich frei und erhob sich. Sie rief: »Müller!«

Der kam sofort in die Stube gelaufen.

»Kamille, als Tee und inhaliert. Und Wadenwickel mit Essigwasser gegen das Fieber!«

Der Müller nickte.

»Und besorg er beim Apotheker zehn Gramm Chinarinde. Davon immer eine Messerspitze in den Tee.«

»Sehr wohl, Frau Doktor.«

»Ich bekomme fünf Taler.«

Wieder nickte der Müller und griff in seinen Hosensack.

»Fahr er mich nach Hause.«

Der Müller sprang zur Seite, als Dora eilig durch die Tür ging. Sie wollte nur so rasch wie möglich fort von diesem unwirtlichen Ort.

Eine Woche später hatte Dora den Husten. Sie machte sich ein Schwitzbad und rieb sich Chinarinde in den Salbeitee. Am Nachmittag im Kabinett verspürte sie Schmerzen in den Bronchien, fühlte sich fiebrig und matt. Sie wusste, dass sie sich bei Katrin infiziert hatte, maß dem aber keine sonderliche Bedeutung bei.

In der darauffolgenden Nacht begann die Krise. Dora lag vom Fieber gerötet und schwitzend im Bett, wo sie sich förmlich die Seele aus dem Leib hustete. Die Mutter kümmerte sich gemeinsam mit der Magd um sie, wobei Anna Leporin nicht müde wurde, Katrin die Schuld an Doras Zustand zu geben.

»Das verderbte Drecksweib! Es hat dich angesteckt.«

Dora versuchte ein Lächeln. »Lasst es gut sein, Mutter. Ich werd schon nicht sterben.«

Am Morgen erschien Dora plötzlich wie verändert. Sie hustete, war schwach, aber hatte sich aus dem Bett geschleppt. Hannchen und Friedrich hatte sie gebeten, die Patienten aufzusuchen und die Hausbesuche abzusagen. Hannes hatte ein Schild gemalt, auf dem darauf hingewiesen wurde, dass das Kabinett heute geschlossen sei.

Als sich Anna Leporin anschickte, das Schild an der Pforte zu befestigen, erschien aufgeregt Hedwig, Werremeiers Magd, und verlangte, die Doktorin zu sprechen.

»Sieht Sie nicht das Schild?«, fragte die Mutter unwirsch.

»Vermag nicht zu lesen, mit Verlaub, Leporinin.«

»Was liegt an?«

»Der Magister ist schlecht dran«, jammerte die Magd.

»Meine Tochter ist auch schlecht dran«, antwortete die alte Frau lakonisch und sie fuhr fort: »Ihre ehemalige Herrschaft hat sie angesteckt, die Müllerin, das verkommene Weib. Wenn dem Dorchen was zustößt, werde ich die Katrin eigenhändig erschlagen!«

»Das braucht Ihr nicht mehr. Die Müllerin hat heute Nacht das Zeitliche gesegnet!«

Dora hatte sich an ihren Sekretär gesetzt und begonnen, einen offenbar langen Text zu schreiben. Als sie der vielen Störungen durch die besorgte Mutter und die hilfsbereiten Kinder überdrüssig wurde, verschloss sie kurzerhand die Tür. Sie wollte eine wichtige Aufgabe erledigen, egal, was da kommen mochte …

Epilog

Es war Tag geworden. Dora saß immer noch an ihrem Sekretär und schrieb wie im Wahn. Ihre Haare hingen strähnig über das bleiche Gesicht. Ihre müden, kranken Augen waren gerötet und zeigten tiefe Ringe. Sie schwitzte. Sie wurde wieder einmal von einem Schüttelfrost gepackt und ein Hustenanfall überkam sie.

Sie beugte sich über das Papier. Sobald das Blatt beschrieben war, ließ sie es auf den Boden gleiten, wo bereits viele Papiere lagen.

»Wer die Wahrheit schätzt, der wird zugeben, dass Lernen und Wissen vieles zur Glückseligkeit der Menschen beitragen«, schrieb Dorothea Erxleben am Ende ihres langen Briefs.

»Mir bleibt der Wunsch, dass nach Kenntnismachung meines Lebens die Frauen sich aus den Fesseln der Unwissenheit befreien mögen. Darf ich Ihro Majestät daher untertänigst bitten, die Gesetze dergestalt zu ändern, dass Frauen der Zugang zu Universitäten nicht länger verwehrt bleibt.«

Dies waren die letzten Worte, die sie auf das Papier brachte. Dann unterschrieb sie den Brief, bevor sie die Feder zur Seite legte und sich erschöpft im Sessel zurücklehnte. Es war vollbracht.

Anna Leporin und ihre Enkelkinder standen voller Erregung im Flur, als sie hörten, wie der Schlüssel bewegt, die

Klinke gedrückt und die schwere Tür langsam geöffnet wurde. Wie ein Gespenst stand Dora Erxleben im Zimmer, bleich und auf wackligen Beinen. In der Hand hielt sie einen dicken, versiegelten Brief.

Die angstvollen Blicke der versammelten Familie rang ihr ein leichtes Lächeln ab.

»Der muss besorgt werden. Noch heute!«

Friedrich nahm den Brief und lief sofort los.

Dora versuchte das Zimmer zu verlassen, machte ein paar Schritte auf ihre Familie zu und brach zusammen!

Man rief nach dem Knecht Valentin, der sofort gelaufen kam, die Bewusstlose anhob wie eine zerbrechliche Pretiose und sie in ihre Schlafkammer trug. Die anderen folgten besorgt.

Der Knecht legte Dora behutsam in ihr Bett. Während ihrer Ohnmacht hielt stets eines der Kinder Wache. Magda, in medizinischen Dingen am meisten bewandert war, legte der bewusstlosen Dora immer wieder kalte Kompressen auf die Stirn und kontrollierte Puls und Herzschlag.

Am Abend öffnete Dora endlich die Augen und sah in die besorgten Gesichter ihrer Lieben. Unter starkem Husten versuchte Dora ein paar leise Worte zu sprechen: »Ich spüre, dass es zu Ende geht. Ihr sollt wissen, dass ich ein famoses Leben gehabt habe. Keine Frau war je so glücklich, wie ich es war. Ohne euer Zutun wäre der Traum meines Lebens niemals Wahrheit geworden. Ich gehe in großer Dankbarkeit.«

Dora bekam erneut einen massiven Hustenanfall. Sie hielt sich ein Tuch vor den Mund und fiel zurück in ihr Kissen. Alle konnten das Blut auf ihrem weißen Nachthemd erkennen. Ein lautes Schluchzen war zu hören, Anna Leporin schlug die Hände vors Gesicht. Dann begannen alle zu weinen.

Doras Augen waren geschlossen, die Hände gefaltet, ihr edles Gesicht war entspannt. Im Alter von sechsundvierzig Jahren war sie an einer Lungenentzündung gestorben. Ihre alte Mutter Anna saß weinend neben dem Bett und strich ihrer Tochter zärtlich übers Haar. Um das Bett herum standen die Stieftöchter und die Söhne. Magda schaute Friedrich an. Beide nahmen die Enden eines Leintuchs und legten es über die Tote.

So viele Menschen hatte der Kirchhof von Sankt Nicolai noch nie fassen müssen. Es mochten an die dreihundert gewesen sein, die Dora die Ehre erwiesen. Sie fand neben dem Grab des Vaters ihre letzte Ruhe. Viele Reden wurden gehalten, aber in Erinnerung blieb den Menschen die Ansprache der Äbtissin des Damenstifts zu Quedlinburg, ihrer herzoglichen Hoheit Maria-Elisabeth von Holstein-Gottorp, die es sich trotz ihres hohen Alters und ihrer Hinfälligkeit nicht hatte nehmen lassen, zur Beisetzung von Dora zu erscheinen. Sie sah den Trauergästen in die bekümmerten Gesichter und begann dann mit den Worten:

»Heute nehmen wir unter größten seelischen Schmerzen Abschied von einer guten Freundin und einem vortrefflichen Menschen. Dorothea Erxleben ist viel zu früh von uns gegangen, und wir sind sicher, dass Gott der Herr Großes mit ihr vorhat. Sie war uns von ihm gesandt, davon sind wir zutiefst überzeugt, um in dunkler Zeit Licht in unser Leben zu bringen. Wie keine Frau vor ihr hat sie es geschafft, dem weiblichen Geschlecht die Würde wiederzugeben und es zu befreien aus Entmündigung und Sklaverei. Einst schrieb sie, dass Hybris und Vorurteil die ärgsten Feinde menschlichen Zusammenlebens sind. Erst wenn diese überwunden sind, wird sich die ersehnte Gleichheit ausbreiten.

Doktor Dorothea Erxleben hat den Beweis dafür erbracht, dass Frauen so viel wert wie Männer sind, dass sich keiner über den anderen erheben darf. Denn beide sind von Gott geschaffen, ihm zu gefallen. Ihr Leben war ein stetiger Kampf um Wahrheit, Würde und Gerechtigkeit, um Gleichheit und Brüderlichkeit, und wir schätzen uns glücklich und geehrt, sie dabei ein Stück des Wegs begleitet zu haben. Dorothée, notre chèare amie, à Dieu.«

Nachdem die Äbtissin sich bekreuzigt hatte und alle es ihr gleichgetan hatten, trat Heinrich von Falkenberg neben sie. Er sprach ein kurzes Kondolenzwort und beklagte seinen großen persönlichen Verlust. Auch Professor Christian Leporin, Doras Bruder, rief seiner geliebten Schwester herzliche Worte nach, bevor er die Tränen nicht mehr zurück halten konnte, zu seiner alten Mutter ging und die in seine Arme nahm.

Zur selben Stunde stand König Friedrich der Große am Fenster seines Arbeitszimmers im Schloss Sanssouci, hielt Doras Brief in den Händen und blickte über die Terrassen des Parks, wobei die Worte der Ärztin noch nachklangen:

»Wer die Wahrheit schätzt, der wird zugeben, dass Lernen und Wissen vieles zur Glückseligkeit der Menschen beitragen. Mir bleibt der Wunsch, dass nach Kenntnismachung meines Lebens die Frauen sich aus den Fesseln der Unwissenheit befreien mögen. Darf ich Ihro Majestät daher untertänigst bitten, die Gesetze dergestalt zu ändern, dass Frauen der Zugang zu Universitäten nicht länger verwehrt bleibt.«

Nach Dorothea Erxlebens Tod am 13. Juni 1762 hat es noch 150 Jahre gedauert, bis im Deutschen Reich eine Frau Medizin studieren und Ärztin werden durfte.

Auf ein Wort …

Um das Leben der Dorothea Erxleben in Romanform zu erzählen, haben wir uns entschieden, uns von den Zwängen der historischen Fakten zu lösen und ihr Leben »neu zu erfinden«. Das heißt nicht, dass wir die Persönlichkeit dieser außergewöhnlichen Frau verändern und nach unserem Bild formen wollten, im Gegenteil. Wir haben viel zu viel Hochachtung vor der enormen Lebensleistung der Dorothea Erxleben, mehr noch, wir lieben sie! Und wenn man dies tut, so will man nur das Beste für die Protagonistin und unternimmt alles, sie nicht zu beschädigen.

Betrachten wir das authentische Leben dieser großartigen Frau, so birgt es viele Höhen und Tiefen, Rückschläge und schließlich Triumphe. Sie ragt zwischen ihren Zeitgenossen als eine kraftvolle, kämpferische, willensstarke und geradlinige Frau hervor, dabei von einer glühenden Menschenliebe beseelt. Kurz vor der Epoche der Aufklärung ist sie eine Lichtgestalt in einer dunklen Welt. Und doch ist sie ein Kind eben dieser Welt, trotz des für ihre Zeit ungewöhnlich modernen und kritischen Blicks. Wie auch in unserem Roman erzählt, musste sie sich den Zwängen und Konventionen der Gesellschaft unterwerfen und musste vor allem ihre Rolle als fremdbestimmte Frau unter Protest akzeptieren. Gerade aus diesem Grund kann man ihre fachliche Kompetenz, aber auch ihre humanistische Haltung nicht hoch genug einschätzen. Doktor Dorothea Erxleben gehört fraglos zu den überragenden Frauengestalten der europäischen Geschichte.

Wir sind von Haus aus Drehbuchautoren und haben uns dieser Figur mit dem professionellen Blick des Filmemachers genähert und uns Fragen gestellt: Will das heutige Publikum mit einer Lebensgeschichte konfrontiert werden, die in einer weit zurückliegenden Epoche spielt? Wie schafft man es, mit einer über 250 Jahre alten Persönlichkeit eine Identifikation herzustellen? Und wo werden Parallelen und Analogien zu unserem heutigen Leben sichtbar?

Als wir diese Fragen für uns beantwortet hatten, begannen wir einen ungewöhnlichen Weg zu gehen. Wir haben uns bemüht, gewissenhaft in die Zeit zwischen 1725 und 1762 einzutauchen, aber wir sind *nicht* nach Quedlinburg, sind *nicht* an die Orte ihres Wirkens gefahren, sind *nicht* in die einschlägigen Archive gegangen, sondern haben zuerst eine Fassung geschrieben, die ganz und gar auf unserer Phantasie beruhte. Sicher, wir hatten Lebensdaten und kannten die wichtigsten Ereignisse und Stationen ihres Lebens. Und wir hatten das Internet. Wir lasen Theaterstücke und Briefwechsel aus dieser Zeit, lernten viel über den Alten Fritz, hörten die Musik von Telemann, Bach, Händel, Hasse und Pachelbel und spannten so ein starkes historisch-kulturelles Seil, an das wir nun, wie Wäsche, die Versatzstücke aus Doras Leben hängten.

Dann stellten wir uns die Frage, was sind die Elemente, die eine gute, spannende Geschichte ausmachen und die Empathie auslösen? Gibt es davon genug in Doras wahrem Leben? Wenn wir ihr wirkliches Leben eins zu eins erzählt hätten, ohne es durch »erfundene Wahrheiten« anzureichern, so hätten wir zwar eine wahrhaftige Geschichte gehabt, aber es hätte einiges gefehlt, was die Literatur fordert, z. B. große Liebe und Leidenschaft, Lebensgefahr, Zerreißproben und Konflikte. So haben wir uns entschlossen, ihr Leben zu überhöhen, die Schrauben, die es ohnehin hatte, anzuziehen. Wir gestehen: Dora ist dem König niemals begegnet und war nie in einer Schlacht! Désolé!

Das sind die beiden großen Unwahrheiten in unserer Geschichte, und wir bitten dafür um Vergebung. Aber es hätte durchaus so stattfinden können! Die Erlasse des Königs sind authentisch. Denn es gab enorme Widerstände in der Professorenschaft zu Halle, und man hat ihr den Titel in der Tat durch die perfide Auslegung des königlichen Befehls zunächst verweigert.

Aber zurück zum Ablauf. Nachdem wir nun eine erste Fassung geschrieben hatten, sind wir schließlich nach Quedlinburg gefahren, um nachzusehen, inwieweit unsere Phantasie sich mit der Realität in Einklang bringen ließ. Wir waren verblüfft und erfreut, zu erkennen, wie viele Episoden, Orte und Begegnungen, die wir glaubten erfunden zu haben, sich tatsächlich mit ihrem Leben und der Geografie deckten. Wir lasen Doras Pamphlet und betrachteten voller Ehrfurcht ihre Doktorarbeit. Wir gingen zu ihrem Geburtshaus, folgten den Spuren der Äbtissin, ihrer treuen Gönnerin, und besuchten die Kirche. Abends, bei einem guten Glas Wein im Gasthaus »Zum Bär«, hatten wir das Gefühl, Dora Erxleben hatte uns von oben ihren Segen gegeben. Und ihr Elternhaus ist heute ein kleines, freundliches Hotel!

So begann die zweite Phase: Es stimmte, Dora Leporin hatte den Mann ihrer Cousine geheiratet, den Diakon Erxleben, einen Witwer mit fünf Töchtern, und sie bekam selbst noch vier Söhne. Aber war Erxleben ihre erste und einzige Liebe? Wäre es nicht weitaus emotionaler, sie würde hin- und hergerissen zwischen verschiedenen Männern. Einem Adligen, der sie aus Standesdünkel fallenlässt, und einem Franzosen, den sie aus Pflichterfüllung enttäuschen muss. Und dem sie im Krieg nochmals begegnen würde? Beurteilen Sie selbst, liebe Leserin, lieber Leser, ob sie uns diese kleinen dramaturgischen Kniffe verzeihen. Zu einem großen historischen Roman gehören nun mal große, ja überlebensgroße Gefühle. Die hätte uns der brave Erxleben allein nicht liefern können. Mach deinem Protagonisten das Leben so schwer wie möglich, lautet in abgewandelter Form einer der Grundsätze des Dramas seit Aristoteles.

Nachdem wir also das Leben der Dorothea Erxleben nach unserem Willen ein wenig »umgestaltet«, Konflikte intensiviert, Leidenschaften provoziert und Emotionen geweckt hatten, nachdem wir starke antagonistische Kräfte eingebaut oder verstärkt hatten (der Prozess gegen sie hat tatsächlich stattgefunden), begannen wir die dritte Phase: die Sprache. Niemand weiß, wie die Menschen zu Doras Zeit gesprochen haben. Und schriftliche Dokumente sind nur bedingt hilfreich, denn die Menschen haben vermutlich anders gesprochen, als sie schrieben.

Offizielle Schreiben sind förmlich und gestelzt, selbst Briefwechsel zwischen Privatpersonen sind bemüht. Die Angehörigen der verschiedenen Gesellschaftsschichten haben sich auch sprachlich voneinander abgegrenzt und untereinander anders gesprochen als nach außen. Dort entweder unterwürfig nach oben oder abschätzig nach unten. Deshalb haben wir uns entschlossen, eine Sprache zu finden, die authentisch und alt klingt, aber trotzdem von den heutigen Menschen verstanden wird.

Was wir ablehnen, sind historische Geschichten, in denen die Personen wie heutige Menschen sprechen, in denen Landsknechte aus dem Dreißigjährigen Krieg Sätze sagen, wie: »He, Alter, kommst du mit auf 'ne geile Fete beim Wallenstein? Supi.« Nein, so leicht wollten wir es uns nicht machen. Wir wissen, dass es teilweise nicht ganz einfach ist, dem Dialog zu folgen, aber diese Form von Glaubwürdigkeit war uns wichtig. Außerdem war es uns ein Anliegen, etwas zu vermitteln, was in vielen Historienromanen vernachlässigt wird: Für die Menschen der damaligen Zeit war ihre konkrete Welt die modernste und fortschrittlichste, und nichts von dem, was sie umgab, war exotisch. Mit der Hygiene sah es schlecht aus, der Alltag war geprägt von Derbheit und Schmutz, von grober Arbeit und zwischenmenschlicher Härte. Nur für uns ist in der Rückschau vieles romantisch, putzig, exotisch oder auch schrecklich. Deshalb wollten wir alle Orte, Moden und Vorkommnisse beiläufig und mit Selbstverständlichkeit schildern, ohne sie als etwas Besonderes herauszustellen. Wir hatten die Absicht, die Welt so zu sehen, wie die Menschen des 18. Jahrhunderts sie vorfanden und sich gestalteten. Und unseren Lesern das Gefühl geben, sich auf eine Zeitreise in die Vergangenheit zu begeben.

Wir hoffen, dass dies gelungen ist und Sie bei der Lektüre unseres Romans Spaß hatten, und bedanken uns, dass Sie Doktor Dorothea Erxleben und uns einige Stunden Ihrer kostbaren Zeit geschenkt haben.

Provence, im September 2009

Anke Michel alias
Anke Apelt und Michel Bergmann

Unser Dank gilt Michael Müller, der uns mit Dorothea Erxleben bekannt machte.